KB261381

오포

오포 1
나의 산에서 판타지 장편 소설

초판 1쇄 찍은 날 § 2006년 12월 20일
초판 1쇄 펴낸 날 § 2006년 12월 30일

지은이 § 나의 산에서
펴낸이 § 서경석

편집장 § 문혜영
편집책임 § 최하나
편집 § 문정흠

펴낸곳 § 도서출판 청어람
등록번호 § 제1081-1-89호
등록일자 § 1999. 5. 31
어람번호 § 제1-0780호

주소 § 경기도 부천시 원미구 심곡1동 350-1 남성B/D 3F (우) 420-011
전화 § 032-656-4452 팩스 § 032-656-4453
http://www.chungeoram.com
E-mail § eoram99@chollian.net

ISBN 89-251-0467-9 04810
ISBN 89-251-0466-0 (세트)

Fantasy Frontier Spirit

FIVE GUN

오포

1

|미지와의 조우|
나의 산에서 퓨전 판타지 장편 소설

도서출판 청어람

CONTENTS

여기가 어디야?

갑작스런 반동에 인수는 몸이 쏠리며 눈을 떴다. 차가 멈춘 것이다.

사격장에 가는 중이었는데 '벌써 도착했나' 하는 생각이 들었다. 잠깐 동안의 잠이 정말 꿀맛이었고, 거기다 나름대로 좋은 꿈까지 꾸었다. 전역을 해서 휘파람을 불며 신나게 집으로 가는 꿈이었다. 집에서는 어머니가 군대를 전역하는 아들을 위해 음식을 한 상 가득 차려놓고 기다리고 계셨다. 그리고 막 닭다리를 뜯으려는 순간에 잠이 깼다. 인수는 거칠게 정지를 한 운전병 김상식에게 은근히 짜증이 났다. 닭다리라도 뜯었으면 짜증이 조금은 덜했을지도 모른다.

시끄럽게 돌아가던 포차(포를 끌고 다니는 군용 트럭. 포의 크기마다 차의 톤 수도 다르다)의 디젤 엔진 소리가 멈추었다.

"아이, 시팔! 여기가 어디야?"

남병훈이 조수석에서 적재함 쪽으로 발을 걸치며 소리를 질렀다.

인수는 병훈의 시끄러운 말소리에 '어디긴, 사격장이지' 라고 대답을 하려다가 고개를 들었다. 입가에 길게 대롱거리던 침이 바닥으로 떨어졌다. 쪽팔리지는 않았다. 누가 말년을 건드리겠는가? 인수는 침을 흘리지 않은 것처럼 아주 자연스러운 동작으로 입을 슬쩍 닦으며 하이바(전투 시 머리 보호를 위해 쓰는 강화 플라스틱 재질의 방탄 헬멧)를 이마 위로 들어올렸다. 자연스러운 동작이었다. 갑작스런 빛 때문에 눈이 따가웠다. 고개를 숙이고 잠을 자서인지 뒷목도 약간 뻐근했다. 슬쩍 주위를 보니 최소한 지금 인수한테 관심을 가지고 있는 사람은 없었다. 다들 주변을 둘러보느라 정신이 없는 것 같았다.

"에이, 똥 짬밥(군대에서 밥을 일컫는 속어)들아! 직사 사격장 처음 오냐?"

인수는 두리번거리고 있는 후임병들에게 기어코 한마디 하는 것을 잊지 않았다. 물론 차가 갑자기 정지해서 잠이 깬 것이 화가 났다거나 침을 흘리고 잔 게 창피해서는 절대 아니었다. 그냥 나라를 걱정하는 우국충정에서 나온 말이었다. '기

껏 직사 사격장 한번 온 걸로 이러니 전쟁이라도 나면 어쩌겠
는가? 이런 것들을 어떻게 믿고 전역해서 발 뻗고 자겠는가?
라는 생각을 억지로 하며, 전역할 때까지 마음껏 갈구다(괴롭
히다)가겠다는 작은 결의를 했다. 그래 봐야 이제 32일 남았지
만.

"한인수 병장님, 여긴 직사 사격장이 아닌 것 같은데 말입
니다."

김준일이 큰 눈을 끔벅이며 조심스러운 목소리로 말했다.
인수는 황당하다는 듯이 김준일을 노려봤다. 준일이의 순해
보이는 눈을 보니 취사장 옆에 있는 짬밥 강아지가 생각났다.
준일이는 평소에도 딱 부러지게 말을 못했다. 아무래도 이등
병 시절에 기가 많이 죽어서 그런 것 같았다. 대부분 짬밥을
먹으면 아무리 착해도 싫은 소리를 하게 마련인데, 준일이가
후임병들에게 싫은 소리를 하는 것을 인수는 하늘에 맹세코
한 번도 본 적이 없다.

일단 '견장을 달면 달라지겠지' 라고 생각은 해보지만 너
무나 순하게 생긴 데다 왜소한 체구라 포반을 잘 이끌어갈지
걱정이 되었다. 그 문제로 병훈이와도 몇 번 이야기를 해보았
지만 준일이 이외에는 마땅한 대안이 없었다.

'미친놈, 사격장이 아니라니?

분명히 사격장 들어가는 입구에서 인수는 잠이 들었다. 비
포장 도로이긴 해도 길이 잘 닦여 있어 먼지도 많이 나지 않

았고, 생각보다 덜컹거리지도 않아 인수는 그런대로 즐겁게 잠을 청했다. 어젯밤 늦게까지 책을 본 자신을 탓하며 어이없는 소리를 한 준일을 향해 '맞으면 너, 죽어' 라는 눈빛으로 다시 한 번 째려보아 주었다. 시계를 보니 11시를 가리키고 있었다. 시계를 마지막으로 본 것이 10시 30분 정도였으니 시간도 얼추 비슷했다.

직사 사격장은 OOOO부대 입구에서 큰길을 따라 한 5㎞ 정도 들어가면 나온다. 중간에 샛길도 없기 때문에 길을 잃을 염려도 없다. 게다가 포대장이 타고 있는 군용 지프가 선행을 하기 때문에 그 차만 졸졸 따라가면 된다. 길을 잃을 이유는 전혀 없었다.

인수는 고개를 흔들며 시선을 바깥쪽으로 돌렸다. 갑작스러운 움직임에 목이 좀 당겼다.

직사 사격장이라고 해서 특별히 볼 것이 있는 것은 아니다. 사격장 정면으로 직사 사격을 위한 바위산이 있고, 우측으로는 낭떠러지와 그 밑으로 계곡 물이 흐르고, 좌측으로는 가파른 절벽이 있는, 말이 사격장이지 그냥 야산이나 마찬가지다. 사격장이 바위산인 것은 산불이 나지 않게 정리를 한 탓이다. 거기다 일 년에 수백 발을 갖다 퍼부으니 나무가 자랄 틈도 없을 테지만.

하지만 지금 인수의 눈이 머무는 곳에는 절벽이 없었다. 그냥 빽빽하게 들어찬 나무만 보였다. 계곡에서 부는 바람과 산

불 때문에 사격장 주변의 나무들은 대부분 키가 작았는데, 지금 인수의 눈에는 키가 큰 아름드리 나무뿐이었다. 인수는 벌떡 일어나서 앞쪽에 쌓여 있는 군장 위로 허겁지겁 올라갔다. 10미터 앞에는 작은 개울이 흐르고 있었고, 그 너머에는 나무가 병풍처럼 길을 막고 있었다. 좌측 편도 우측처럼 나무가 우거져 있었다.

하지만 후방보다는 나았다. 탄약차 너머로 보이는 10미터 높이의 거대한 암석 절벽은 인수의 입이 한껏 벌어지게 만들었다. 분명 차들이 지나온 길이 있어야 될 곳에 길이 없었다. 도대체 선행하던 포대장의 지프는 어디 간 것일까? 뒤에 따라오는 탄약차는 지금도 포차 뒤에 서 있는데 포대장이 타고 있는 지프의 모습은 보이지가 않았다. 모든 것이 혼란스러웠다.

인수는 믿을 수 없는 현실에 눈을 비비며 사방을 둘러보았다. 다리를 꼬집으니 아픈 것이 꿈은 아닌 것 같았다.

'이건 뭐냐?

인수는 다리에 힘이 빠지는 걸 느꼈다.

다른 녀석들도 지금 이 상황이 믿기지 않는지 사방을 둘러보느라 정신이 없었다. 상식적으로 지금 이 상황을 설명할 수가 없었다.

길도 없는 숲 한가운데에 포차 두 대와 포 한 문이 옮겨질 수 있을까? 인수의 머릿속으로 무수히 많은 상상들이 스치고 지나갔다. 미군의 비밀 실험이라든가, 혹은 외계인의 납치 실험이라거나 하는 생각까지 들었다. 음모론이라는 것이 우리의 상상 이상의 것들을 내포하는 경우가 있으니 이 정도는 아무것도 아닐 거라는 생각이 들었다. 어쩌면 지금 이 순간에도 우리 눈에는 보이지 않는 인공위성이나, 혹은 저 숲 속 어디에선가 초정밀 카메라로 우리의 행동을 전부 감시하고 있을지도 모른다는 생각이 들었다. 그리고 상식적으로 이런 사방이 막힌 곳까지 화포와 포차를 운반할 수 있는 것은 대형 헬기뿐이 없다.

그런 식으로 인수는 지금의 상황을 합리화시켰다. 그것은 지극히 당연한 행동이었다.

그것이 인간이다.

2

"야! 다들 포차 위로 모여봐!"

병훈이가 짜증을 마구 담아서 소리를 질렀다.

가뜩이나 포반장(한 문의 포를 책임지고 지휘하는 사람, 또는 그런 직위)을 하면서 짜증이 배가 된 녀석이다. 예전에는 저 정도까진 아니었는데 요즘 성격이 많이 더러워졌다. 견장을 달더니 의외로 신경 써야 될 일이 많아 그리 된 것 같아 인수는 자기가 안 하길 잘했다는 생각이 들었다. 기껏 견장 달았다고 4박 5일 위로 휴가 가고 6개월 고생하느니 마음 편하게 왕고참으로 남는 게 나았다. 휴가야 눈만 돌리면 여기저기에서 갈 기회가 보였다. 신경질 내느라 성격 나빠져, 인상 쓰느라 인상 더러워져, 욕하느라 입 거칠어져, 아무리 생각해도 득보다 실이 많은 자리가 포반장이었다.

탄약차 운전병 박태현이 사도신의 엔진 끄라는 신호와 말소리를 들었는지 얼른 시동을 끄고는 차 문을 열고 포차에서 뛰어내렸다.

동작이 평소보다 민첩했다. 혼자 운전석에 앉아 있는 게 불안했던 것 같다.

"야, 총 가져와."

막 적재함에 한 발을 걸친 박태현에게 인수가 지나가는 말처럼 한마디 했다.

운전병들은 운전할 때는 총을 운전석 뒤 빈 공간에 둔다. 급하게 오느라 미처 가져오지 못한 것 같았다.

"예, 알겠습니다."

박태현은 인수의 말을 듣고 후닥닥 다시 탄약차로 뛰어갔다.

'정신 나간 녀석 같으니라고.'

인수는 다른 건 몰라도 중요한 순간에 어리버리(군대에서 상황에 적응하지 모하고 딴짓을 하거나 행동이 어리숙할 때 쓰는 말)대는 것이 싫었다. FM(규칙을 그대로 지키는 사람을 일컫는 속어)이라고 할까? 남들은 그런 인수를 답답해하기도 하지만 군대라는 틀 안에서 지킬 것은 지키자는 것이 인수의 평소 생각이었다. 그리고 지금은 비상 사태나 마찬가지였다.

각종 전투 물자를 가득 실어서 그런지 5톤 포차가 매우 비좁게 느껴졌다. 군장과 위장막, 막사만 해도 포차의 4분의 1을 점령하고 있었다. 바닥에는 삽, 곡괭이, 함마(해머), 여닫이대 등의 각종 물자가 어지럽게 널려 있었다. 거기다 사람들까지 바글바글하다. 숫자를 세어보니 총 열두 명이 포차에 올라와 있었다.

제일 앞쪽에는 포반장 남병훈이 위장막 위에 왕처럼 자리를 잡고 있었다. 하이바를 벗은 얼굴에는 한껏 짜증이 묻어나 있었다. 제대까지 37일 남은 녀석이다. 인수와는 더블백이었다. 더블백이 뭐냐고? 같은 날 입소한 동기를 더블백이라고 한다. 아마 자대 배치를 받을 때 나란히 더블백을 등에 짊어지고 왔기 때문에 생긴 말일 것이라고 나름대로 추측해 본다. 그래서 다른 동기들보다 좀 더 친하게 지내는 건지도 모른다.

병훈이의 성격은 물론 더럽다. 다른 후임병들이 봤을 때 그렇다는 것이다. 얼굴은 여드름이 많이 나서 피부가 안 좋다. 오죽하면 전 포반장이 병훈이를 새드 마스크(슬픈 얼굴)라고 불렀겠는가. 생긴 것과 다르게 입은 엄청나게 고급이다. 과자, 안 먹는다. 복숭아 통조림 같은 것만 먹는 녀석이다. '에잇, 부르조아 같은 새끼!'

중간에 영창을 한 번 갔다 와서 군 생활이 5일 늘었다. 요새 그것 때문에 신경이 더욱 날카롭다.

좌측 제일 앞에 다리를 척 벌리고 앉아서 자리를 왕창 차지한 채 담배를 피우는 녀석은 '미친개' 장재수다. 우리 포반도 아닌 녀석이 자세가 가관이지만 누구도 그에게 말을 하지 못한다. 계급이 깡패라고, 병장 3호봉에 성격도 지랄 같다. 아마 내가 저 녀석의 후임병이라면 저 미친개를 피해서 탈영을 했을지도 모른다. 그래도 인수와는 사이가 좋은 편이다. 이등병 때 같이 고생을 한 동지 의식이라고 할까? '이 녀석도 이등병 때 엄청나게 맞아서 성격 형성이 잘못돼서 그렇지 나쁜 녀석은 아니다' 라고 하고 싶지만 본래 성격이 저럴지도 모른다는 생각을 가끔 한다. 지금 이 자리에 있어서는 안 되는 인물이었지만 직사를 하기 위해서 옆 포반에서 빌려온 상태이기 때문에 지금 이 자리에 있었다. 옆 포반에서도 골칫거리라서 우리가 달라고 하니 냉큼 재수를 보낸 것일 거다. 훈련 때 병장은 참 골치 아픈 존재이니까. 그래도 실력만큼은 좋다.

그 옆에 재수가 뿜어내는 담배 연기를 그대로 맞으며 고양이 앞의 쥐같이 앉아 있는 녀석이 이현민이다. '바보스럽다' 라고 할까? 조금은 촌스럽게 생긴 외모에 말투도 약간 모자란 녀석 같다. 하지만 겉모습만 보고 사람을 판단하면 안 된다는 것을 인수는 군대에 와서 배웠다. 저 녀석도 그중 하나였다. 정말 여우 같은 녀석이다. 휴가도 자기 마음대로 포반장에게 신고도 없이 가는 아주 괘씸한 녀석이고, 가끔 말도 안 들어서 골치가 아프다. 이런 녀석에게도 약간의 재주가 있었다. 그건 바로 이 녀석이 X니지라는 게임을 하고 왔다는 것이다. 그 이유 하나만으로 이 녀석은 우리의 총애를 듬뿍 받고 있었다. 그리고 지금 병훈이가 깔고 앉은 훈련 물자들 속 깊숙한 곳에서 우리의 손길을 기다리고 있는 큼직한 사제 (군대에 보급되는 것이 아닌 시중에 유통되는 물건) 고추장과 참 치도 저 녀석이 군종병의 특권을 이용해서 바깥 세상에서 추 진(가져오다라는 군대식 표현)해 온 물건인 것이다. 일병 6호봉 이다.

이현민의 옆에서 불안한 듯 눈을 굴리는 녀석이 배운석이 다. 허여멀건한 외모에 안경까지, 어리버리의 전형이다. 우리 나라 최고 대학을 다니던 녀석이고, 지금은 군 생활에 적응을 못하고 방황하는 관심 사병이었다. 아마 생각이 많아서 그런 것일지도 모른다. 군대가 머릿속의 지식만으로 굴러가는 곳 은 절대 아니었다. 그러므로 지금까지 배워온 자신의 지식과 군대에서 몸으로 체험하는 지식의 차이를 빨리 깨닫고 적응 을 하면 되는데, 이 녀석은 자기 머리만 믿고 모든 면에서 자 기가 옳다고 생각한다. 물론 겉으로 드러내지는 않지만 군 짬 밥 2년이면 눈빛만 봐도 알 수 있다. 자기가 우월하다는 생각 이 골수에까지 들어가 있는 녀석이라 진정한 군인으로 개조 가 되려면 많은 노력이 필요할 것이다. 이병 6호봉이다.

그 옆에 동글동글하게 생긴 녀석이 김상태다. 작은 몸집에도 불구하고 다부지게 일을 하는 우리 포반의 살림꾼이다. 동작도 빠릿빠릿해서 거뜬히 두 사람 몫을 해낸다. 방학 때는 꼭 농사일을 거든다는 효자다. 성격도 좋고 정말 초특급 병사라고 할 수 있다. 이런 녀석이 세 녀석만 있으면 군 생활이 정말 편할 것이다. 농촌 출신답게 가끔 특식으로 먹는 개구리도 귀신같은 솜씨로 손질을 해서 귀여움을 받는 녀석이다. 일병 5호봉이다.

맨 끝에 아무 생각 없는 얼굴로 앉아 있는 녀석이 사도신이다. 이 녀석을 보면 딱 한마디가 떠오른다. '마당쇠!' 단순 무식의 전형이다. 머리도 근육으로 이루어진 녀석 같다. 휴가를 갔다 와서 피오줌을 싸고 의무대에서 임질 판정을 받은 후에 포대장한테 애원을 해서 성병 치료 주사를 맞기 위해 읍내 병원까지 갔다 온 녀석으로, 그 생각만 하면 아직도 웃음이 절로 나온다. '제발 콘돔 좀 쓰란 말이다, 무식한 녀석아!' 대통령의 군 현대화라는 미명 아래 전개된 인터넷 보급으로 오후에는 인터넷 병으로 일하고 있다. 상병 7호봉이다.

적재함 문 앞에 개념 없이 사격 기재 상자(이거 함부로 깔고 앉으면 욕먹는다. 경우에 따라서는 뒈지게 맞을 수도 있음)를 깔고 앉아 있는 녀석은 박태현이다. 처음 이 녀석이 포대에 나타났을 때 포반장들은 환호를 했었다. 180㎝의 키에 다부진 몸매는 그를 단숨에 각 포반 영입 대상 1순위로 만들었다. 하지만 아쉽게도 주특기가 운전이었다. 지금은 우리 포반 탄약차 운전병이다. 포반으로 왔으면 사랑받을 녀석인데 아쉽다. 하긴 수송 분대장이 항상 운전 연습 때 제대로 못하면 포반으로 보내 버린다고 협박을 한다는 소리는 들었다. 그리고 그 소리를 들으면 운전 연습을 더욱 열심히 한다는 소리도 들었다. 일병 5호봉이다.

오른쪽 의자에 끼어 앉으므로 해서 나의 널찍한 자리를 잠식해 오는 녀석은 김상식이다. 우리 포차 운전병으로 사도신하고는 동기다. 약간 뺀질대기는 해도, 아니, 생각해 보니 많이 뺀질댄다. 가끔은 참기름만 먹고사는 녀석이 아닐까, 내지는 정비를 하다가 윤활유를 다량으로 먹은 것이 아닐까 하는 생각이 들게 만든다. 재미있게 말을 잘해서 귀여움을 많이 받는 녀석이다. 얼굴도 잘생겨서 여자들에게 인기도 많았다. 거의 매일 편지 아니면 전화를 하고 있다. 다방 아가씨한테 한다는 소문도 있지만, 어쨌든 부러운 녀석이다. 상병 7호봉이다.

그 옆에 자신의 자리를 빼앗긴 녀석은 사수 박현준이다. 사수들은 포를 정비하기 때문에 특별 취급을 받는다. 한겨울에 정비를 하느라 맨손으로 부품에 구리스를 바르고 있는 걸 보면 불쌍하다는 생각도 든다. 지금 우리 포차에 있는 함마(해머의 일본식 말)자루도 다 사수들이 산에 가서 나무를 해다가 직접 깎아서 만든 것이다. 전에는 몰랐지만 산에 가서 약간의 농땡이와 고추장 통에 끓여 먹는 라면은 부수입이라고 할 수 있다. 그리고 지금 박태현을 못마땅한 눈으로 쳐다보고 있다. 안 봐도 뻔하다. '감히 사격 기재 상자를 깔고 앉다니. 짬밥도 안 되는 녀석이!' 하는 표정이다. 군대 오기 전에 검도를 배워서 팔 힘도 세고 어깨도 넓었다. 상병 3호봉이다.

그 옆은 김준일이다. 왜소한 체구 때문에 징밀 긱징 많이 했던 녀석이다. 하지만 지금은 다음 번 포반장으로 내정되어 있다. 얼마 되지 않는 월급도 알뜰하게 모으고 있는 녀석이다. 지독한 놈이라고 놀리기도 하지만 착하다. 하지만 아직까지 누나를 소개시켜 주지 않았다. 거기다 최대 단점은 후임병에게 싫은 소리를 못한다는 것이다. 아마 포반장이 되면 성격이 많이 변할 것 같다. 언제까지 천사로 살 수만은 없다. 상병 6호봉이다.

인수의 우측에 앉아 있는 뽀얀 살결에 앳된 얼굴이 막내 전현식이다. 자대 배치 받은 지 한 달뿐이 안 된 녀석이라 아직도 어리버리하다. 개념 역시 없다. 그래도 아직까지 큰 사고를 저지르지는 않았다. 100일 휴가가 얼마 안 남아서 얼굴이 부쩍 좋아졌다. 작은아버지가 헌병대 대대장이라고 한다. 소문에는 우리 부대 대대장이 헌병대 대대장이 불러서 휴가를 내어 그 부대를 갔다 왔다는 소문도 있다. 말년에는 떨어지는 낙엽도 조심해야 된다고 하지만 글쎄, 병훈이와 인수에게는 해당 사항이 없었다. 전역하는 그날까지 괴롭혀서 진정한 국군 병사를 만드는 것이 우리의 사명이라 굳게 믿는다. 이병 3호봉이다.

인수는 한 명씩 얼굴을 쳐다보며 상황에 어울리지 않게 웃음이 나왔다. 다들 범상치 않은 외모에 내력을 가지고 있었다. 모두 재밌는 녀석들이다.

3

좁은 포차 위에 밀착해서 모여 있자 몸에서 뿜어내는 열기 때문에 더욱 더운 것 같았다. 다들 위장 크림으로 떡칠을 한 얼굴에 땀방울이 송골송골 맺혔다. 상황이 상황인지라 덥다고 불평하는 녀석은 없었다. 아니, 모두 꿀 먹은 벙어리가 된 듯 입을 열지 않았다. 포차 위에 있는 그 누구도 지금 상황을 제대로 설명할 수 없었다.

단지 건너편에 앉아 있던 여섯 포반에서 지원 온 재수만이 여유있게 담배를 피우고 있다. 신경이 굵은 건지…….

병훈이가 조용히 주위를 둘러보더니 입을 열었다.

"지금 상황이 어떻게 된 건지 나도 잘 모르겠다. 사격장으로 잘 가다가 갑자기 이런 곳이라니. 지금 나도 무척 혼란스럽고 어떻게 해야 될지 모르겠다. 일단 대책을 세워야 되니까 할 말이 있으면 해봐."

병훈이 말을 끝내며 자연스럽게 시선을 인수에게로 돌렸

다. 인수는 그런 병훈이의 시선이 부담스러웠다. 인수라고 달리 무슨 생각이 있는 것은 아니었다. 사면초가. 길도 없고 뒤로는 절벽, 앞에는 개울, 좌우로는 숲. 그저 50미터 정도의 공터가 우리들에게 주어진 것의 전부였다. 일단 입을 열기는 해야 했다. 지금 최고 선임병 중 한 명이니 말이다. 그리고 인수를 쳐다보는 병훈이의 시선도 점점 뜨거워졌다.

"음, 난 자느라 어떻게 된 건지 잘 모르겠지만 지금 우리가 처한 상황을 대충 알 거다. 갈 곳도 없고, 지금 이곳이 어디인지도 모르는 상황이다. 일단 최대한 우리 자신을 지킬 수 있게 무장을 하는 게 좋을 거 같다는 생각이 든다. 누군가 장난을 치는 게 아닐까 하는 생각도 들고 말이야. 미군 새끼들이 공간이동포 같은 거라도 만들었을지 어떻게 아냐? X파일에서처럼 외계인의 음모라던가, 멀더하고 스컬리가 손 흔들며 저 숲에서 걸어나오던가. 아니면 집단 최면 실험 같은 것일 수도 있고, 현재 가능성은 엄청나게 많다고 생각해. 그런데 너희들도 알다시피 우리가 가지고 있는 물건은 전부 진짜들이다. 포상에 있던 포탄도 전부 들고 나왔고, 보통 때는 카드로 대치하던 소총탄까지 실탄으로 지급받았다. 정말 공교롭지 않나?"

인수의 음모론에 그럴 수도 있다는 눈빛들이었다.

"한인수 병장, 뭐, 별거있나? 일단 무장하고 보지, 뭐. 난 일단 총알 많이 줘."

재수가 거들고 나섰다. 근데 저놈 입에서 무장하자는 소리가 나오니 인수는 왠지 긴장이 되었다.

"그냥 이 자리에서 기다리면 누군가 나타날 것 같은데 말입니다."

도신이는 아주 단순하게 생각하는 것 같았다. 이런 황당한 상황에서도 전혀 위기 의식을 느끼지 않는다. 갑자기 인수는 저 녀석의 뇌 속이 보고 싶었다. 어찌 저리 단순하단 말인가.

"저도 같은 생각입니다. 저는 분명히 포대장 지프를 따라가고 있었는데 거리가 조금 벌어지는 것 같아서 바짝 따라붙으려고 하는 순간에 갑자기 눈앞에 개울이 나타난 겁니다. 저도 어떻게 된 것인지는 잘 모르겠지만 일단 기다리는 것이 좋을 것 같습니다. 포대장 성격 알지 않습니까?"

포차 운전병인 상식이는 포대장까지 들먹이며 동기인 도신이의 의견에 동조했다. 하긴 포대장이 진급할 때가 되어서 이번 훈련에 무척 신경을 쓰고 있었다.

"제 생각에는 말입니다, 이곳이 어딘지 일단 알아야 될 것 같습니다. 무턱대고 무장했다가 문제가 생기면 나중에 어떻게 합니까?"

차분한 성격답게 일단은 신중하자는 의견을 꺼내는 준일이다.

"음, 그건 그렇지. 나, 이번에 또 영창 가면 다 죽여 버릴 거야."

병훈이는 준일의 말에 공감이 가는지 고개를 끄덕이며 말했다. 영창을 한 번 갔다 와서 그 부분에는 매우 민감했다. 하긴 명령 없이 소총탄을 건드렸다가 나중에 무슨 일을 당할지 몰랐다.

"크크크. 걱정 마라, 친구야. 내가 같이 가줄게."

인수는 심각한 상황인 데도 불구하고 병훈이의 말에 자꾸 웃음이 나왔다.

군대라는 틀이 그렇듯 후임병들은 선임병의 결정에 따르겠다는 의견이 많았다. 참신한 이야기나 획기적인 생각이 나오지는 않았다. 미지의 공간은 공포를 느끼기에 충분했다. 신이 아닌 인간이기 때문에 공포가 생기는 것이다. 하지만 다들 소총탄이 있다는 것에 대해서는 안심을 하는 눈치였다. 우리가 가진 화포야 함부로 쓰기 어렵지만 소총은 여기 있는 누구든지 다룰 수 있는 개인 화기였다. 이런 비상시에 뜯어서 무장을 한다고 해도 탓하지는 않을 것이라는 의견이 대부분이었다.

그렇게 여러 의견을 취합해서 병훈이가 결론을 내렸다.

지금 현재 최고 지휘자는 포반장 남병훈이다. 지금 같은 상황에서는 그의 말이 절대적일 수밖에 없다. 그것이 지휘관인 것이다. 비록 계급은 똑같지만 인수는 그가 어떤 결정을 내리든 그의 권위를 세워주고 따르면 되었다. 지금은 아직 문제가 나타나지 않았지만 장기적으로 봤을 때 확고한 명령 체계가 세워져야만 문제없이 생활할 수 있을 것이다. 명령하는 사람이 많을수록 많은 갈등을 야기시킨다. 지금은 그저 지원만 해주면 된다. 그리고 인수가 아는 병훈이는 절대 바보가 아니다.

"이야기는 잘 들었다. 일단 그럼 무장을 하고 이 자리를 지키면서 기다려 보자. 혹시나 자리를 뜨게 돼서 불이익을 당할수도 있으니까. 또 누군가 우리처럼 나타날지도 모르고 말이야."

"그럼 일단 무장부터 해야 되니까 바닥 좀 치워봐."

인수의 말이 끝나기가 무섭게 상태가 벌떡 일어나 바닥을 치웠다. 지금 포차 바닥은 각종 기자재와 방열 도구들이 함께 어우러져 있었다. 역시 우리 포반의 일꾼이라는 생각이 드는 모습이었다. 그 모습을 보고 병훈이가 한마디 했다.

"씨발 놈들아, 같이 거들어!"

인수는 왜 욕이 안 나오나 했다. 아주 적절한 타이밍이라 병훈이에게 박수를 보내고 싶었다.

적당한 욕과 갈굼에 의해서 군대는 돌아가는 것이다. 갈굴때는 확실히 갈구는 게 모두를 위해서도 좋다.

"짬밥 좀 먹었다고 깝치면 다 죽을 줄 알아."

인수의 한마디 덧붙이는 센스에 의해 재수를 제외한 인원이 열심히 바닥을 치웠다. 약발이 좀 받았는지 순식간에 바닥 정리가 이루어졌다.

“준일아, 탄 박스.”

인수는 만족한 미소를 띠며 한쪽에 치워져 있는 나무 탄 박스를 가리키며 말했다.

지금 현재 병장이 세 명이나 있지만 재수는 약간 걱정이 되었다. 중간 역할은 할 수 있겠지만 우두머리 역할은 녀석의 평소 품행으로 봤을 때 무리였다. 주도적으로 일을 할 사람이 필요한 것이다. 그것이 병훈이의 짐을 약간이나마 덜어주는 것이고, 인수가 지금 할 수 있는 일이었다.

탄 박스라는 것이 알고 보면 매우 허술하게 되어 있다. 낡은 나무 상자로, 겉에는 납 봉인이 되어 있을 뿐이다. 인수는 망치로 어렵지 않게 박스를 부쉈다. 안에는 철제 탄통 두 개가 들어 있었다. 대개는 카드로 대체하지만 여단장 뜬다고 오늘 ATT와 포대 전술 훈련은 전부 실탄으로 나왔다. 불행 중 다행이었다. 나무 박스가 세 박스니 4,000발이 넘었다.

“야, 판초 우의 하나 깔아봐.”

잽싸게 김상태가 자신의 허리에서 판초 우의를 꺼내서 바닥에 깔았다. 하얀 판초 우의 위에 철제 탄 박스 두 개를 내려놓았다. 분위기가 무겁게 가라앉아 있었다. 평소에 말이 많던 녀석들도 조개처럼 입을 꾹 다물고 있다.

“일단 탄창 전부 꺼내.”

인수는 말을 하며 자신의 탄입대(탄창을 보관하는 탄띠에 결속된 작은 가방)를 열고 탄창을 꺼냈다. 그리고 총에 결합되어 있는 탄창까지 모두 빼냈다. 개인당 다섯 개씩이 규정이었다.

인수는 준일이에게 몇 개인지 세어보라고 한 후에 뒷주머니에 꽂아두었던 빨간색 반 코팅 장갑을 꼈다. 역시 작업에는 반 코팅 장갑이 최고다. 병장의 여린 손을 보호하기 위한 물건으로는 이것만한 물건이 없었다. 미끄럼 방지를 위한 고무 코팅, 거기다 땀 흡수와 통풍도 잘되었다.

철제 탄통은 700발이 넘게 들어 있다. 20발 단위로 소포장이 되어 있고, 거기서 또 10발 단위로 클립에 끼워 있는 것이다.

"한인수 병장님, 탄창이 60개 있습니다."

여단장이 무섭기는 했는지 전부 규정대로 탄창 다섯 개씩을 휴대한 모양이다.

"재수하고 도신이, 나하고 준일이가 한 조다."

탄통에는 탄을 끼우기 좋게 만들어진 도구가 들어 있다. 그것을 탄창 끝에 대고 열 발짜리 클립을 갔다 댄 후에 밑으로 힘을 주면서 눌러주면 되는 것이다. 생각해 보라. 일일이 어떻게 한 발씩 끼우겠는가?

드르륵, 소리와 함께 소총탄 열 발이 탄창으로 밀려들어 갔다.

"20발씩만 끼워라. 30발 끼우면 걸려서 안 나가는 경우가 많으니까."

인수는 경험에서 우러나온 말을 해줬다.

“예, 알겠습니다.”

30발짜리 탄창이지만 정비를 하면서 스프링이 늘어나거나, 스프링을 잘못 끼워서 탄이 걸리는 경우가 가끔 있었다.

재수도 그냥 짬밥을 먹은 게 아니라는 듯이 능숙하게 일을 했다. 시작한 지 얼마 되지 않아 1,200발이 순식간에 사라졌다. 탄창에 20발씩 넣어서 다섯 개씩 분배했다. 그리고 남는 탄약은 클립과 함께 철제 탄 박스에 담았다. 무슨 일이 일어날지 알 수 없으니 일단은 철저하게 관리를 해야 했다. 그래야 나중에 변명을 할 수 있다.

인수는 능숙한 솜씨로 장전했다. 장전을 하자 조금 안심이 되었다.

“이제부터는 실전이다. 정신 똑바로 차려라. 항상 총구는 하늘이나 땅을 지향해야 하고, 병장들만 장전을 한다. 나머지는 전부 탄입대에 넣어두고 노리쇠는 후퇴 고정을 해서 항상 장전할 수 있게 해놔라. 이제부터 총 가지고 이상한 짓 하면 바로 까버릴 테니까 알아서 똑바로 해라.”

“예, 알겠습니다.”

몇 명이 대답했다. 인수는 대답하는 목소리가 마음에 들지 않았다.

총은 위험한 무기다. 정신 못 차리고 오발 사고라도 나면 그때는 돌이킬 수가 없다. 탄을 꺼낸 거야 지금 상황을 설명하면 넘어갈 수도 있는 문제였지만 사고가 나면 그건 빼도 박도 못하는 것이다. 군기를 조금 잡을 필요가 있었다.

"뭐라고? 안 들린다."

인수는 낮게 목소리를 깔았다.

"예, 알겠습니다!"

상황 판단이 빨리 되었는지 여기저기서 큰 목소리가 들렸다.

"한인수 병장, 걱정하지 마."

재수는 걱정 말라는 눈빛을 인수에게 보내며 말했다.

"널 보면 걱정 돼."

병훈이가 떨리는 목소리로 말했다.

CHAPTER 2

길고 긴 오후

"뭐 좀 보이냐?"

인수는 햇빛에 눈을 찡그리며 포차 지붕 위에 올라간 병훈이에게 물었다.

대충 군기 좀 잡고서 일단 지금 위치에 대한 정보가 매우 부족하다고 판단해서 병훈이가 포차 지붕에 올라가서 아쉬운 대로 둘러보고 있었다. 그렇다고 특별히 숲 너머에 뭐가 보이는 것은 아니었지만 그래도 조금은 멀리까지 보일 것이다. 아무것도 안 하고 마냥 기다리기에는 불안했다.

"담배라도 한 대씩 피워라."

긴장을 좀 풀어줄 겸 인수가 말했다.

인수의 말을 듣고 다들 얼굴에 화색이 돌았다. 정말 오래 참은 것이다. 훈련 중에도 이동할 때에는 담배 한 대씩은 피우게 해준다. 근데 갑자기 이곳에 오게 된 후 재수를 제외한 모두가 아직까지 담배를 피우지 못한 것이다.

쉬이익! 쉬이익!

그때 인수의 얼굴에 피가 튀는 것과 동시에 병훈이의 몸이 포차 바닥으로 떨어졌다. 병훈이의 목과 가슴에는 화살이 박혀 있고, 입에서는 피 거품이 흘러나왔다. 그리고 연속해서 날아오는 화살.

"엎드려!"

누가 외쳤는지 모르지만 순식간에 포차 위는 아수라장이 되어버렸다.

알아듣기 힘든 울부짖음이 들렸다.

인수는 무릎에 통증을 느꼈다. 갑작스럽게 엎드리다 어딘가에 부딪친 것 같았다.

울부짖는 소리는 점점 커지며 사방에서 들려왔다. 손을 뻗어서 병훈이의 다리를 잡고 흔들어봤는데 움직임이 없었다. 실제 상황이었다. 누군가에게 공격을 받고 있다.

인수가 간신히 정신을 차리고 포차 바깥쪽을 쳐다봤다. 등받이 틈새로 보이는 것은 이상하게 생긴 괴물들이었다. 아프리카 원주민 같은 복장에 괴상한 소리를 지르는 괴물들 손에는 도끼나 칼, 창 등이 들려 있었다.

‘여기가 아프리카인가?’

생각은 짧았지만 온몸에 느껴지는 공포는 위험 신호를 보내오고 있었다. 최소한 꿈은 아닌 것이다.

“장전하고 무조건 쏴! 빨리! 빨리!”

인수는 본능적으로 소리를 질렀다. 이미 병훈이가 저렇게 된 마당에 대화는 필요없다고 판단했다.

괴물이 지르는 소리와 이상한 모습은 공포심을 극대화시키며, 괴물들에게서 적의를 느꼈다.

인수는 총을 겨누고 쏘려 했지만 총알이 나가지를 않았다.

“씨발, 왜 총알이 안 나가.”

수전증 걸린 사람처럼 손이 덜덜 떨렸다. 계속 방아쇠를 당겼지만 꿈쩍도 하지 않았다. 인수는 조정간이 안전에 가 있다는 걸 겨우 생각해 냈다.

괴물들은 바로 앞에까지 와 있었다.

조정간을 손에 걸리는 대로 대충 돌리고 방아쇠를 당겼다.

탕!

인수의 총에서 총알이 나가기 시작했다. 다행히 단발에 걸린 것 같았다.

괴물들이 총소리에 잠시 움찔했지만 더욱 맹렬하게 소리를 지르며 달려왔다.

인수는 마음속으로 ‘침착하자’를 외쳤지만 진정이 되지 않았다. 덜덜 떨리는 손으로 계속 방아쇠를 당겼다.

탕!

제대로 맞았는지 괴물 한 마리의 복부가 터지며 쓰러졌다.

어느새 포차 주변에까지 괴물들이 다가와 있었다. 그중 한 마리가 인수를 노리고 돌도끼를 던졌지만 다행히 등받이 나무에 맞고 바닥으로 떨어졌다.

대충 봐도 30마리는 넘어 보였다. 반대편도 비슷하리라는 생각이 들었다. 완전히 포위된 상태. 다른 총소리가 안 들리는 걸로 봐서 지금 대응을 하는 사람은 인수뿐이었다. 괴물들이 금방이라도 포차 위로 기어오를 것만 같았다.

탕! 탕! 탕!

대충 눈앞에 보이는 놈들을 향해 연속으로 쏘니 제대로 맞았는지 맞은 부위가 터져 나가고 녹색 피를 토해내며 쓰러지기 시작했다. 인수의 눈앞에서 괴물들의 창칼이 왔다 갔다 했다.

괴물들은 포차를 부숴 버릴 기세였다. 포차를 때리는지 날카로운 쇳소리가 여기저기서 들렸다. 인수는 포차가 쇠로 만들어진 것이 정말 다행이라고 생각했다.

비명 소리와 괴상한 고함 소리가 어우러지는 속에서 인수는 차츰 마음이 안정되기 시작했다. 제대로 총만 쏘게 되면 별거 아니라는 생각도 들었다. 지금도 인수가 쏘는 총에 괴물들은 쓰러지고 있었다. 아직도 옆에서는 비명만 질러대고 있었다.

“야, 이 미친 새끼들아! 닥치고 쏴! 다 죽는단 말이야!”

인수는 왼 주먹으로 옆에 엎드려 있는 전현식의 등을 때렸다. 전현식은 움찔할 뿐 고개도 들지 않고 소리만 질렀다.

인수는 짜증이 확 일어났다. 대응만 제대로 한다면 분명히 이길 수 있었다.

“시팔! 쏴! 쏴! 죽여!”

등 뒤쪽에서도 드디어 총소리가 들렸다. 재수가 제대로 대응을 하는 것 같았다. 인수는 감히 뒤돌아볼 엄두가 나지 않았다. 뒤돌아보는 순간 괴물들한테 맞아 죽을 것만 같았기에 그저 재수를 믿는 수밖에 없었다.

인수는 무슨 말을 하는지도 모른 채 입을 나불거렸다.

지금 이 현실이 믿기지가 않았다.

몇 번 쏜 것 같지도 않은데 인수의 총이 멈추어졌다.

인수가 탄창을 빼서 얼핏 보니 비어 있었다. 얼른 엎드려서 탄입대를 열었다. 어느새 손 떨림은 멈추어져 있었다. 하지만 탄창 칸막이에 걸려서 탄창이 꺼내지지 않았다. 급하기는 하고 탄창은 나오지를 않고, 여러 가지로 애를 먹이고 있었다. 탄입대를 열어서 탄창 교환을 하는 시간이 너무나 길게 느껴졌다.

처음에는 주변을 맴돌던 괴물들이 포차를 타고 올라오려 했다.

“정신 차려, 미친놈들아!”

인수의 입에서는 끊임없이 욕설이 쏟아져 나왔다.

겨우 장전이 돼서 바로 안도감에 고개를 드니 언제 타고 올라왔는지 괴물이 인수의 눈앞에서 흉측하게 웃고 있었다. 입에서 역겨운 냄새를 뿜어내고 있는 괴물의 손에는 돌도끼가 들려 있었다. 시간이 멈춘 것 같았다. 한껏 위로 치켜진 괴물의 오른손이 천천히 인수의 하이바를 향해서 다가왔다. 피해야 한다는 생각은 했지만 몸이 말을 듣지 않았다.

생각해 보니 전에도 이런 적이 있었다. 그때는 작업 중에 삽으로 맞았었다. 날아오는 삽을 쳐다보면서도 몸이 움직이지 않아 피할 수가 없었다. 그때는 하이바 덕에 운이 좋아서 눈 위에 두 바늘을 꿰매는 것으로 목숨을 건졌다.

"으아아악!"

인수의 입이 벌어지며 비명이 터져 나왔다.

그 덕분인지 머리가 살짝 비틀어지며 괴물의 돌도끼가 하이바를 때렸다.

인수의 눈앞이 하얗게 변하며 머릿속에 짜릿한 충격이 전해졌다.

마지막에 머리를 움직인 덕분에 하이바에 비껴 맞은 도끼는 엄청난 힘이 실린 채 멈출 생각을 하지 않고 옆에 엎드려 있던 전현식의 등을 찍었다.

콰직!

뼈가 부러지는, 별로 유쾌하지 않은 소리와 함께 전현식이 더욱더 크게 비명을 질러대며 꿈틀거렸다.

인수는 정신을 차리기 위해 거칠게 머리를 몇 번 흔들었다. 곧 시야가 밝아졌다. 인수의 시야에 괴물의 재수없는 머리가 보였다. 진짜 못생긴 얼굴이었다. 거기다 침까지 흘리고 있었다.

"재수없어! 돼지 새끼야!"

인수는 개머리판으로 괴물의 머리를 올려쳤다. 턱에 제대로 들어갔는지 괴물이 뒤로 넘어갔다. 어떻게 그런 자세가 나왔는지도 모르겠다. 인수는 얼른 자세를 바로잡고 총을 쏘기 시작했다.

탕!

"한 놈!"

탕!

"두 놈!"

탕!

"세 놈!"

인수는 숫자를 세며 총을 쏘았다.

어느새 총알이 나가지 않았다.

탄창을 갈아 끼우는 중에도 인수의 눈은 괴물들을 바라보고 있었다. 아직도 계속되는 고함 소리와 총소리, 비명 소리가 어우러지고 있었다.

인수의 총이 다시 불을 뿜었다. 가까이 있는 놈들부터 쏘기 시작했다. 갑자기 눈앞이 뿌옇게 변하며 눈물이 흘렀다.

어느 순간, 괴물들이 도망가기 시작했다.

"으아아악! 다 죽여 버릴 거야!"

인수는 소리를 지르며 포차에서 풀쩍 뛰어내렸다. 소리를 지르지 않으면 가슴이 터질 것 같았다. 바닥에 널려 있는 괴물의 시체를 밟고 인수의 몸이 중심을 잃고 휘청거렸다. 그것도 잠시, 인수는 도망가는 놈들을 악착같이 따라가며 등 뒤에서 한 발씩 먹여주었다.

"죽어!"

탕!

"너도 죽어!"

탕!

"어딜 가! 다 죽어!"

탕!

인수는 필사적으로 도망가는 괴물들을 따라가서 총을 쐈다. 어느새 총알이 또 떨어졌는지 나가지 않았다. 급한 김에 발로 괴물의 등을 걷어찼다. 살짝 발에 닿는 게 느껴졌다. 이상한 소리를 내면서 괴물이 쓰러졌지만 개의치 않았다. 넘어진 괴물을 미친 듯이 발로 밟았다. 녹색 피가 튀고 뭔가 부러지는 소리도 들렸지만 인수에게는 그저 의미없는 소리일 뿐이었다. 분이 풀리지 않았다. 소리를 지르며 밟고 또 밟고, 그렇게 얼마를 밟았는지 모르겠지만 더 이상 밟을 힘이 없어서 털썩 주저앉았다. 인수의 뺨에 흐르던 눈물은 어느새 말라 있었다.

총소리도 비명 소리도 거짓말처럼 잦아들기 시작했다.

2

한참이 지나서야 인수는 몸을 일으켰다. 온몸이 땀과 피로 얼룩져 있었다. 만사가 귀찮게 느껴졌다. 손으로 하이바를 툭 쳐봤다. 하이바 덕분에 이번에도 목숨을 건졌다.

포차 주변은 괴물의 시체와 녹색 피로 얼룩져 있었다.

인수가 포차 위로 올라가서 보니 모두들 정신이 나간 것 같았다.

병훈은 목과 가슴에 화살이 박힌 채 붉은 피를 뿌리며 눈도 감지 못하고 죽어 있었다. 박태현은 머리에 도끼가 박힌 채 죽어 있었다. 전현식은 척추가 부러졌는지 웅크린 채 꼼짝도 안 했다. 손으로 몇 번 건드렸는 데도 움직임이 없었다. 손으로 뒤집어보니 입에서 피를 토한 채 병훈이처럼 눈도 감지 못하고 죽어 있었다.

상재수는 떨리는 손으로 담배를 피우고 있었다. 나머지 녀석들의 눈도 정상이 아니었다. 사도신과 김준일만이 총을 쏜 듯 나머지 녀석들은 탄창도 결합되어 있지 않았다.

"아직……."

인수는 무언가 말을 해야겠다고 생각하고 입을 열었는데 목이 쓰렸다. 그때서야 얼마나 소리를 질러댔는지 생각이 났다. 죽은 사람은 죽은 사람이다. 이제는 살아야겠다는 생각만 들었다. 삶을 생각하자 피 냄새가 역하게 느껴졌다.

"우욱!"

속이 울렁거렸다. 인수는 억지로 이를 악물며 참았다.

"웩!"

그러나 결국 토사물을 쏟아내었다.

인수는 갑작스런 욕지기에 한참을 토했다. 등을 두들겨 주는 녀석은 없었다. 다들 이제야 정신이 들었는지 인수처럼 기대서 토하느라 정신이 없었다. 신물이 나오도록 토하고 났더니 온몸의 힘이 쫙 빠졌지만 오히려 정신은 말짱해졌다. 코가 간질간질해서 코를 풀었더니 콧물이 빨간 게 아까 하이바에 맞은 돌도끼가 뇌진탕을 일으킨 거 같았다.

'힘을 내자, 힘을.'

인수는 마음을 다잡았다.

"아직 끝난 게 아니야. 일단 애들부터 치우자."

인수의 말에 움직이는 녀석은 없었다.

"야, 이 개새끼들아! 일어나!"

인수는 겨우 참았던 짜증이 다시 일어났다. 자신도 현실이 믿기지 않는데 본인만 피해자인 척 정신을 놓고 있는 동료들의 모습이 정말 역겨웠다. 2년을 알고 지내던 병훈이가 처참한 모습으로 죽어 있다. 박태현은 인수가 봄 체육 대회 때 직접 씨름을 가르쳤던 녀석이고, 우승해서 자신에게 매우 고마워하며 휴가까지 갔던 녀석이다. 전현식은 누나를 소개받기로 했는데……

인수는 아직도 의자에 퍼질러 앉아 있는 녀석들의 멱살을 잡고 일으켰다. 다들 공포에 젖은 얼굴들이었다.

"일어나! 일어나란 말이야!"

질질 짜고 있는 배운석의 멱살을 거칠게 잡고 흔들었다.

"관등성명 안 대, 씨발 놈아!"

인수의 손에 힘이 들어갔다. 점점 더 세게 멱살을 흔들었다. 그때서야 배운석의 입이 열렸다.

"일병 배운석."

"더 크게."

"일병 배운석."

"더 크게!"

"일병 배운석!"

인수의 고함에 배운석은 울부짖듯 입을 열며 관등성명을 댔다.

"살아 있는 새끼들은 다 일어나! 이제부터 시키는 대로 안 하는 새끼는 내가 다 쏴 죽일 거야! 죽고 싶은 새끼들은 가만히 있어!"

인수는 정말 죽이기라도 할 듯이 눈을 부라리며 탄창을 갈아 끼웠다.

　탕!

　총소리가 조용하던 공터를 다시 맴돌았다.

　인수는 허리춤에 총을 고정시키고 씹어 뱉듯이 입을 열었
다.

　"관등성명!"

　"일병 배운석!"

　"병장 장재수!"

　"상병 사도신!"

　"상병 김준일!"

　"일병 김상태!"

　"일병 이현민!"

　"상병 박현준!"

　"상병 김상식!"

　서로 누가 먼저랄 것도 없이 목이 터져라 관등성명을 댔다.
그렇게 아홉 명은 잔인한 현실로 돌아왔다.

　포차 주변에는 아직도 숨이 끊어지지 않았는지 괴물들의
신음 소리가 여기저기서 들렸다.

　"포차 주변부터 정리한다. 총은 일단 장전해서 각개 매어
로 하고 작업을 한다. 재수는 애들 총 좀 봐주고 조정간 안전
잊지 마라."

　"예, 알겠습니다."

평소와 다르게 재수도 이등병처럼 대답했다.

재수의 도움으로 짧은 시간에 모두들 장전을 했다.

"삽이랑 곡괭이, 함마를 하나씩 들어라. 복수를 해줄 시간이다."

인수는 그렇게 말하며 함마를 들고 포차에서 뛰어내렸다.

인수의 말이 끝나기가 무섭게 각자 도구들을 들고 포차에서 뛰어내렸다. 열심히 안 하면 누군가에게 그 일을 뺏기기라도 할 것처럼 모두 필사적인 모습이었다.

인수는 아직도 여기저기서 소리를 내고 있는 괴물들에게 다가갔다. 팔다리가 날아가거나 배가 터져서 움직이지 못하고 있었다. 가만히 괴물의 흉측한 머리를 내려다보던 인수의 손이 우측 어깨 위로 올라갔다. 그와 함께 함마도 하늘을 찌를 듯이 높이 올라갔다. 처음으로 철주 박기를 배웠을 때 익힌 자세 그대로 무릎과 허리에 반동을 주며 괴물의 머리를 내리찍었다. 군더더기가 일체 없는 완벽한 자세였다. 괴물도 함마를 봤는지 괴상한 소리를 질렀지만 곧 떨어지는 함마에 머리가 박살나며 조용해졌다. 인수가 고개를 들자 녹색 피가 여기저기 튀어 있는 그 끔찍한 모습에 대부분이 고개를 돌렸다.

"잘 들어! 죄책감 같은 것은 가지지 마! 이 녀석들은 우리를 죽이려고 했고, 우리 전우를 죽였다! 그러니 죽여라! 어줍잖게 봐주거나 하지 말란 말이다! 살아서 도망간 녀석이 다음에는 네놈들 대가리를 찍으려고 소리를 지르며 달려들

거다!"

인수는 울부짖듯이 말했다.

그 말을 알아들었는지 재수가 제일 먼저 손에다 침을 뱉고서는 함마를 휘둘렀다.

돼지 목 따는 소리 같은 비명과 함께 뼈가 부러지는 소리가 들렸다.

인수는 그 모습에 만족해하며 작업에 몰두했다. 발로 걸어차서 움직이는 녀석들에게는 무조건 한 방씩 먹여주었다.

콰직!

인수는 한 번씩 내려칠 때마다 죽은 녀석들을 떠올렸다.

잔인한 응징의 시간이었다. 눈치를 보던 다른 녀석들도 이내 자신이 가진 작업 도구로 작업에 동참했다. 광기가 이들을 감싸 안았다.

공터는 다시 한 번 괴물들이 지르는 소리로 가득 찼다.

'잔인해져야 살아남을 것이다.'

인수는 이들에게 잔인해지라고 강요하고 있었다.

3

확인 사살이 끝나자 인수는 이놈들을 묻어야겠다는 생각과 함께 집으로 돌아가기는 애초에 글러먹었다는 생각도 들었다. 이건 꿈도 아니고 누군가의 장난도 아니다. 아니, 장난이라면 오직 신만이 할 수 있는 장난이었다. 현실 그대로를 받아들여야 했다.

여기가 어딘지 모르지만 시체는 항상 많은 병을 몰고 다닌다고 들었다.

'힘들겠지만 매장하는 수밖에 없는 건가?

인수는 이내 마음을 굳혔다. 포반원들에게는 집중할 만한 무언가가 필요했다.

인수는 총에 맞아서 머리가 날아갔는지 얼굴 형체를 알아보기 힘든 괴물 시체 하나를 잡고 질질 끌면서 위치를 지정해주었다.

독하지 않으면 오늘 안에 모두가 죽을 것 같았다. 인수는 살고 싶었다. 자신에게 잔인해져야만 이들이 살 것이다.

"이쯤에다 구덩이를 파. 일단 이놈들부터 묻어버리자. 재수는 나랑 같이 시체를 옮기고, 나머지는 구덩이를 파라. 아주 깊이."

"예, 알겠습니다."

여기저기서 힘찬 대답이 들렸다.

어쨌든 인수의 오버는 성공한 것 같았다.

포반원들은 인수가 정해준 위치에 부지런히 삽질을 시작했다.

"재수야, 얼굴 성한 놈으로 한 마리 이리로 끌고 와봐."

"엉, 알았어."

재수는 배에 맞았는지 내장이 튀어나와 덜렁거리는 놈을 끌고 왔다. 녹색 피라서 그런지 현실감이 떨어져서 그다지 징그럽지는 않았다.

인수는 한동안 괴물을 이리저리 들여다보다가 고개를 들었다. 재수는 언제 빼 물었는지 그새 담배를 한 대 피우고 있었다.

"재수야, 너, 이거 보면 생각나는 거 없냐?"

"어떤 거?"

재수는 뭐냐는 듯이 물었다.

"X니지!"

인수는 짧게 말했다.

"어, 그러고 보니 그러네. 돼지 머리도 그렇고 녹색 피도 그렇고."

"특징, 기억나?"

"그럼. 내가 책 다 외웠잖아. 오크 레벨 2, HP 6, MP 4, AC 10, 초급 몬스터에 돼지 머리를 하고 있다."

재수는 아주 진지하게 말했다.

확실히 이 녀석은 이상한 쪽으로 뛰어나다는 생각이 들었다. 외박 나가서 처음 X니지를 하고 나서 그 미칠 듯한 재미에 공략집을 사서 인수도 탐독을 했지만 이 녀석은 한 발 더 나아가 몬스터의 능력치도 다 외운 것이다.

"그럼 알겠지, 여기가 어딘지?"

"게임 속인가?"

"병신아, 그게 아니라 판타지 세계란 말이다."

"에? 정말?"

"봐라. 게임에서나 본 괴물들이 나오고, 게임에서나 보던 이런 무기를 가지고 덤벼."

인수는 바닥에 떨어져 있는, 길이가 80㎝는 되어 보이는 검을 들어올렸다. 실제로 검을 보기는 태어나서 처음이었다.

"젠장, X 됐네!"

이제야 인수의 말을 알아들었는지 재수가 욕을 내뱉었다.

"아마도."

인수는 재수의 말에 수긍을 했다.

인수와 재수는 괴물들의 시체를 모아놓고 작업을 잠시 쉬면서 포반원들에게 담배를 피우게 한 후 대충 돌아가는 상황을 이야기했다. 다들 믿지 못하겠다는 눈이었지만 물적 증거와 설명을 듣고는 대충 알아듣는 눈치였다.

"그러니까 지금 본 것보다 더욱 무서운 괴물들이 더 있어. 오크는 거의 초보 몬스터고 오우거나 트롤, 골렘, 늑대 인간, 해골 등 셀 수 없이 많아. 하지만 모두 힘을 합치면 충분히 살아남을 수 있다고 생각한다. 자, 그럼 다시 작업을 시작해 볼까?"

포반원들은 담배를 바닥에 비벼 끄며 다시 작업 도구들을 들었다. 꽤 깊게 파야 될 것 같았다. 워낙 많은 숫자가 죽어 있었다. 인수와 재수가 대충 팔다리를 끼워 맞추며 세어보니 마흔두 마리 정도는 죽어 있었다. 삽이 부족해서 포차에 달려 있는 삽 두 자루도 가져오니 공병 삽은 총 여섯 자루였다. 인수와 재수는 괴물의 무기를 수거했는데 무기가 가지각색이었다. 도끼, 검, 창, 석궁 등이 있었다. 효용성이 거의 없는 돌도끼는 시체와 같이 파묻기로 하고, 철제 무기로 된 쓸 만한 것들은 따로 챙겨놓았다. 이런 물건을 함부로 버리면 괴물들이 다시 사용할지도 모른다. 그리고 이 무기들은 앞으로 쓰임새가 많을 것 같았다.

무기들을 차 밑에다 넣어두고 재수와 둘이서 전우들의 시신을 조심스럽게 포차 위에서 내렸다. 단독군장은 벗겨냈다. 살아남은 사람들한테는 매우 유용한 물건이 될 것이다. 주머니를 뒤져서 소지품은 따로 모았다. 만약 돌아가게 된다면 그들의 가족에게 전달할 물건들이었다. 그리고는 군번 줄에 걸려 있는 인식표를 하나씩 떼었다. 듣기로는 하나는 부대에 전달하는 것이고, 하나는 이빨 사이에 끼운 후 턱을 발로 차서 고정시킨다고 들었지만 인수는 그렇게 할 엄두가 나지 않았다. 떼어낸 인식표를 좌측 상의 주머니에 집어넣으며 인수가 입을 열었다.

"재수야, 내가 죽거든 네가 이걸 모아서 돌아가게 되면 꼭 전달해 줘라."

재수는 눈에다 힘을 주며 말했다.

"한인수 병장, 우리 꼭 살아남자."

열심히 한 덕분인지 두 시간에 걸친 작업이 끝나고 마흔두 마리의 괴물을 파묻을 수 있었다. 이제 전우들을 묻을 시간이었다.

인수는 병훈이의 무덤을 정성껏 팠다. 누구의 도움도 받지 않았다. 눈물도 흘리지 않았다. 어쩌면 죽은 병훈이가 더 편할 수 있겠다는 생각이 들었다.

세 개의 구덩이가 다 파지고, 그들을 눕혔다.

부릅뜬 병훈이의 눈을 감겨주는 인수의 손이 떨렸다. 인수는 한 명씩 차례로 눈을 감겨주었다.

'얼마나 원통하면 눈도 감지 못했을까'

인수는 흙을 덮으며 꼭 살아남아야겠다고 다짐했다. 이렇게 아무도 모르는 곳에서 죽기는 싫었다.

군종병 현민이가 마지막 길을 가는 그들을 위해 기도를 했다.

인수는 왼쪽 상의 주머니에 들어 있는 그들의 인식표 세 개를 어루만지며 속으로 그들이 천국에 갈 수 있기를 빌었다.

"부대 차렷!"

"경례!"

멍청하게 입을 열어서 분위기를 깨는 인간은 없었다.

"바로!"

"애국가 제창!"

다들 울면서 애국가를 불렀다.

그렇게 장례식은 끝이 났다.

"우리는 너희들을 잊지 않을 것이다."

CHAPTER 3

오발탄

해 가 지고 있었다.

모든 육식동물은 야행성이다.

인수는 밤이 걱정되었다. X니지 책에도 나와 있었다. 밤이 되면 몬스터들의 흉성은 더욱 극대화된다고 했다. 아까 살아서 도망간 녀석들이 꽤 많았기 때문에 철저히 대비를 해야 했다. 넋 놓고 있다가는 이 밤을 넘기기 전에 자신들이 여기 있었다는 흔적이 지워질지도 몰랐다.

숲 깊숙이 들어가는 것은 꺼림칙해서 장례식이 끝나자마자 전부 무장을 하고 공터 좌우에서 나뭇가지를 최대한 모았다. 숲에 들어가는 게 무서웠지만 밤은 더욱 무서웠다. 사방을 경계하면서 나뭇가지를 주워 모았다. 다행히 괴물들의 모습은 보이지 않았다.

나뭇가지를 가져다가 포차 옆에도 잔뜩 쌓아놓았다. 아직 해가 지려면 시간이 조금 남아 있었다. 군용 철주 네 개를 포차 주변 20미터 둘레에 박았다. 그 주위에 통신용 케이블을 깔고 맛스타를 하나씩 마신 후 빈 깡통에 구멍을 뚫어서 속에 돌을 조금 채운 다음 케이블에 적당한 간격을 두고 걸었다. 선을 건드리면 소리가 날 것이다. 어설프지만 경보기 대용이었다.

포차에 달려 있는 물통을 가져다가 개울에서 물을 떴다. 몇 번을 떠다가 포차 바닥에 뿌리며 묻은 피를 대충 씻어냈다. 전우들의 죽음을 떠오르게 하는 굉장히 고통스러운 일이었다.

해가 너무 빨리 진다고 속으로 불평을 하며 인수는 포차에 반호로(호로:가죽으로 만들어진 포차덮개로 비를 피하기 위해서 사용. 반호로:지붕은 덮고 양 옆은 개폐시켜 놓아서 밖을 살필 수 있다)를 씌웠다. 이슬은 피해야 될 것 같았다. 등받이에는 나무 방패와 철 방패를 묶었다. 화살을 막아줄 것이다. 병훈이처럼 무방비 상태로 화살에 맞아서 죽기는 싫었다.

해가 완전히 지기 전에 모닥불을 좌우에 피웠다. 반합을 몇 개 꺼내서 물을 끓였다. 말은 안 했지만 다들 시장기를 느끼고 있었다. 전투 식량은 두 박스가 있었는데 전부 비빔밥이었다. 다섯 개를 꺼내서 2인당 한 개씩 나누어주었다. 인수에게 불평을 하는 녀석은 없었다. 다들 어느 정도씩은 현재 우리가 처한 상황이 어떻다는 것을 몸으로 느끼고 있었다.

기름을 넣고 전투 식량을 비비자 인수의 입 안에 침이 고였다. 사람이 참 간사하다는 것을 새삼 느꼈다. 푹 떠서 한입 씹으며 자신도 모르게 입가에 미소가 지어졌다. 계속된 긴장과 작업으로 허기가 져서 그런지 몰라도 전투 식량이 정말 맛있었다.

포차 위에다 장약(포를 발사하기 위해서 필요한 화약) 두 통을 가져다 뜯은 후에 장약을 한 덩어리씩 나누어주었다. 괴물이 밤에 몰려오면 장약을 던져서 불을 키울 생각이었다. 이것으로 대충 밤을 대비한 준비가 끝난 듯해 보였다. 모두들 살기 위해서 몸부림을 치며 열심히 움직였다.

인수는 꽃불(흰색과 붉은색이 나오는 플래시)을 켜놓고 의자에 비스듬히 기대어 앉았다. 모포를 가슴까지 덮고 수첩을 꺼내서 오늘의 일을 적어 나갔다. 이건 인수의 몫이었다.

8/7.
남병훈, 박태현, 전현진 사망.
판타지 세계라고 어렴풋이 짐작 중.
괴물(오크라고 이름 붙임)들과 조우.
오크 42마리 정도 사살.

손도끼 8자루, 검 10자루, 창 5개, 석궁 8개, 화살통 8개, 화살 102발, 나무 방패 10개, 철방패 3개 획득.

야습이 우려됨. 야간 경계 철저.

내일 전원 목책 작업 투입. 물자 확인, 주변 수색, 식량 확보 등.

해가 진 후에는 두 명씩 근무를 서기로 이야기가 되어 있었다. 몸도 마음도 지쳐 있었지만 오늘 밤이 고비였다. 살아서 돌아간 놈들이 꽤 되었다. 분명히 어두워지면 공격해 올 것이다.

이곳에서의 첫날 밤이었다. 어떤 위험이 닥칠지 아직은 알 수 없었다. 생각 같아서는 뜬눈으로 밤을 지새우고 싶었지만 낮부터 이어진 전투와 작업은 이미 이들의 체력 한계치를 뛰어넘고 있었다. 지금은 휴식을 취하면서 힘을 보충해야 될 때였다. 두 명이라면 총이라는 무기의 이점을 살려서 초기 대응이 가능할 것이다. 밤이라 해도 충분히 승산이 있다고 인수는 생각했다.

한참 인수가 내일 할 일에 대해서 고민하고 있을 때 김준일이 근무표를 다 짰는지 인수에게 내밀었다.

"한인수 병장님, 근무표 다 짰습니다."

"제대로 짰나?"

힐끗 준일이를 쳐다보며 말했다. 얼굴에 표정이 드러나는 녀석이라 잔뜩 겁먹고 있는 게 보였다.

"예, 시키신 대로 병장들은 새벽으로 넣었습니다."

인수는 고개를 끄덕이며 꽃불을 비추어 근무표를 살폈다. 아까 밥 먹기 전에 시킨 대로 근무표는 짜여져 있었다.

"제대로 짰네. 이제부터 근무표는 네가 짜라."

인수의 칭찬에 준일이 눈을 반짝였다.

"예, 알겠습니다!"

기쁜 목소리로 대답을 하는 녀석을 보며 인수는 자신이 모든 일을 할 필요는 없다고 생각했다.

인수는 상체를 좀 더 세워서 자세를 바로 했다. 등 뒤에 침낭을 받쳤지만 확실히 포차 위는 좁았다. 등도 배기고 발도 제대로 뻗을 수가 없었다. 생각 같아서는 막사를 치고 조금 더 편하게 잠을 자고 싶었지만 아홉 명의 인원으로 막사를 치고 잠을 자기에는 불안했다. 갑작스런 공격에 전혀 대응할 수가 없었기 때문이다.

"지금부터 오늘 근무 순서를 불러주겠다. 자기 앞뒤를 잘 기억해서 근무를 설 수 있도록 하고, 근무 시간은 두 시간씩이다. 초번 초 상병 사도신, 일병 이현민. 둘번 초 상병 김상식, 일병 김상태. 삼번 초 상병 김준일, 이병 배운석. 사번 초 병장 한인수, 병장 장재수. 말번 초 병장 한인수, 상병 박현준. 이상. 해가 뜨지 않으면 다시 초번 초부터 돌아간다. 근무자들은 불이 꺼지지 않도록 잘 관리하기 바란다. 근무 위치는

적재함 제일 앞쪽 위장막 위에서 등을 맞대고 감시한다. 근무
자를 제외한 인원은 취침."

"취침."

인수의 취침이라는 말이 나오자 재수는 복명복창을 하며
모포를 얼굴까지 끌어당겼다. 나머지 인원들도 모포를 끌어
당기며 최대한 편한 자세를 만들려고 노력했다.

인수는 잠이 오지 않아서 감았던 눈을 떴다. 어디선가 훌쩍
거리는 소리가 들렸다. 다들 모포를 뒤집어쓰고 있어서 누군
지 정확히 알 수는 없었지만 우는 소리가 분명했다. 인수는
입을 열려다 말았다. 그 마음을 인수 또한 모르는 게 아니었
다. 누군지 몰라도 울고 나면 나아지리라.

초번 초인 사도신과 이현민이 불안한 얼굴로 서로의 등을
기댄 채 바깥쪽을 바라보고 있었다. 걱정스러운 밤이었다.

풀벌레 소리가 자장가 소리처럼 들렸다.

2

탕!

밤의 정적을 깨는 총소리에 깜짝 놀라서 인수는 상체를 벌
떡 일으켰다. 얼굴에 뭔가 끈적끈적한 것이 튀었다.

무언가가 인수의 가슴 쪽으로 쓰러졌다. 손을 뻗어서 받칠
새도 없었다.

“뭐냐? 누구야?”

인수는 깜짝 놀라서 말했다.

검은 물체는 대꾸가 없었다. 인수는 검은 물체를 일으키려고 손을 뻗어서 잡았다. 고개를 숙이자 피 냄새가 확 풍겼다. 인수의 손에 닿은 부분이 축축하게 젖어 있었다. 모닥불 불빛으로 포차 안을 확인하기에는 들어오는 빛이 너무 적었다. 누군가 죽었다는 것을 인수는 직감적으로 알 수 있었다. 너무나 무서웠다. 인수는 이런 시련을 주는 신을 저주하며 오른쪽 건빵 주머니를 더듬거려서 꽃불을 꺼내어 불을 켰다.

“헉!”

인수는 자신의 손에 들린 꽃불의 불빛이 멈춘 곳을 보며 경악했다. 처참한 모습에 차마 입이 떨어지지 않았다.

검은 물체는 김준일이었다. 준일이의 뒤통수가 어디로 갔는지 없었다. 뒤통수에서는 피가 계속 흘러내리며 모포를 적시고 있었다.

여기저기서 짧은 비명 소리가 들렸다. 다들 놀란 것 같았다.

인수가 주위를 비춰보니 다들 놀란 토끼눈을 하고 있었다. 모포를 다시 뒤집어쓰는 녀석도 있었다.

인수는 움직이지 않는 다른 검은 물체를 비추었다.

배운석은 위장막 위에 널브러져 있었다. 총구를 입에 물고 죽어 있었다. 뒤통수에서는 끊임없이 피가 흘러내리며 위장막 커버를 붉게 적시고 있었다.

"준일아! 준일아!"

인수는 준일의 어깨를 잡고 흔들었지만 미동도 하지 않았다.

"한인수 병장, 뭐가 어떻게 된 거야?"

앞에서 재수가 떨리는 목소리로 물었다. 모두들 숨을 죽였다. 정말 공포, 그 자체였다.

"으아아악! 으아악!"

이현민이 갑자기 소리를 질러대기 시작했다.

재수가 발작을 하는 이현민의 팔을 붙잡았다.

"조용히 해, 개새끼야! 야, 빨리 애 붙잡아!"

이현민은 몸부림을 치며 버둥거렸다. 김상태와 박현준까지 달려들고 나서야 움직이지 못하게 붙잡을 수 있었다. 입으로는 여전히 비명을 질러대고 있었다.

"재수야, 그 새끼 입 좀 닥치게 해!"

이현민은 모두를 불안하게 하고 있었다. 재수가 이현민의 입을 억지로 틀어막았다.

"사도신, 이리 와."

인수는 도신이를 불렀다. 이대로 방치해 두기에는 너무나 무서운 모습이었다. 일단 시체를 치워야겠다는 생각이 들었다.

"저 말입니까?"

도신이의 반문에 인수는 짜증이 일었다. 움직이기 싫었을 것이다. 시킬 일이 뻔했으니까.

"그래, 개새끼야! 여기 너 말고 사도신이 또 있냐? 아가리 닥치고 빨리 이리 와!"

'누군 치우고 싶냐?

인수는 뒷말을 속으로 삼켰다. 욕을 안 하면 안 돌아가는 것이 군대다. 도신이가 미적거리며 인수 쪽으로 다가왔다. 그런 도신이의 얼굴을 주먹으로 한 대 올려붙이고 싶었다.

인수는 모포 그대로 준일이의 시체를 감싸서 한쪽을 사도신에게 내밀었다. 사도신이 잽싸게 인수가 내민 부분을 잡았다.

어설프게 까불다가는 '나 지금 화났다'는 표시를 온몸으로 보여주는 인수에게 맞을 것 같았기 때문이다.

"조심해서 들어. 일단 포차 밑에 내려놓을 테니까. 김상식, 이쪽으로 불 좀 제대로 비춰봐."

불빛에 의지해 준일의 시체를 포차 밖에다 무사히 내려놓았다. 인수는 기분이 묘했다. 벌써 이런 일을 아무렇지도 않게 하는 자신은 도대체 어떻게 생겨먹은 인간인가?

인수의 생각은 잠시였고, 배운석의 시체를 치울 차례였다. 다시 포차에 올라간 인수는 대충 손에 잡히는 모포를 가져다 바닥에 깔았다. 배운석의 총을 안전에 놓고 배운석의 입에서 총구를 빼냈다. 불빛이 흔들리더니 다른 곳을 비추고 있었다.

인수가 김상식을 보니 고개를 돌리고 다른 곳을 보고 있었다. 아마도 너무 끔찍했을 것이다. 인수도 별로 보고 싶지 않은 장면이었다. 하지만 이 일을 대신해 줄 사람은 없었다. 나중에 지독한 인간이라고 손가락질을 받을지도 모르겠다는 생각이 들었다.

"시발아, 빨리 끝내게 제대로 비춰!"

인수는 잔인하게 말했다.

흔들리던 불빛이 배운석의 얼굴에 제대로 비춰졌다.

배운석의 어깨를 잡은 인수의 손이 떨리고 있었지만 그것을 눈치 챈 사람은 없었다. 배운석의 시체를 치우며 인수는 다짐했다. 이제 그는 강하고 지독한 사람이 될 것이다.

두 구의 시체를 포차 밑에 내려놓고 올라오니 그제야 이현민이 조용해져 있었다.

재수는 담배를 입에 물고 있었다. 빨갛게 담배가 타 들어갔다. 재수가 뿜어내는 담배 연기에 피 냄새가 가시는 것 같았다.

인수는 담배를 피우지는 않지만 한 대 피우고 싶어졌다. 코끝을 계속 자극하는 피 냄새를 맡지 않을 수 있다면.

3

"재수랑 내가 경계 근무를 설 테니 다들 조용히 쳐 자라!"

인수는 신경질적으로 말했다.

다들 인수의 말을 이해했는지 모포를 머리까지 뒤집어썼다.

인수는 또 이런 일이 일어날까 봐 덜컥 겁이 났다. 이렇게 처참하게 죽기는 싫었다. 어떤 미친놈이 자신에게 총부리를 갖다 댄다고 생각하니 온몸에 소름이 돋았다. 벽에 똥칠할 때까지 살다가 죽고 싶었다. 지금 눈을 감았다가는 영영 눈을 못 뜰 것만 같았다. 그리고 다시는 전우의 시체를 치우고 싶지 않았다.

"한인수 병장, 왜 하필이면 나야."

담뱃재를 털던 재수가 불만스럽다는 듯이 입을 열었다.

"너랑 좀 할 이야기가 있다."

인수는 그렇게 말하고 바깥쪽으로 고개를 돌리며 입을 다물었다. 다시 피 냄새가 코끝을 스쳤다. 자고 일어나면 원래대로 되지 않을까 하는 바람도 있었지만 현실은 그런 인수를 외면했다. 그리고 돌아온 것은 후임병의 자살이었다. 오늘 하룻 동안 정말 꿈을 꾸는 것 같은 일들이 계속 일어나고 있다.

아마도 아까 울었던 사람은 배운석이 분명했다. 평소에도 문제가 많은 녀석이었는데 좀 더 신경을 쓰지 않은 것이 잘못이었다. 배운석이 자살하면서 쏜 총알이 등 뒤에 있던 김준일까지 천국으로 데리고 갔을 것이다. 아마 김준일은 영문도 모르고 죽었을 것이다. 인수는 자신의 잘못이라고 생각했다. 조

금 더 다그쳐서 정신을 차리게 만들어놓았어야 한다는 자책
이 들었다. 최소한 하이바라도 꼭 쓰도록 했으면 이렇게 허무
하게 죽지는 않았으리라. 그러면 최소한 준일이는 죽지 않았
으리라. 자책을 해도 이미 늦었다는 것을 알지만 안타까운 마
음이 드는 건 어쩔 수 없었다. 충분히 살릴 수 있었는데 하는
생각이 인수의 머릿속을 헤집고 다녔다.

얼마나 시간이 지났는지 모르겠지만 풀벌레 소리가 조용
히 울려 퍼지고 있었다.

재수한테는 할 말이 있다고 했지만 딱히 무슨 말을 하고자
했던 것은 아니다. 그래도 제일 믿을 만한 녀석이 재수였다.

인수는 시계의 전면에 큼지막하게 돌출되어 있는 단추를
눌렀다. 초록색 불이 들어오며 시간이 뚜렷하게 보였다. 시계
는 3시 18분을 표시하고 있었다.

"자냐?"

인수가 조용히 물었다.

"아니."

기다리고 있었다는 듯이 재수의 대꾸가 들려왔다.

"살고 싶다."

"나도."

삶의 욕구를 느끼자 인수는 갑자기 목이 말랐다.

"재수야, 물 좀 남았냐?"

"없어."

인수는 등 뒤로 손을 뻗어 툭툭 수통을 건드려 보았다. 제법 물이 남아 있었다. 수통을 꺼내서 한 모금 들이키고는 뒤로 내밀었다. 물은 생각했던 맛이 나지 않았다. 입 안이 썼다.

기다렸다는 듯이 인수의 손에 들려 있는 물통을 재수가 채갔다.

꿀꺽꿀꺽.

시원하게 물 마시는 소리가 들렸다.

"휴, 이제 좀 살겠네. 한인수 병장, 땡큐."

특유의 밝은 목소리였다.

이 녀석은 이름 그대로 정말 재수가 없는 녀석이라고 생각했다. 우리 포반도 아닌데 지원 나왔다가 이런 곳에 왔으니 원망을 할 법도 한데 그런 소리 한마디 없었다.

수통을 집어넣으며 인수가 다시 입을 열었다.

"집에 갈 수 있을까?"

"글쎄, 한인수 병장은 그래도 많이 배웠잖아. 집에 갈 수 있는 방법 좀 생각나는 거 없어?"

"내가 뭘 많이 배우냐. 기껏 전문대 졸업했는데."

"고등학교 나온 나보다는 낫지, 뭐."

"지금 우리 처지가 학교에서 배운 교육이 통하는 상황은 아니잖아?"

"그렇긴 하지."

"젠장, 군 생활 32일 남기고 뭐 하는 건지."

"난 82일 남았는데."

재수가 날름 대답했다.

"한참 남았네. 크크크."

그렇게 말하며 고개를 돌리다 인수는 전방에 뭔가 반짝이는 것을 본 것 같았다.

"야, 봤냐?"

인수는 목소리를 최대한 낮추며 아주 조용히 말했다.

"뭘?"

"네 쪽엔 안 보이냐? 내 쪽에선 뭔가 움직이는데……."

잠시 후에 재수의 말소리가 다시 들렸다.

"이쪽도 뭔가 움직이는데……."

이제는 좀 더 뚜렷이 보이기 시작했다. 숲과 공터의 경계 부근에 많은 물체들이 움직이고 있었다. 오크라고 이름 붙인 괴물 같았다.

"재수야, 조용히 애들 깨워라. 준비만 시키고 내가 쏘라고 할 때까지 기다려."

재수가 조용히 애들을 깨우기 시작했다. 작은 소리는 났지만 경각심을 불러일으킬 만한 소리는 나지 않았다.

어느새 각자 위치에서 총구만을 앞으로 내밀고 자리를 잡았다.

"내가 명령할 때까지는 절대 쏘지 말고 한 마리씩 조준 사격해. 재수야, 너는 내가 사격 명령 내리면 모닥불에 장약부터 던져라."

"엉."

깡통 떨어지는 소리가 들렸다. 20미터까지 접근한 것이다. 들킨 것을 알았는지 오크들이 괴상한 소리를 지르며 포차를 향해 달려왔다.

"사격!"

인수는 망설임없이 명령을 내렸다. 그리고는 모닥불을 향해 장약을 던졌다.

탕탕탕!

밤의 정적을 깨고 총소리가 요란하게 울려 퍼졌다.

쉬이익!

인수가 던진 장약에 불이 붙으면서 순식간에 불길이 확 솟아올랐다.

오크들은 갑작스런 불길에 놀란 듯 더 이상 다가오지 못하고 주춤거렸다. 대충 눈에 보이는 숫자만 해도 30마리는 넘어 보였다. 불길이 솟아오르자 오크들의 모습이 더 자세히 보였다.

인수는 정확히 조준해서 한 마리씩 맞춰 나갔다. 가슴은 두근거렸지만 아까처럼 손이 떨리지는 않았다. 미지의 괴물에게는 겁이 났지만 이미 한번 겪은 오크에게는 그런 공포감이 존재하지 않았다. 컴퓨터 게임을 하듯 오크들을 맞춰 나갔다.

최후의 발악을 하듯 용감하게 돌진해 오는 오크들이 있었지만 총알을 피하지는 못했다.

총소리가 울릴 때마다 어김없이 오크들이 쓰러졌다.

잠깐 사이에 서 있는 오크가 없었다.

완벽한 승리였다.

인수의 목소리가 밤하늘을 갈랐다.

"사격 중지! 사격 중지!"

그 소리에 총소리가 잦아들었다.

"재수야, 그쪽은 어때?"

"깨끗해."

"다친 사람 없어?"

"예, 없습니다."

인수의 물음에 조용한 대답이 여러 차례 들렸다.

인수는 안심이 안 돼서 꽃불을 비추며 일일이 확인했다. 다행히 일곱 명 모두 무사했다.

아주 적절하게 대응을 했고, 피해없이 오크들을 이긴 것이다. 낮에 있었던 전투가 거짓말같이 느껴질 정도로 손쉬운 싸움이었다.

"와아아아아!"

누가 소리를 냈는지는 모르지만 모두들 기쁨의 함성을 질렀다. 이제는 조금 희망을 가지게 되었다. 오크들은 이제 두려운 상대가 아니었다.

4

날이 밝고 있었다.

새벽의 전투 이후로 모두들 뜬눈으로 밤을 샜다.

아까의 흥분이 가시지 않은 모습들이었다. 오크의 시체는 치우지 않고 놔두었다. 어둠 속에서 작업하다 다칠 수도 있고, 오크들의 또 다른 공격에 노출될 위험이 있었기 때문이다. 아직도 고통에 찬 오크들의 울부짖는 소리가 들렸지만 그걸 동정하는 사람은 아무도 없었다. 오크들을 동정할 이유가 우리에게는 없었다. 그들은 우리의 생존을 위협하는 주적일 뿐이고, 주적을 상대로 우리는 그저 작은 첫 승리를 했을 뿐이다.

앞을 분간할 수 있을 정도로 날이 밝자 인수가 모포를 걷으며 말했다.

"포차 오른쪽으로 작업 도구를 가지고 집합."

"예, 알겠습니다."

인수의 지휘로 작은 승리를 거둔 후 그를 믿는 마음이 생긴 것인지 대답 소리가 힘찼다. 일렬로 일사불란하게 삽이나 함마 등을 들고 포차에서 뛰어내렸다. 다들 무슨 일을 해야 되는지 어제의 경험으로 알고 있었다.

인수는 느긋하게 함마를 들고 포차에서 내렸다.

인수가 천천히 한 명, 한 명 얼굴을 들여다보았다. 새벽에 발작을 일으켰던 이현민까지도 자신감에 찬 모습이었다.

안타까운 게 있다면 어제보다 인원이 줄어 있다는 것이었다.

새벽의 사고로 두 명이 더 죽어서 이제 일곱 명만이 남았다.

다들 인수가 무슨 말을 할까 기대하는 얼굴이었다. 여섯 쌍의 눈이 인수의 몸을 따라다녔다.

인수는 뭔가 멋진 말을 하고 싶었다. 제대로 말만 한다면 좀 더 힘을 낼 것이다. 삶의 희망을 주는 것이 인수가 지금 할 수 있는 일이었고, 그가 해야 하는 일이었다. 근데 그다지 멋진 말이 생각나지 않았다.

"간밤에는 고생들이 많았다. 비록 안 좋은 일이 있었지만 우리는 적을 물리쳤다. 이제부터 우리의 적은 우리의 생명을 위협하는 모든 것들이다. 아직도 얼마나 많은 적이 있는지는 모르지만 우리가 어젯밤처럼 행동하면 항상 이길 수 있다. 확실하게 뒤처리를 하자. 오포 파이팅! 작업 시작!"

"작업 시작!"

복명복창과 함께 아직도 살아서 꿈틀대는 오크들의 숨통을 확실히 끊어주기 시작했다. 포반원 중에 어느 누구도 어제처럼 망설이는 모습은 보이지 않았다. 오크들을 파묻을 구덩이를 파는 것도 엄청난 중노동이었다. 해가 중천에 떠서야 작업이 끝났다. 오크들은 어제보다 훨씬 많은 57마리 정도를 사살했다. 적절한 대응과 화력 집중 덕분이었다. 그리고 많은 무기들을 수거했다.

아직은 추측이지만 총칼이 난무하는 곳이 맞는 것 같았다. 정말로 판타지 세계에 와 있는 것이다. 하지만 책에서 보던 그런 낭만적인 세계와는 거리가 좀 있어 보였다. 드래곤 슬레이어를 꿈꾸는 멋진 기사, 환상적인 마법을 펼치는 마법사는 없고, 오직 오크 따위에게 쩔쩔매며 죽어가는 포병만이 있을 뿐이었다. 현실은 냉정했고, 신은 불공평했다.

인수는 오크들의 시체를 파묻고 나서 잠시 쉬면서 정신 교육에 들어갔다. 준일이처럼 죽고 싶은 생각은 들지 않았다. 죽을지언정 괴물들의 손에 죽고 싶지 아군에게 총을 맞아 죽고 싶은 생각은 없었다.

"씨발 놈들아, 나한테 총구 들이대는 새끼는 죽어서 귀신이 되어서라도 따라다닐 테니까 알아서 해라. 지옥 끝까지 따라간다는 말이 무슨 말인지 실감나게 해주마. 뒈지려면 혼자 뒈지란 말이다. 배운석, 이 개새끼는 이제부터 내 적이다. 내가 쳐 죽여야 되는데 이 새끼는 너무 쉽게 죽었어. 하여튼 어떤 새끼고 깝죽대거나 건방 떨면 바로 패 죽일 테니까 알아서 기어라."

인수의 기세에 다들 머리를 땅으로 처박았다.

괜히 고개를 들고 눈을 마주쳤다가는 좋은 소리는 고사하고 욕만 안 먹어도 다행이었다. 특히 한인수, 저 인간이 저렇게 핏대를 세울 때는 더욱 조심해야 된다는 걸 경험으로 알고 있었다.

"한인수 병장, 나도?"

역시나 상황 파악을 제대로 못하고 재수가 입을 열었다.

재수, 저 자식은 평생 도움 안 되는 녀석이라고 인수는 생각했다. 분위기를 한참 잡고 있었는데 저 한마디에 상황이 코미디처럼 되어버렸다. 재수한테 말려서 병장 열외라는 말이 목구멍까지 나왔지만 간신히 씹어 삼키며 버럭 소리를 질렀다.

"내 밑으로는 누구도 까대지 마!"

김준일과 배운석은 모포째 매장을 해야 했다. 밝은 햇살 아래서 보는 그들은 너무나 처참한 모습이었다. 모포에 떨어진 피가 굳어서 잘 떨어지지 않았다. 인수는 억지로 모포를 벗기고 단독군장을 벗겼다. 모두들 그 모습에 눈살을 찌푸렸다. 또한 그들의 주머니를 일일이 뒤져서 소지품을 모았다. 배운석의 주머니에서는 유서 비슷한 것이 나왔다. 충동적인 자살이 아닌 것이다.

머리 나쁜 녀석들이랑 같이 있는 게 나에게는 지옥이다.

모든 것이 마음에 들지 않는다.

그들에게는 나와 대화할 지적 수준이란 게 존재하지 않는다.

차라리 잘됐다.

죽으면 바보들을 보지 않아도 되니.

잘 있어라, 바보들아.

짧지만 아주 재수없는 내용이었다.

"미친 개새끼, 미리 알고 쳐 죽였어야 되는데."

인수는 몸이 부들부들 떨렸다.

인수의 말에 어리둥절하던 포반원들도 쪽지를 돌려 보곤 다들 분노에 몸을 떨었다. 준일이만 재수없게 휘말려 죽은 것이다.

인수는 끓어오르는 화를 주체할 수가 없었다. 이현민이 들고 있던 삽을 낚아채서 배운석의 시체를 사정없이 내려쳤다. 피가 튀며 뼈 부러지는 소리가 들렸다. 죽어서도 곱게 죽지 못하게 만든다는 말이 무슨 말인지 다들 실감하고 있었다. 인수의 행동은 상식으로는 이해할 수 없는 지독한 짓거리였지만 입을 열거나 말리는 사람은 없었다.

인수는 삽을 팽개치며 말했다.

"이 개새끼, 내가 나중에 지옥에 가서 너를 다시 쳐 죽이고 말 거다."

인수도 자신의 모습이 지독하게 보일 거라는 걸 알았다. 하지만 도저히 용서가 안 되었다. 이 시간 이후로 아마 딴마음을 먹는 녀석은 없을 것이다. 확신할 수는 없지만.

재수가 운석이와 준일이의 목에 걸린 인식표를 내밀었다. 이것으로 그들의 죽음을 전하게 될 것이다. 인수는 조용히 상의 주머니에 집어넣었다. 인식표가 다섯 개로 늘었다.

어제처럼 이현민이 그들을 위해서 기도를 했다.

애국가를 부르며 어제처럼 우는 녀석은 없었다. 그것이 인수의 발광 때문인지, 아니면 다른 이유인지는 알 수가 없었다. 어쩌면 하루 사이에 죽음에 점점 익숙해지고 있는지도 몰랐다.

장례식이 끝나고 인수는 당부의 말을 잊지 않았다.

"이제부터 죽을 놈들은 내 허락받고 죽어라."

CHAPTER 4

휴식

군용 컵라면으로 늦은 아침을 먹었다. 수통에 들어 있는 물이 대부분 떨어져서 반합을 있는 대로 꺼내서 물을 끓였다. 아무리 개울물이 깨끗해 보여도 그냥 먹다가는 큰일 날 수가 있었다. 외지에서 물 갈아먹으면 배탈이 나기 마련이다.

군대야말로 이런 원칙에 철저해서 한여름 무더위에도 뜨거운 물을 나눠주는 센스를 발휘하곤 했다. 인수는 물을 끓이며 그 점을 강조했다. 신경 쓸 게 한두 가지가 아니었다.

인수는 물이 끓는 동안 하이바에 물을 떠다가 군용 대검을 갈았다. 군용 대검은 날이 서 있지가 않아서 날을 세워야만 했다. 우스갯소리로 아주 고통스럽게 죽이기 위해 날이 서 있지 않다는 말을 하곤 했다.

돌에다 열심히 대검을 문지르는 인수를 보며 재수가 뭐 하느냐고 물었다.

"난 오래 살고 싶거든."

그 한마디에 다들 대검을 꺼내서 갈았다. 자신의 목숨을 지켜주는 생명줄이라는 것을 그들도 느끼기 시작한 것이다. 인수는 친절하게 대검을 한 자루씩 더 나누어주었다. 굉장히 지루한 작업이었다. 하루아침에 날이 서는 것도 아니어서 적당히 한 후에 인수는 수첩을 꺼내서 어제 계획한 것들을 살펴보았다.

가장 시급한 문제는 목책 작업이었다. 목책이 완성되면 조금 더 안전해질 거라는 것을 느꼈다. 그리고 뭔가 집중할 것이 필요했다. 긴장이 풀어지는 순간 독약이 되리라 생각했다. 딴 생각을 못하도록 숨도 못 쉬게 몰아붙여야 살 수 있을 것이다.

앞으로 할 일은 널리고 널렸다.

"돌아가면서 총기 수입을 한다. 깨끗이 손질해 둬라."

어제부터 이어진 전투로 총 상태가 개판이었다.

판초 우의를 깔고 군장을 뒤져 총기 수입 도구를 몇 개 꺼내서 손질에 들어갔다. 죽은 사람들의 총까지 수입하느라 시간이 제법 많이 걸렸다.

인수는 탄약을 모아서 재분배를 했다.

탄약 소모량이 너무 많았다. 어제 하루 쓴 탄이 378발이었다. 거의 가진 탄약의 10분의 1을 소비했다. 이런 식으로 매일 쓴다면 10일 정도의 여유가 남은 것이다. 5탄창 백 발씩 나누어주고는 아끼라는 말을 잊지 않았다. 너무 강조하지는 않았다. 너무 아끼다가 적에게 쏘아보지도 못하고 죽는 것은 인수가 바라는 바가 아니었다.

인수는 포차 주위에 떨어져 있는 탄피도 정성껏 모았다.

대한민국 군인이 그렇듯이 탄피를 줍는 데는 이골이 나 있었다. 인수도 탄피 하나 때문에 한 달 동안 아침마다 사격장에 올라가서 탄피를 찾은 적도 있었다. 지금의 용도는 그것이 아니긴 하지만 말이다. 유사시엔 이것도 훌륭한 무기가 될 수 있었다. 비록 살상력은 없지만 그 폭발 소리와 파편은 적을 놀라게 하고 약간의 상처를 입히기에는 충분할 것이다.

탄피 줍는 일이 끝나고 약간의 휴식 시간을 주었다. 인수를 제외한 모두가 흡연자였다. 재수 정도의 짬밥이 되면 자기가 피우고 싶을 때 담배를 피울 수 있지만 나머지는 다들 인수의 눈치를 보았다. 지금 최고 선임병은 인수였다. 포대원들이 맛나게 담배를 피우는 모습을 보면서 인수는 날이 잘 서 있는 손도끼들을 포차 밑에서 꺼냈다.

"한인수 병장, 그건 뭐 하게?"

재수가 궁금했는지 물었다.

"재수야, 이거 한 자루씩 나눠 줘라."

재수는 손도끼를 손에 들고 김상태를 불렀다.

"야, 김상태!"

"일병 김상태."

김상태가 쪼르르 와서 재수 앞에 섰다.

재수는 한껏 거드름을 피우며 말했다.

"일병 김상태에게 도끼 번호 181818을 수여함."

"일병 김상태 도끼 번호 181818."

엄숙함마저 느껴졌다.

"다들 이리 와서 줄 서라."

재수가 손짓을 하며 말했다.

"상병 사도신에게 도끼 번호 181819를 수여함."

"상병 사도신 도끼 번호 181819."

그런 식으로 재수는 도끼를 일일이 나누어주었다.

"미친놈들."

'하여튼 재수, 저 새끼는……'

조금씩 여유를 찾아가는 것 같아서 인수는 재수가 하는 걸 그냥 지켜보았다.

어느새 재수로부터 손도끼를 모두 지급 받아서 하나씩 들고 있었다.

"지금부터 재수가 작업반장이다."

인수의 말에 놀랐는지 재수가 눈을 동그랗게 떴다.

"내가 왜?"

"그럼 내가 하리?"

"한인수 병장은 뭐 하고?"

불만이 가득 찬 목소리였다.

인수는 인상을 찡그리며 말했다.

"난 오늘 물자 정리를 할 건데, 바꿀까? 네가 물자 파악해라. 일일이 개수 파악한 후 필요한 목록도 작성하고. 어때? 내가 작업반장할 테니까."

"에이, 쌍! 내가 작업반장하면 되잖아."

재수는 욕을 하며 도끼를 들고 일어섰다. 작업반장이 그다지 싫지 않은 얼굴이었다. 가끔은 몸을 굴리는 것이 좋을 때도 있는 법이다.

인수는 그런 재수가 귀엽게 보였다.

"재수야, 목책 만들어봤지? 좀 굵은 나무로 만들어. 튼튼하게 가슴 높이까지. 끈은 통신선 잘라서 쓰고. 너무 깊이 들어가지는 마. 제발 나 신경 안 쓰게 해라."

"걱정 마."

그다지 미덥지는 않았지만 마음먹고 하면 잘할 녀석이었다. 그래서 인수는 당근을 던져 주었다.

"그렇지. 우리 재수가 작업 하나는 끝내주게 잘하지. 만약에 무슨 일 생기면 총소리로 신호 보내라. 항상 안전이 최우선이다."

"그럼. 한 병장, 나만 믿으라니까."

재수는 자기만 믿으라는 듯이 고개를 끄덕이며 엄지손가락까지 세워 보였다.

인수는 재수 같은 인물이 참 다루기가 쉽다고 생각했다. 단무지의 전형이었다. 단순, 무식, 지랄. 어쨌든 재수 덕에 오늘은 작업을 신경 쓰지 않고 물자를 전부 정리할 수 있을 것 같았다.

재수는 포반원들을 이끌고 우측 숲으로 들어갔다.

2

인수는 지금 포차 위에서 절망하고 있었다. 어디서부터 손을 대야 할지 난감했다. 아직도 피 냄새가 진동하고 있었다. 검게 굳은 피의 흔적은 지난밤의 일을 떠오르게 했다. 피 냄새도 자주 맡으니 그렇게 역겹지는 않았다. 코는 벌써 익숙해졌는지 자극적이지도 않았다.

"힘을 내자, 한인수!"

인수는 각오를 다지며 일단 반호로를 걷었다.

지난밤 이슬을 피하기 위해 포차 지붕을 덮어두었기 때문에 지금 포차 안에서는 허리를 굽혀야 움직일 수 있었다. 작업을 하는 데 상당히 불편했다. 인수는 익숙한 솜씨로 호로를 걷어서 차 오른쪽에 던져 놓았다. 기둥들을 빼서 차 앞에다 꽂아놓고는 던져도 상관없는 물건들을 차 왼쪽 편으로 던져

놓기 시작했다. 삽이며 함마, 여닫이대 등이 공중에서 춤을 추었다. 적재함 뒷부분은 빠르게 정리가 되어갔다. 이제 남은 물건은 그가 그동안 받아온 포병으로서의 교육에 의해 감히 던질 엄두가 나지 않는 물건만이 남았다. 대부분이 던지면 부서지는 물건들이었다. 반 적재 상태에서 사격 기재 상자를 들었다.

"으차!"

인수는 짧게 기합을 넣으며 힘을 썼다. 30kg은 나가는 물건이었기에 힘을 쓴 것인데 너무 가볍게 들렸다.

'엥? 뭐가 이래?'

기합까지 넣으면서 힘을 쓴 인수가 무안할 정도로 가벼운 무게였다. 바닥에 사격 기재 상자를 내려놓고 다시 들어보았다. 예전 같은 묵직한 맛이 없었다.

'기분 탓인가?'

하지만 기분 탓으로 돌리기에는 너무 가벼운 무게였다. 좀 더 무게가 나갈 만한 걸 찾아서 고개를 돌리다 포에 달려 있는 발톱이 보였다. 저거라면 지금 이 현상을 충분히 파악해 볼 수 있었다. 평상시에는 두 명이 들게 되어 있는 물건이었다. 60kg이나 나가는 물건으로, 포 가신에 연결해서 사격 시에 포가 밀리지 않게 해준다. 미군들은 혼자서 든다고 하는데 인수가 군 생활을 하면서 저걸 혼자 드는 인물은 별로 본 적이 없었다. 다만 짬밥 좀 먹은 선임병들이 자기 힘을 뽐내기 위해서 과시용으로 혼자 드는 걸 몇 번 본 적은 있었다. 인수는 발톱 앞에 섰다. 포가 견인이 된 상태여서 힘을 쓰기가 무척 곤란한 높이였다. 팔을 쭉 편 상태를 만들 수가 없기 때문에 잘못하면 허리를 다칠 수도 있고, 아예 들어올리지 못할 수도 있는 애매한 높이였다.

인수는 손잡이를 잡고 기합을 넣었다.

"으라차차!"

인수는 자신의 힘을 믿을 수가 없었다. 발톱을 가슴 높이까지 들어올린 것이다. 무겁다는 생각은 들지 않았다. 발톱을 다시 꽂아놓고 다른 걸 찾기 위해서 눈을 번뜩였다. 꼭 소설 속에 나오는 무적의 주인공이 된 기분이었다. 슈퍼맨이 된 것은 아닐까 하는 생각을 하자 온몸에 힘이 넘쳐흐르는 것 같았다. 주체할 수 없는 기분에 휩싸여서 인수는 그 자리에서 방방 뛰었다. 그리고는 자세를 낮게 잡았다가 다리에 온 힘을 주면서 뛰었다. 몸이 하늘을 나는 것 같았다. 재어보지는 않았지만 최소한 1m 50㎝는 뛴 것 같았다.

'극진 가라데의 창시자인 최배달 아저씨가 제자리높이뛰기가 1m 50㎝라고 그랬던가?'

인수는 믿을 수 없다는 듯 자신의 다리를 보았다.

다른 걸 해보고 싶었다. 정면으로 보이는 적재함 높이를 가늠해 보았다. 대충 높이가 1m 50㎝는 될 듯했다. 인수는 가볍게 도움닫기를 해서 뛰었다.

쿵!

요란한 소리를 내며 인수의 몸은 적재함 위에 안전하게 올라와 있었다. 그것은 희열이었다. 자신의 능력을 벗어나 또 다른 세계를 지금 느끼고 있었다. 어제부터 너무 많은 일이 있어서 아마 느끼지 못한 것 같았다. 신은 공평했다. 절로 웃음이 흘러나왔다.

인수는 실실 웃으면서 짐을 치웠다. 군장을 서너 개씩 들어 올려서 포차 위에서 그냥 뛰어내렸다. 일이 즐거웠다. 힘을 쓰면 쓸수록 힘이 세질 것 같았다. 자신의 힘을 내보이고 싶었다.

피가 덕지덕지 굳어 있는 위장막은 께름칙했지만 당분간 포차 위에서 생활하기로 마음먹은 이상 치울 수밖에 없었다.

인수는 순식간에 포차 위를 말끔히 치웠다.

포차 바닥에는 어제 전우의 몸에서 흘러내린 피가 검게 변색되어 보기 흉하게 굳어 있었다. 이제 포차 위에 남은 것이라곤 예비용으로 실려 있는 화포 타이어뿐이었다. 무게만 100kg이 나가는 것으로, 운반이 자유롭지 못해서 항상 포차에 실려 있는 물건이었다. 깔리면 다리가 부러진다던가, 혼자서는 절대 세울 수 없는 물건이었다.

인수는 재밌는 생각이 떠올랐다. 힘이 자신만 세진 것은 아닐 것이다. 모두들 자신들이 힘이 세진 걸 자각하지 못하는 것 같았다.

인수가 목청껏 소리를 질렀다.

"장재수!"

잠시 후에 우측 숲에서 장재수가 나왔다.

인수의 당부대로 깊이 들어가지는 않은 것 같았다. 나머지 녀석들도 어미 오리를 따라다니는 새끼 오리마냥 숲에서 나왔다.

"한인수 병장, 왜?"

"이리 와봐!"

"한참 작업 속도 올랐는데 왜 불러?"

재수는 손도끼를 허공에 휘둘러 대며 다가왔다.

화포 타이어는 무척이나 커서 잡기가 좀 애매했지만 대충 잡고 들어올려도 들릴 것 같았다.

인수는 화포 타이어를 잡고 힘을 주었다.

"으라차차!"

기합과 함께 역도를 하듯 그냥 들어올렸다. 처음으로 무겁다는 생각이 들었지만 커다란 화포 타이어가 거짓말처럼 인수의 머리 위로 올라갔다.

재수는 한참 열을 내면서 작업을 하고 있었다.

인수가 부르는 소리에 무슨 일인가 해서 애들을 데리고 숲에서 나왔다. 그리고 재수는 보았다. 화포 타이어를 들고 울부짖는 한 마리 얼룩 곰을.

‘저 인간이 저렇게 힘이 셌나?

재수는 자신의 눈을 믿을 수가 없었다. 꿈인가 해서 옆을 보니 다른 녀석들도 놀란 듯 눈을 동그랗게 뜨고 쳐다보고 있었다. 눈에 뭐가 꼈나 싶어서 눈을 문지르고 다시 보았지만 역시나 지금 보고 있는 게 꿈은 아니었다. 어제부터 믿을 수 없는 일의 연속이었다.

“으하하하! 봤냐? 내가 임꺽정이다! 으하하하하하!”

인수는 화포 타이어를 머리 위로 들어올리고 소리를 지르고 있었다.

“한인수 병장, 뭐야? 어떻게 된 거야?”

포차 주위로 포반원들이 뛰어왔다. 그들의 눈은 놀람과 존경의 눈빛으로 빛나고 있었다.

물론 인수만의 생각이었지만.

“으하하하! 비켜라! 다친다! 으라차차차!”

인수는 그렇게 말하며 화포 타이어를 앞으로 있는 힘껏 던졌다.

쾅! 소리와 함께 먼지를 내며 타이어는 5m 앞에 떨어져서 몇 번 팅기더니 우측 숲 앞에까지 굴러갔다. 인수는 포차에서 가볍게 뛰어내렸다.

“봤냐? 아마 너희들도 화포 타이어 정도는 들 수 있을걸?”

“엥? 우리도?”

재수가 놀라서 물었다.

“그래. 상태야, 화포 타이어 들고 와봐.”
“일병 김상태! 예, 알겠습니다!”

3

화포 타이어를 서로 한 번씩 들어 보이며 서로의 힘에 감탄을 하느라 작업이 약간 지연되기는 했지만 무시무시한 힘을 바탕으로 모두들 열심히 작업에 임했다. 생존 확률이 조금씩 높아지고 있었다.

작업 진도는 엄청나게 빨라졌다. 모두들 자신의 힘에 대단한 자부심을 느끼며 경쟁적으로 작업을 했다. 손목만 한 굵기의 나무가 도끼에 찍혀 순식간에 잘려져 나갔다.

목책을 만드는 나무는 보통 손가락 두 개 정도 굵기의 나무를 쓴다. 중심 막대를 축으로 나무 두 개를 X 자로 교차해서 약간 틀어준 후 촘촘히 이어 나가는 것이다. 이때 각 X 자의 간격은 너무 멀어도 안 되고 가까워도 안 된다. 너무 멀면 그 틈으로 사람이나 동물이 다닐 수도 있기 때문이고, 너무 가까우면 작업량이 많아지기 때문이었다. X 자 형태의 나무 윗 부분은 함부로 넘지 못하게 대각선으로 날카롭게 만들어서 넘어오지 못하게 만들어야 했다. 그리고 적당한 간격을 두고 땅에 나무 기둥을 박아서 움직이지 않게 고정한다. 힘들게 만든 목책이 움직이거나 쓰러지면 안 되기 때문이다.

목책의 용도는 외부인의 접근을 저지하는 것과 야생동물의 접근을 막는 것이었다. 지금 재수가 만드는 목책은 부대에 있을 때보다 훨씬 컸다. 부대의 목책이 허리 정도 높이였다면 지금 만드는 목책은 가슴 높이까지 왔고, 평상시보다 더 굵은 나무를 썼다. 굳이 이름을 붙이자면 '대괴물 방어용 목책'이었다.

인수가 계획한 목책의 총 길이는 60m였고, 모양은 정사각형이었다. 뒤편은 절벽이라 삼면만 둘러싸면 되었다. 빠른 작업 속도를 보며 인수는 혀를 내둘렀다. 거의 우측편의 목책은 완성이 된 상태였다. 해가 지기 전에 나뭇가지를 잔뜩 주워서 모닥불을 밝게 피우고 밤을 새면서 작업을 하면 오늘 밤 안으로 완성될 것 같았다.

인수가 제일 중요하게 여긴 것은 식량이었다. 인수는 식량을 꼼꼼히 적어 나갔다.

컵라면 18개, 전투 식량 91개, 건빵 한 박스, 맛스타 20개, 1.5리터 음료수 10개, 사제 과자 20봉지, 고추장 한 통, 참치 캔 10개가 전부였다. 한 달 안에 굶어 죽기 딱 알맞았다. 먹을 걸 찾아야 했다.

포차 밑에 있는 오크의 물건들도 호로 위에 꺼내놓고 정리하며 하나씩 살펴보았다. 약간 조잡한 물건도 있었고 썩 쓸 만한 것도 있었다. 특히 석궁은 매우 필요한 물건이었다. 탄약은 언젠가는 떨어지게 마련이다. 연사 속도는 느려도 조작

이 쉬운 석궁이 있으니 연습을 하면 잘 쓸 수 있을 것이다. 손
도끼 15자루, 장검 13자루, 창 8개, 석궁 10개, 화살통 10개,
화살 220발, 나무 방패 15개, 철 방패 7개였다. 인수는 일일이
개수를 파악하며 수첩에 적었다. 오늘 아침에 오크들을 매장
하면서 모은 물건이 어제 낮에 덤빈 녀석들보다 돌도끼 비율
이 높아서 그렇게 많이는 모으지 못했다. 그래도 지금 있는
양으로도 개인당 하나씩은 지급하고도 남았다.

작업 도구들도 지금 현재는 아주 소중한 물건이었기 때문에
관리에 신경을 써야겠다는 생각이 들었다. 지금은 바늘 하나
라도 아까웠다. 공병삽 6개, 함마 4개, 곡괭이 2개, 야삽 12개,
톱 1개, 낫 2개, 망치 1개가 있었다.

톱하고 낫은 박현준이 훈련 중 함마 자루가 부러지면 수리
를 하려고 준비한 것이었다. 목책 작업을 하면서 사용하기에
는 아까워서 쓰지 못하게 했다. 목책 작업은 함마와 도끼로도
충분히 가능했기 때문이다.

그렇게 인수는 물자들을 하나하나 파악했다. 의외로 쓸모
가 있는 물건이 많았다. 특히 사격 후에 포신 청소에 쓰려고
가져온 고추장 통은 훌륭한 솥으로 재탄생됐다.

"야, 그쪽으로 몰아!"
재수가 소리를 질렀다. 재수는 이미 온몸이 젖어 있었다.
"장재수 병장님, 그쪽으로 갑니다!"

상식이는 물속에서 손을 휘저었다. 물이 사방으로 튀었다.

"김상태, 발을 좀 더 텀벙거려!"

도신이는 물속을 뛰어다니며 외쳤다.

"예, 알겠습니다!"

시골 출신답게 족대를 들고 있는 상태의 움직임은 인수가 보기에도 숙련되어 있었다.

"막아!"

재수가 물고기가 빠져나가는지 다시 소리를 지르며 텀벙 거렸다.

"어, 어, 빠져나갑니다!"

현준이가 안타깝게 말했다.

"야, 들어올려!"

상식이가 소리를 질렀다.

"잡았다, 잡았어! 현민아, 고추장 통 들고 와!"

재수는 족대에 걸린 팔뚝만 한 물고기를 자랑스러운 얼굴로 들어올렸다.

"한인수 병장, 잡았어! 역시 내가 못 잡을 게 뭐가 있겠어!"

"그려, 너 잘났다!"

인수는 개울가 바위 위에 엉덩이를 깔고 앉아서 재수의 말에 대꾸하며 노는 모습을 보고 있었다. 아니, 엄연히 식량 보급 작전이었다. 잘난 척을 하는 재수가 그리 밉지는 않았다. 그러면서도 주변의 경계를 소홀히 하지 않고 날카롭게 숲을 주시했다.

어제 포차를 청소하려고 물을 뜨러 왔다가 개울에서 물고기를 발견했다. 왜 다른 때는 발견 못했을까 하는 생각이 들었다. 그만큼 여유가 없었다고 할 수도 있었다. 어쨌든 인수는 다시 한 번 환호하며 물고기를 잡을 만한 도구를 생각했다. 입이 일곱 개나 되니 낚싯대를 만든다고 해도 굉장히 오랜 시간이 걸릴 것 같았다.

폭 3미터의 개울 앞에서 고민고민하다가 생각해 낸 방법이 있었다.

어렸을 때 동네 논두렁 물골이나 하천에서 족대를 가지고 물고기를 잡던 생각이 난 것이다. 군 생활 2년에 임기응변이나 작업에는 이미 도가 튼 인수였기에 과감히 막사 위장막을 뜯었다. 특별히 지금 막사 위장막을 쓸 곳도 없었고, 쓸 필요를 느끼지 못했기 때문에 보급된 지 몇 년이나 지났는지 모를 막사 위장막은 족대 그물로 재탄생되었다. 막사 위장막은 상태가 그리 좋아 보이지는 않았지만 충분히 제 구실은 할 것이라고 생각했다.

나무 두 개를 가져다 양쪽에 대고 단단히 묶은 후 하단부에 작은 돌을 납돌을 대신해서 달았다. 족대의 포인트 중의 하나가 납돌이다. 하단부 그물에 달려 있는 납돌의 무게 때문에 바닥까지 그물이 닿아서 물고기가 빠져나갈 틈을 줄여주는 것이다.

위장막은 족대로 지금 맡은 바 소임을 열심히 다하고 있었다. 문득 이 세상에 필요없는 존재는 없다는 말이 떠올랐다.

목책 작업은 어젯밤에 끝났다. 다 만들고 보니 제법 견고해 보였다. 오늘 밤부터는 포차에서 자지 않고 막사에서 잘 수 있었다. 막사는 훈련 나오기 전에 쓰던 막사가 너무 낡아서 외부에서 빌려온 새것이었다. 막사에는 ○○리 부녀회라고 선명하게 찍혀 있었다.

인수는 '고맙습니다, 아주머니'를 외치며 즐거운 마음으로 막사를 쳤다.

막사를 가운데에 배치시키고 좌우로 탄약차와 화포를 배치시켰다. 정면에도 포차를 배치시켜서 야간에 포차에 올라가서 경계를 설 수 있게 만들었다.

고된 작업과 긴장 속에 찾아온 달콤한 휴식이었다.

'우리들은 끊임없이 살기 위해서 노력하고 있다. 제발 우리를 잊지 마'라고 인수는 메모의 끝을 그렇게 마무리 지었다.

CHAPTER 5

숲

아침부터 비가 내렸다. 이곳에서 처음 겪는 비였다. 인수의 우려와는 달리 빨간 비나 파란 비는 내리지 않았다. 그런 비가 내리면 어떨까 하는 생각이 잠시 들기도 했지만 평범하게 비가 내렸다. 그것은 어떻게 보면 다행이었다. 이제 겨우 조금씩 적응되어 가고 있는데 비 색깔 하나만으로도 공포를 느낄 수 있었다.

막연히 집에 돌아갈 수 없다는 것을 느끼고 있었지만 이곳이 전혀 다른 세계라는 사실이 갑작스럽게 현실로 직접 다가오는 것은 정말 견디기 힘든 일이었다. 빗줄기가 제법 굵었지만 비닐로 꼼꼼하게 막사를 덮어 비가 세지 않았다. 비닐을 새로 산 덕을 톡톡히 보고 있었다.

모두들 비가 와서 눈치 보지 않고 편하게 마음껏 쉴 수가 있었다. 지난 일주일 동안 무척 바쁘게 보냈다. 그날 새벽 이후로 오크들은 나타나지 않았다. 하지만 마음을 놓을 수는 없었다. 이미 오크와 우리는 사이 나쁜 이웃 관계였다. 책에서 읽은 것처럼 오크들이 번식력이 좋다면 금방 엄청난 숫자로 불어나서 우리를 찾아올 것이다.

인수는 비가 조금 많이 오는 것 같아서 한 시간에 한 번씩 막사 주위의 물골과 탄약차, 화포 등을 살펴보게 하고 있었다. 가기 싫다는 재수를 '너 아니면 누가 가냐. 너와 같은 유능한 인재만이 할 수 있다' 는 식으로 어르고 달래서 겨우 밖으로 내보냈다.

"짜증날 정도로 오네."

비에 푹 젖어서 기분 나쁘게 달라붙는 판초 우의를 벗으며 재수가 말했다. 판초 우의는 말랐을 때는 좋지만 속까지 젖게 되면 기분 나쁠 정도로 입기 싫은 물건이 되어버린다. 재수의 판초 우의는 비가 꽤 많이 오는지 잠깐 사이에 속까지 젖어 있었다.

인수가 올려다보니 입이 삐죽 나온 것이 불만이 많은 모양이다. 하긴, 병장 3호봉이면 아무것도 안 하고 짱박혀서 지내야 할 시기이다. 재수는 이곳에 온 이후로 '병장 열외' 라는 말은 들어본 적이 없었다. 발바닥에 땀 나도록 일병처럼 부지런히 일하고 있었다. 가끔 반항을 하기도 하지만.

인수가 보던 책에 물이 튀었다. 인수의 입에서 반사적으로 욕이 튀어나왔다.

"물 튄다, 시바야!"

인수가 제일 싫어하는 것 중 하나가 책 보는 데 누가 건드리는 것이었다.

재수는 인수의 말에 아랑곳하지 않았다.

"에이, 샹! 받아라, 탄지신공!"

재수가 손가락으로 물방울을 인수에게 튕겼다.

"웃! 차가워! 뒤진다?"

말과는 다르게 인수는 재수의 탄지신공을 피하며 구석으로 도망갔다. 재수는 복수를 했다고 생각했는지 자리에 주저앉아서 전투화를 벗었다. 막사는 보통 열두 명 정도가 자기 때문에 매우 비좁았지만 지금은 일곱 명이 사용하기에 매우 넓었다. 저마다 편하게 자리를 잡고 책을 읽거나 무기를 손질하고 있었다.

여기 와서 약간 바뀐 것이 있다면 상병 5호봉 밑으로도 책을 읽을 수 있게 만들었다는 것이다. 삼 일째 밤에 인수는 멀뚱멀뚱거리는 녀석들을 위해서 아끼는 무협지 몽검마도를 읽을 수 있게 해줬다. 이미 병장들 사이에서는 최고의 인기를 구가하던 무협지였기에 꺼내놓기가 무섭게 아직 못 읽은 박현준이 잽싸게 붙들었다. 역시 군대는 계급이 되고 볼 일이었다.

"물 넘치는 곳은 없어?"

인수가 구석에서 재수에게 물었다.

"어, 괜찮던데."

"탄약차는?"

"괜찮아."

요즘 제일 걱정되는 게 탄약차였다. 날씨도 더운 데다 비까지 쏟아져서 습기까지 차면 금방 부식될 우려가 있었다. 날씨가 더운 날은 물통에 물을 떠다가 호로 위에 뿌려서 열을 식혀주고는 했다. 터질까 봐 겁이 났다. 만약 탄약차가 폭발하면 주변 몇백 미터는 초토화가 될지도 몰랐다. 하루 빨리 탄약고를 만들어야 되는데 오늘은 비까지 와서 작업은 엄두도 못 냈다.

생존 계획 2단계는 벙커와 탄약고였다. 이름처럼 거창한 것은 아니었다. 1m 50㎝ 정도 땅을 판 후에 기둥을 세우고 기둥과 흙벽 사이에 나무를 가로로 채워 넣어서 흙이 흘러내리지 않게 나무 방벽을 만들면 된다. 이 방법은 진지 공사 때 많이 쓰는 방법이다. 거기에 지상으로 50㎝ 높이를 더 높이고, 지붕은 나무를 얹고, 잔 나뭇가지와 진흙을 덮은 후에 흙으로 봉분처럼 덮으면 되는 것이다. 듣기에는 간단해 보여도 쉽지 않은 작업이다. 기껏 만들어본 게 개인 호 정도였으니 말이다. 크기는 가로 4미터, 세로 6미터였다. 창문은 경계를 위해서 전방에 내고 문은 뒤쪽으로 만들 생각이다. 먼저 탄약고를 만들고 그 경험을 살려서 벙커를 만들려고 했는데, 인수는 탄약고보다 급한 게 벙커라는 걸 오늘에서야 알았다. 비가 오니 물고기를 구워 먹을 방법조차 없었다. 그래서 건빵 한 봉지로 비명을 질러대는 배를 채웠다. 그동안 물고기를 주식으로 먹은 덕분에 식량은 아직 여유가 있었다. 물고기는 개울만 가면 엄청나게 많았다.

지금 인수가 재수를 피해서 구석에서 읽고 있는 책은 바이블과 같은 가치를 지닌 책이었다. 종교인들이 들으면 벼락을 맞을 소리라고 할지도 모른다. 하지만 종교도 사람이 먹고사는 문제보다 중요한 것은 아니다. 인수는 그렇게 생각했다. 우연히 병훈이의 짐을 정리하다가 발견한 책으로, 책에는 진중문고 마크가 선명했다. 대개의 진중문고가 그렇듯 쓸모없는 책이 대부분이다. 재미도 없을뿐더러 안 팔리는 책만 군인들에게 읽으라고 보내는 것 같다는 생각이 드는 것은 인수만의 생각은 아닐 것이다. 이미 가져온 책은 다 읽어서 할 일도 없었기에 책이라는 것에 기쁨을 느끼며 읽기 시작했다. 그렇게 조금 읽은 후, 인수는 손에서 책을 놓을 수가 없었다.

나의 산에서.
진C.조지 지음/김원구 옮김.

짧다면 짧고 길다면 긴 생애 동안 한 번도 들어본 적이 없는 작가였다. 하지만 책 내용은 예사롭지가 않았다. 한 소년이 가출을 해서 숲에서 혼자 살아가는 내용이었다. 인수가 주목한 점은 '혼자 살아가는 내용'이었다.

소년이 숲에서 먹을 것을 구하는 방법이 상세히 적혀 있었다. 덫을 놓는 방법, 나무로 낚시바늘을 만드는 방법도 있었다. 연기로 훈제를 하는 방법도 있었다. 지금 가장 필요한 것들이 총망라되어 있었다. 그중에서 인수를 가장 흥분하게 만든 것은 가래나무로 소금을 만드는 방법이었다. 당장 가래나무를 찾아서 해보고 싶을 정도였다. 그것으로 짭짤한 소금 간이 된 물고기 구이를 먹고 싶었다. 지금은 고추장에 조금씩 찍어 먹지만 결국 고추장도 떨어지게 마련이고, 소금만 있으면 무서울 게 없다는 생각이 들었다. 거기다 책 끝에는 친절하게 책 속에 나오는 동식물의 그림과 자세한 설명이 실려 있었다. 책의 가치는 정말 엄청났다. 덫을 놓으면 동물을 잡을 수 있고, 훈제를 하면 물고기나 고기를 오래 보관할 수 있었다. 먹을 수 있는 것도 찾기가 쉬울 것이다.

인수는 너무나 기뻐서 책을 다 읽고 미친놈마냥 웃었다.

"으하하하하!"

재수가 바닥에 대 자로 누워서 웃는 인수를 보며 물었다.

"왜 그래, 한인수 병장?"

인수는 갑자기 세상이 아름답게 보였다. 그리고 재수도 아름답게 보였다.

“좋아서.”

“뭐가?”

“네가. 크크크.”

장난스럽게 말하며 인수는 재수를 덮쳤다.

버둥거릴 것 같던 재수가 단단히게 눈빛을 빛내며 불었다.

“한인수 병장, 취향이 이런 쪽이었어?”

그리고 이어지는 카운터펀치에 인수는 자신을 저주했다.

“나, 씻고 올까?”

재수는 인수에게 욕을 바가지로 얻어먹고서야 겨우 풀려날 수 있었다.

아무래도 그림만 보고 찾기에는 힘들 것 같았다. 나무에 대해서라면 산에 많이 다닌 박현준이 적격이었다.

인수가 조용히 박현준을 불렀다.

“현준아!”

“상병 박현준!”

박현준은 아까 재수의 만행 때문인지 가까이 다가오지 않고 대답만 했다. 재수 덕분에 완전히 찍힌 것 같았다.

“너, 사래나무 아냐?”

“알고 있습니다. 열매가 먹을 만합니다.”

“찾을 수 있나?”

“숲에 들어가 봐야 알겠지만 보면 알 수 있습니다.”

생존 확률이 5% 정도 높아지는 순간이었다.

2

하루 종일 내린 비는 밤이 되어서야 그쳤다.

오후부터는 그나마 안개비여서 물난리가 나지는 않았다.

비가 그치고 나서 인수는 목책을 믿고 경계병을 밖에 세우지는 않았지만 최소한 막사 입구에 불침번은 세워두었다.

하루를 쉬어서 그런지 아침에 인수가 기상하라고 말했을 때 다들 벌떡 일어났다. 하긴 요새 좀 빠지는 경향이 보였지만 피곤해서 그렇겠지, 하고 인수는 웃어넘겼다. 조금은 불만이지만 너무 조이는 것은 오히려 역효과가 날 수도 있었다. 왠지 지휘관의 고충을 알 것도 같았다.

아침 점호 후에 세수를 하러 개울가에 가니 물이 많이 불어 있었다. 땔감으로 구해놓은 나무들도 푹 젖어 있어서 불을 피우기는 틀렸다고 재수가 투덜거렸다. 이대로 두면 저녁에 불을 피울 때 고생이 많을 것 같았다. 비에 젖은 나뭇가지가 잘 마를 수 있게 펼쳐 놓고 작업을 나갈 준비를 했다. 몸을 쉬게 하면 입에 들어가는 것도 줄어들게 만드는 곳이다. 일하지 않은 자, 먹지도 말라고 했던가?

상식이는 매일 아침 포차에 시동을 걸었다. 훈련 나오기 전에 기름은 만땅을 채워놓았고, 정비도 잘되어 있어서 당분간은 쌩쌩하게 엔진이 돌아갈 거라고 했다. 그리고 시키지도 않았는데 보닛까지 열어보며 정비를 하는 열성을 보였다. 열심히 안 하면 누군가에게 일을 빼앗기기라도 할 듯이.

김상식을 제외한 포반원들은 화포 커버를 벗기고 물기를 제거하느라 여념이 없었다. 매일 잠깐씩이라도 닦아줘야 녹이 나지 않는다. 하루만 신경을 안 써도 빨간 점을 포신에 만들어 심술을 부린다. 심술을 달래기 위해 우리는 기름 걸레를 집어 들 수밖에 없다. 우리는 어쨌든 포병이니까.

인수는 건빵 몇 개와 물 몇 모금뿐인 아침을 먹었다. 매일 아침마다 먹던 우유가 그리워졌다. 건빵에는 역시 우유다. 흰 우유에 푹 담그면 딱딱하던 건빵이 먹기 좋게 풀어지는 그 부드러운 맛이 그리웠다.

인수는 배고픔을 호소하는 자신의 배를 무시하며 물 한 모금을 더 마셨다. 가셔지지 않는 배고픔에 결국 결심을 했다.

"저녁때는 특별히 전투 식량도 먹자."

인수의 말에 포반원들의 얼굴이 밝아졌다.

도신이와 현민이를 제외한 인원이 작업을 나가게 되었다. 숙영지를 비워둘 수는 없었다. 비록 보잘것없는 물건들이기는 해도 저 물건이 조금이라도 없어진다면 생명 연장에 막대한 지장이 있을 것이다. 그래서 항상 경계 근무를 세웠다.

경계 근무를 선다고 해서 편한 것은 아니었다. 탄약고와 벙커를 만들기 위해 인수가 땅을 파도록 시켰기 때문이다. 이유

없이 놀게 만들지는 않을 생각이다. 농땡이는 모두를 망치는 독약이었다.

인수는 나머지 인원을 데리고 앞장서서 숲으로 들어갔다. 그래 봤자 총 다섯 명이다.

그동안 복장에 조금 변화가 있었다. 등 뒤의 야삽 피에는 야삽 대신 손도끼가 자리를 잡고 있었다. 야삽보다는 손도끼가 아주 많이 쓸모가 있었다.

왼쪽 허리춤에는 오크들에게 뺏은 검이 달려 있었다. 길이 막히거나 덩굴을 잘라낼 때 매우 유용하게 쓰였다. 물론 오후에 박현준에게 검도를 배우고 있었지만 하루아침에 무협지에 나오는 무사처럼 검을 휘두르기는 힘들었다. 판타지 소설을 보면 대개 금방 익히는 것 같았는데, 신은 그런 점에서 공평했다. 조금은 불공평해도 좋으련만. 박현준이 가르쳐 주는 검도는 양손검법이라 우리가 가진 검으로 펼치기에는 손잡이가 조금 짧았다. 지금은 대충 목검을 만들어서 배우지만 조만간 손잡이를 길게 바꾸어볼까 생각 중이었다. 잘 될지는 모르지만. 어쨌든 지금은 원래의 살인 무기에서 정글도의 임무를 성실히 수행하고 있었다.

오른쪽 엉덩이에는 수통이 그 속에 담긴 물의 양을 버거워하며 자리를 잡고 있었다. 그리고 양 허리에는 대검 두 자루가 자리를 잡고 있었다. 대검은 며칠 열심히 갈았더니 날이 제법 서서 날카로웠다.

판초 우의는 결합을 하지 않았다. 있어봤자 별로 도움이 안 되는 물건이었다.

각자의 손에는 K-2가 들려져 있었다. 치열했던 그날 이후로 아직까지 총을 쏜 적은 없었다.

어제 내린 비로 인해서 숲도 푹 젖어 있었다. 이름 모를 풀과 넝쿨이 앞길을 막았지만 그것들을 헤치며 나아간 지 얼마 되지 않아서 일행은 무릎 아래가 젖어버렸다. 젖은 군복이 거머리처럼 찰싹 다리에 달라붙어서 행동에 제약을 가해왔다. 인수는 어제 작업하던 곳까지 가서 자리를 잡았다. 막사가 있는 곳에서 불과 50m 정도를 왔을 뿐인데 바지 대부분이 젖어 있었다. 비가 와서 그런지 징그럽게 달려들던 모기와 벌레들이 오늘은 보이지 않았다.

작업을 위해 2인 1개 조로 2개 조를 만들고, 나머지 한 명은 경계병의 임무를 주었다. 총을 한곳에 모으고 단독군장과 하이바를 벗어서 가지런히 모았다. 아무래도 작업할 때는 간편한 복장이 좋았다. 조당 장비는 벌목 도끼 하나와 개인 손도끼 두 개였다. 오늘 경계병은 김상식 차례였다. 인수는 박현준과 조를 이루었다. 오늘부터 할 일이 많았다. 만약에 못 찾으면 실망할 것 같아서 박현준과 작업을 하는 틈틈이 둘이서만 찾아보기로 했다.

인수의 작업에 대한 간단한 이야기가 이어졌다. 조심하라는 말로 끝맺음을 하고 작업을 시작했다.

나무는 지름 20㎝ 정도 되는 걸로 베어냈다. 그 정도는 되어야 튼튼하게 벙커와 탄약고를 만들 수 있을 것이다. 힘이 좋아져서 그런지 나무를 하는 것이 그렇게 힘들지는 않았다. 오히려 나무를 자른 후 가지를 자르고 운반하는 것이 손이 많이 가는 일이었다.

예전에 TV 프로에서 나무 자르기 시합을 본 인수의 증언이 참고가 많이 되었다. 일단 도끼질 하게 되면 나무와 직각으로 치면 되는 걸로 생각하기 쉽다. 하지만 그렇게 하면 백날 해 봤자 힘만 들 뿐이다. 대각선으로 나무를 치는 게 핵심이었다. 아래위로 그렇게 치면 나무가 삼각형 모양으로 푹푹 파이게 되며 쉽게 벌목을 할 수 있었다.

벌목은 힘보다는 요령이었다. 요령에 힘이 뒷받침될 때 비로소 진정한 나무꾼이 되는 것이다. 그런 점에서 며칠 사이에 점점 나무꾼처럼 되어가고 있었다.

잠시 후, 쿵쿵거리는 소리가 평온한 숲을 뒤흔들었다.

작업을 시작한 지 얼마 되지 않았을 때 그리 멀지 않은 곳에서 재수의 목소리가 들렸다.

"넘어간다!"

재수 팀이 벌써 나무 한 그루를 잘랐나 보다. 잠시 손을 멈춘 후 소리가 난 곳을 주시했다. 제법 높이 자란 나무가 천천히 쓰러졌다. 우지직거리며 나뭇가지들이 부러지는 소리와 함께 이내 쿵 소리가 들렸다.

“안전 이상 무!”

안전 이상 무는 인수가 고안한 것이다. ‘넘어간다’ 소리에 주위를 살펴서 쓰러지는 나무에 다치지 않도록 하는 것이고, 안전 이상 무는 쓰러진 나무에 다친 사람이 없다는 확인이었다. 재수없게 자기가 자른 나무에 깔리거나 주변에 있는 사람이 휘말려 다칠 수 있기에 생각해 낸 방법이었다. 각자의 안전만큼 중요한 것은 없었다.

어느새 인수가 베던 나무도 쓰러지기 직전이었다.

“넘어간다!”

옆에 있던 박현준이 인수가 서 있는 뒤쪽으로 자리를 잡았다. 인수가 마무리로 나무를 밀고는 뒤로 물러났다. 그러자 중심이 부러지는 소리와 함께 나무가 넘어가기 시작했다.

“안전 이상 무!”

인수는 벌목 도끼를 박현준에게 주었다. 그리고 옆에 놓아둔 손도끼를 들었다. 이제 나뭇가지를 칠 차례였다.

숲이 너무 우거져서 나뭇가지를 붙인 채로 운반하는 것은 몇 배로 힘들었기 때문에 미리 가지를 잘라서 들고 가기 좋게 만드는 것이다. 잘라진 나뭇가지도 그냥 버리는 것이 아니었다. 나중에 바짝 마르면 들고 가서 태우기만 하면 땔감이 되는 것이다.

인수는 작업을 하면서 틈나는 대로 살펴보았지만 가래나무를 발견하지는 못했다. 대신 상수리나무를 발견할 수 있었다. 상수리나무에는 열매가 파랗게 달려 있었다. 그 열매가 도토리다. 인수는 어머니 덕분에 도토리묵을 하는 방법을 알고 있었기에 도토리가 익으면 도토리묵을 만들어서 먹을 수 있을 것 같았다. 아니, 꼭 만들어서 먹을 것이다.

도토리묵을 하는 방법은 의외로 간단하다. 도토리 껍질을 벗겨서 잘 말린 후에 갈아서 천에 쌓은 후 주무르며 물에 씻어주면 되는 것이다. 황톳물처럼 물이 나오는데, 그 물을 가라앉히면 녹말이 된다. 그 녹말을 물과 넣고 끓이면서 저어주면 도토리묵이 완성되는 것이다.

또 한 번 느낀 거지만 관심을 가지고 살펴보니 숲에서 취할 것들이 종종 눈에 띄었다. 그전에는 그저 나무를 할 생각만 해서 몰랐는데 어제 책을 읽은 후에는 나무가 그냥 나무로만 보이지 않았다.

잠시 손을 멈추고 시계를 보니 어느새 4시였다. 1주일을 지켜본 결과 시간은 거의 비슷하다는 것을 알 수 있었다. 주위를 둘러보니 여기저기에 오늘 작업의 성과물이 눈에 띄었다. 오늘도 꽤 많은 나무를 했다. 나무를 하는 것도 중요하지만 옮기는 것도 중요했다.

인수는 포반원들을 불러모았다. 다들 웃통을 벗고 있었다. 벗은 상체가 땀으로 번들거리는 것이 제법 열심히 작업을 하고 있어나 보다. 재수가 가장 늦게 자리에 와서 앉았다. 잠시 땀을 식히며 인수가 천천히 이야기를 꺼냈다. 이제는 말해야 했다. 쉽게 찾을 수 없는 나무가 분명했다. 박현준도 못 찾은 걸로 봐서 조금 더 자세히 살펴봐야 될 것 같았다.

"재수야, 나 잠깐 숲 속 좀 살펴보고 올게."

"뭐 하러?"

"내가 어제 책을 하나 발견했는데 여러 가지로 유용한 게 많이 적혀 있더라. 잘하면 소금을 구할 수 있을 것 같아."

"정말? 그런 책이 있어?"

재수가 반색을 했다.

처음에는 맛을 몰랐겠지만 지난 며칠 동안 계속 물고기를 먹자 간이 안 밴 물고기의 맛을 느끼고 있었을 것이다. 짭짤한 것이 한참 그리운 참이었다. 이틀에 한 번 고추장을 한 숟가락씩 퍼주기는 하지만 그걸로는 그동안 각종 조미료에 길들여진 입을 다스릴 수가 없었다. 소금이라도 있었으면 하고 재수도 바라던 참이었다.

"일단 나무를 찾아야 되지만 현준이가 잘 안다고 하니까 찾을 수 있을 거야."

"그래? 그러면 얼른 가서 찾아봐. 나무는 나랑 상태가 옮길게."

"그릴래?"

너무나 선선히 대답을 하기에 오히려 인수가 반문을 했다.

"엉. 내가 다 할 거야. 제발 소금 좀 찾아줘. 죽을 맛이야."

"그럼 조금 늦을지도 모르니까 불 피울 준비 하고 물고기도 좀 잡아놓고 그래."

"알았어. 걱정하지 말라니까. 목욕도 할까?"

"뒤진다."

3

이틀째 허탕이었다.

깊이 들어간 것은 아니었지만 나름대로 열심히 찾았는데 별다른 성과가 없었다. 성과가 있었다면 산딸기와 더덕과 같은 것들을 찾은 정도였다.

재수가 작업을 하다가 발견한 산딸기는 굶주린 우리들에게는 빨간 보석이었다. 허기를 메우기에도 좋았고, 특히 기념일에만 맛스타를 나눠준다고 인수가 공표를 했기 때문에 산딸기는 유일하게 단맛과 비타민C를 공급할 수 있는 먹거리가 되었다. 물론 재수는 간만에 개똥도 약에 쓸 수 있다는 이상한 칭찬을 인수에게 들었다.

더덕은 냄새로 찾을 수 있었다. 더덕 특유의 냄새는 5미터 이상 떨어진 곳에서도 향기만으로 찾을 수 있게 만들어준다. 인수는 처음 냄새를 맡고 더덕이 아닐 거라고 생각했었다. 설마 이곳에 더덕이 있을까 했지만 냄새에 이끌려 간 곳에는 더덕이 밭을 이루며 자라고 있었다.

더덕은 제대로 자란 것 한 뿌리만 날로 먹어도 속에서 불이

일어난다. 코로 올라오는 더덕의 매운 기운은 먹어본 사람만
이 알 것이다. 그리고 장복을 하면 여름에 땀을 별로 흘리지
않는다. 그런 더덕에게도 한 가지 단점이 있었다. 샤워할 때
손길만 스쳐도 불끈불끈하는 것이다.

어쨌든 더덕으로 인해서 아끼던 고추장이 조금 더 많이 축
나기는 했지만 열악한 환경에 대한 어려움을 약간 잊을 수 있
는 시간이 되기도 하였다.

인수는 꼼꼼히 위치를 표시했다. 요즘 주변에 대해 조사를
하면서 어설프게나마 지도 비슷하게 만들어 나가고 있었다.
오늘은 아예 작업도 빠지고 박현준과 숲을 헤매는 중이었다.
위험하기는 했지만 소금의 유혹을 감히 뿌리칠 수가 없었다.
그리고 반이 넘게 먹어버린 고추장도 인수를 재촉하고 있었
다.

오늘 인수가 헤매는 곳은 개울 건너 숲이었다. 좌측과 우측
의 숲은 가까운 곳까지 이미 충분히 살펴보았다.

사람의 손길이 닿지 않은 곳이라서 그런지 무척이나 험했
다. 사람이 다니면 숲에 길이 생긴다는 소리를 들은 적이 있
었다. 사람은 자기 편한 것만을 생각하는 가장 이기적인 생물
이리라.

인수는 검으로 길을 만들면서 걸어나갔다. 작은 나뭇가지
가 자기들을 봐달라는 듯이 앞을 막아섰다. 인수의 검에 나뭇
가지들이 사정없이 잘려 나갔다. 다람쥐과로 보이는 작은 동

물들이 놀라서 뛰어다녔다. 잡아먹고 싶었지만 잡을 재주가 없었다. 총으로 요행히 맞추어도 너무 작아서 맞는 순간 형체도 없이 박살이 날 것 같았다. 어제는 토끼를 발견하기도 했지만 인수가 던진 손도끼를 유유히 피하며 순식간에 도망을 가서 잡을 수가 없었다. 그래서 오늘 아침부터 단검 던지기와 손도끼 던지기를 아침 점호에 포함시켰다. 그리고 덫을 만들어보기도 했다. 아직은 어설프지만 익숙해지고 동물의 특성을 알게 되면 충분히 잡을 수 있을 거라는 생각이 들었다.

아직은 사냥꾼이 아니라 채집자일 뿐이었다.

인수가 이마에 땀을 훔치며 말했다.
"잠시 쉬었다 갈까?"
기다렸다는 듯이 뒤에서 현준의 대답이 들렸다.
"예, 알겠습니다."
인수는 적당한 곳의 풀들을 헤집어놓으며 엉덩이를 붙일 수 있게 만들고 털썩 주저앉아 수통을 꺼내서 물을 마셨다. 물이 너무나 시원했다. 모기 같은 것들이 얼굴에 달라붙어서 인수는 손을 휘휘 저으며 말했다.
"현준아, 가래나무를 찾을 수 있겠냐?"
"잘 모르겠습니다."
현준의 목소리에는 자신감이 없었다. 어젯밤에 빨리 찾으라고 재수가 괴롭히기까지 했으니 마음이 편치 않을 것이다.

"휴, 네가 무슨 잘못이 있겠냐. 재수 말은 신경 쓰지 마라, 원래 그런 녀석이니까. 네가 일부러 안 찾는 것도 아니고 없는 걸 어쩌겠냐. 오늘 한번 열심히 찾아보자."

"예, 알겠습니다."

현준의 얼굴이 조금은 풀어진 것 같아 다행이었다.

"더덕이나 하나씩 먹고 갈까?"

아까 오면서 또 다른 더덕밭을 발견해서 몇 뿌리를 캐가지고 왔다.

현준은 인수의 말을 듣자마자 잽싸게 실하게 보이는 더덕 두 뿌리를 꺼냈다. 더덕 껍질을 손톱으로 열심히 벗기는 현준을 보며 인수는 마음이 썩 좋지는 않았다. 그의 배고픔이 눈에 보였기 때문이다.

인수는 잠시 눈을 감고 쉬면서 힘을 보충했다.

발 언저리에서 무언가 간지럼을 태우는 느낌이 들었다. 직감적으로 현준이 장난을 치는 것은 아니라는 것을 알았다. 아무리 친해도 상병이 병장에게 장난을 걸 수는 없는 것이다. 기분 나쁜 느낌에 눈을 뜨고 발을 보았다.

뱀이었다. 갈색과 빨간색, 노란색 등이 뒤섞여 무척이나 화려했고, 윤기까지 자르르 흐르고 있었다. 손가락 두 개를 합친 것 같은 굵기에 길이도 1미터는 훨씬 넘어 보였다. 머리는 삼각형이었다. 대개 머리가 삼각형이면 독사였다. 뱀들은 위협을 당하게 되면 두 가지 방법을 택한다. 도망가든지 맞서서 싸우든지. 왠지 이 뱀은 맞서서 싸울 거라는 생각이 강하게 들었다.

인수는 어려서부터 뱀에 대한 경험이 많았다. 시골은 뱀에 익숙한 환경을 만들어준다. 뱀을 잡아보기도 하고 물릴 뻔한 적도 있었다. 물릴 뻔한 이후로는 뱀을 굉장히 싫어했고, 끝까지 쫓아가서 죽이곤 했다.

인수는 절로 몸서리가 쳐졌다. 뱀이 인수의 움직임을 감지했는지 움직임을 멈추었다. 인수의 등에 땀이 났다. 손을 조금 움직여 보았다. 뱀이 머리를 꼿꼿이 세웠다. 인수의 손을 신경 쓰는 것 같았다.

"한인수 병장님!"

놀란 목소리로 현준이 인수를 불렀다.

"움직이지 마."

옆에서 현준이 움직이려고 했다. 자칫 잘못하면 뱀을 화나게 만들 수 있었다. 심장이 터질 듯이 뛰기 시작했다. 아무리 담이 커도 이런 상황이 되면 바둑알 크기로 줄어들게 마련이다.

인수의 손이 다시 조금 움직였다. 뱀의 머리를 노릴 생각이었다. 뱀을 잡을 때는 머리 바로 아래를 잡아야 했다. 꼬리나 몸통은 뱀에게 자신을 물어달라고 광고를 하는 것이다. 뱀은 매우 화가 나서 몸을 돌려서 손을 물을 것이다. 그리고 머리를 잡는 것은 뱀에게 손을 물어달라고 갖다 바치는 격이었다.

머리 바로 아랫 부분은 뱀이 머리를 돌릴 수도 없고 손을 물
릴 위험도 없었다.

심호흡을 하며 인수는 마음을 가다듬었다. 뱀은 아직도 움
직이지 않고 주변을 관찰하는 것 같았다. 인수의 손이 뱀을
잡을 수 있게 엄지와 검지 사이가 벌어졌다. 기회는 한 번뿐
이었다. 왼손을 들자 뱀이 인수의 왼손에 관심을 보였다. 뱀
의 시선이 따라가는 것을 볼 수 있었다.

인수의 오른손이 뱀을 향해서 빠르게 움직였다. 속으로 이
뱀은 독이 없는 풀뱀이라고 끊임없이 외치고 있었다.

"한인수 병장님!"

현준이가 옆에서 소리를 질렀다.

뱀은 인수보다 영악했다. 아담과 이브를 꼬셔서 에덴 동산
에서 쫓겨나게 만들었다는 이야기가 단순한 과장은 아니라는
생각이 들었다. 확실히 이 동네 뱀은 인수가 아는 뱀하고는
차원이 달랐다.

인수의 왼손을 따라서 움직이는 뱀 머리를 향해 뒤쪽에서
빠르게 움직인 인수의 오른손을 기다렸다는 듯이 뱀이 순식
간에 고개를 돌리며 물었다. 아픔을 느낄 새가 없었다. 인수
는 너무나 놀랐다. 인수가 뱀을 속인 게 아니라 뱀이 인수를
속인 것이다. 인수의 왼손이 뱀의 머리를 붙잡고 뱀의 입을
억지로 벌려서 오른손을 빼냈다. 인수는 바닥에 뱀을 패대기
친 후에 뱀 머리를 전투화로 사정없이 밟아서 으깨 버렸다.

뱀의 강인한 생명력을 말해주듯 꼬리 부분이 죽지 않고 똬리를 틀며 꿈틀거렸다. 뱀한테 속았다는 것이 화가 나서 인수는 금기를 범했다. 뱀에 물리면 움직이면 안 된다는 것은 상식이나 마찬가지였다. 움직이면 움직일수록 뱀독은 빨리 퍼진다.

"이런, 시발."

욕이 저절로 나왔다. 뱀에 물린 인수의 오른손에 난 뱀의 이빨 자국에서 피가 흘렀다. 인수는 오른손을 늘어뜨린 채 현준에게 말했다.

"대검에 달린 끈으로 빨리 오른손을 묶어줘."

인수는 팔목을 움켜잡고 피가 흐르기를 바랐다. 뱀독은 무척 빨리 퍼진다. 킹코브라 같은 뱀이 생각났다. 코끼리도 물리면 죽는다는 소리를 들었다. 12초라던가, 60초라던가.

현준의 손이 부지런히 군용 대검 끝에 달려 있는 끈을 풀기 시작했다. 금세 인수의 팔꿈치 윗 부분에 나뭇가지를 댄 후 나뭇가지를 이용해서 단단히 조였다. 제법 응급처치를 해본 모양이다.

인수는 팔의 감각이 점점 없어지는 것을 느꼈다. 대검을 이용해서 뱀의 이빨 자국이 난 곳을 근육의 결을 따라서 쨌다. 결을 따라서 째야 한다고 방송에서 본 기억이 났다. 피가 많이 나기는 했지만 아프다는 생각은 들지 않았다. 살아남는 것이 중요했다. 하지만 입으로 피를 빨기가 망설여졌다. 입 안에 충치와 상처가 있으면 오히려 더욱 중독되는 수가 있었다.

박현준이 주머니에서 검은색 비닐 봉지를 하나 꺼냈다. 훈련 때 반합을 닦기가 귀찮기도 하고 힘들기 때문에 비닐 봉지를 씌우기 마련이었다. 그때 쓰는 비닐 봉지로 일명 밥 비닐이었다. 비닐 봉지를 펴서 입에 대고 인수의 상처에서 독을 빨기 시작했다.

"미쳤냐?"

인수는 현준의 행동에 놀라서 말했다. 하지만 현준은 멈추지 않고 계속 피를 빨았다.

"괜찮습니다. 저는 충치도 없고 상처도 없습니다. 거기다 비닐을 대고 빨면 안전합니다."

한참을 인수의 손에서 독을 빨아낸 후에 현준이 웃으며 말했다.

다행히 독사가 아닌지, 아니면 독을 빨아낸 현준이 덕분인지 인수는 죽지 않았다.

4

다음날, 인수와 현준은 다시 숲을 헤매기 시작했다. 나무를 찾는 것은 끈기와의 싸움이었다. 숲은 이름 모를 침엽수와 활엽수가 뒤섞여 있었다. 그 나무가 그 나무 같았다. 산딸기와 산나물 몇 가지를 씹으며 허기를 달랬다. 점점 포기 상태가 되어갔다.

"한인수 병장님!"

현준이가 다급한 목소리로 말했다.

"뭐냐?"

나무를 찾은 것이 아닐까 해서 인수가 반가운 얼굴로 뒤를 돌아보았다. 이내 얼굴이 찌푸려졌다.

"살려주십시오."

현준이의 얼굴이 파랗게 질려 있었다. 현준이의 다리가 땅속으로 조금씩 빠져들고 있었다. 말로만 듣던 늪이 분명했다. 인수도 방금 그곳을 지나왔지만 멀쩡했다. 하지만 지금은 아니었다.

"움직이지 마. 움직이면 더 빠진다."

인수의 말에 현준이 움직임을 멈추었다. 하지만 어느새 허벅지까지 빠져들고 있었다.

허리띠를 풀어서 던질까도 생각해 보았지만 너무 짧았다. 충분한 거리 확보가 중요했다. 인수는 조심스럽게 접근했다. 조금 전까지 멀쩡해서 땅으로 생각했는데 인수가 발을 디디자 스르르 빠졌다. 그에 놀라서 얼른 발을 빼냈다. 현준이가 빠진 곳까지는 최소 3미터는 되어 보였다.

"제발 살려주십시오."

현준이가 간절한 얼굴로 말했다.

"기다려. 꼭 살려줄 테니까."

인수는 그렇게 말하고는 늪에서 물러섰다.

"살려주십시오, 한인수 병장님!"

등 뒤에서 현준이의 목소리가 들렸다. 꼭 동료를 버리고 혼자 도망가는 느낌이었다. 아니, 늦으면 그렇게 될지도 몰랐다.

인수의 발이 빠르게 움직였다. 개똥도 약에 쓸려면 없다더니 목표로 생각했던 나무를 타고 오르는 질긴 덩굴이 보이지 않았다.

"젠장, 어디 있는 거야?"

인수는 덩굴을 찾는 것을 포기하고 손도끼를 꺼내서 주변에 있는 작은 나무를 내려쳤다. 그 어느 때보다 인수의 손은 바쁘게 움직이고 있었다. 이내 나무가 쓰러졌다. 나무를 벨 때는 몰랐는데 가시나무였는지 나무를 잡은 손이 따가웠다.

"한인수 병장님!"

현준이의 다급하고 처참한 목소리가 들렸다. 다시 나무를 벨 시간이 없었다.

인수는 가시나무를 어깨에 메고 뛰었다. 이내 늪이 보였다. 현준이는 이미 가슴까지 빠져 있었다. 인수는 지체하지 않고 나무를 늪으로 드리웠다. 현준이가 다급하게 나무를 붙잡았다.

"꽉 잡아."

인수는 온 힘을 다해서 끌어당겼다. 늪에 빠지면 빠져나오지 못한다는 소리가 괜히 나온 말은 아닌 것 같았다. 늪의 흡

인력은 상상 이상이라 인수는 이를 악물고 젖 먹던 힘까지 짜
냈다.

"으아아악!"

인수의 입에서 괴물 같은 괴성이 터져 나왔고, 현준이의 몸
이 조금씩 딸려 나오기 시작했다. 인수는 몸을 뒤로 누이며
계속 당겼다.

현준이가 안전하게 늪 밖으로 나온 것을 확인하고서야 인
수는 그대로 누워서 숨을 몰아쉬었다. 어느 정도 숨을 몰아쉬
고 나니 살 것 같았다. 터질 것같이 뛰던 심장도 원래대로 뛰
기 시작했다.

"감사합니다. 감사합니다, 한인수 병장님."

현준이가 눈물, 콧물이 범벅이 된 얼굴로 말했다.

"빚 갚았다."

인수는 쑥스러운 기분에 그렇게 말하고 자신의 손을 보았
다. 가시에 쓸려서 손은 잔상처들로 가득했다. 그래도 기분은
좋았다. 처음으로 자신의 손으로 전우를 살린 것이다.

"손, 괜찮아?"

인수는 자신의 손을 한참 들여다보다가 현준에게 물었다.

"괜찮습니다."

괜찮을 리가 없었다.

"손 내밀어봐."

내밀어진 현준의 손은 인수보다 더 많이 상처가 나 있었다.

인수는 주머니에서 군용 손수건을 꺼내어 반으로 찢어서 현
준의 손을 정성껏 싸매주었다.

인수는 현준의 옷이 마를 때까지 기다렸다가 발길을 돌렸
다. 숙영지로 돌아가는 인수와 현준의 발길은 무거웠다. 어제
는 인수가 뱀에 물려서 제대로 찾지 못했고, 오늘은 현준이
늪에 빠져서 제대로 찾지 못했다. 숲이 거부한다는 생각마저
들었다.
물소리가 들리는 듯하더니 이내 개울이 보이기 시작했다.
역시나 오늘도 허탕이었다. 재수가 오늘은 또 무슨 소리를 할
지 걱정되었다.
"찾았습니다. 찾았습니다!"
처음에는 떨리는 목소리, 그 다음에는 기쁨에 찬 목소리였
다. 인수는 현준의 외침에 직감적으로 나무를 찾았다는 것을
알 수 있었다.
"어디? 어디?"
인수가 뒤를 돌아보며 물었다.
현준이가 가리키는 나무를 보았다. 평범한 상수리나무같
이 보였다. 그때,
픽!
볼링 공 크기의 돌이 나무에서 떨어져 내리며 현준이의 머
리를 강타했다. 그 모습과 동시에 어렸을 적 TV에서 봤던 헐

크를 생각나게 하는 괴물이 나무에서 뛰어내렸다. 괴물이 포효하며 거대한 주먹으로 누워 있는 현준의 가슴을 마구 내려쳤다. 듣기 거북한 소리와 함께 현준의 입에서 핏물이 터져 나왔다. 현준이 죽었다고 생각했는지 괴물이 인수를 보고 괴성을 질렀다.

괴물은 크기가 대략 2미터는 넘어 보였고, 오크와는 다르게 생겼다. 그렇다고 호감이 가는 얼굴은 절대 아니었다. 달걀만 한 붉은색 눈이 인수에게 고정되었다. 입에서는 날카로운 송곳니가 누렇게 빛나고 있었다. 괴물의 거친 숨소리가 인수의 귀에 천둥 소리처럼 들렸다.

괴물의 박력에 인수는 다리가 풀려서 주저앉았다. 손가락 하나 까닥할 수가 없었다.

인수는 비명을 질렀다.

'오지 마! 제발 나한테 오지 마!'

아니, 지르려고 했는데 목소리가 나오지 않았다. 괴물이 인수 쪽으로 다가왔다. 두어 발짝만 더 오면 괴물의 저 커다란 주먹에 죽을 것 같았다.

괴물의 다리 너머로 현준의 튀어나온 눈이 자신을 보고 있는 것 같았다.

'한인수 병장, 같이 가자!'

귓가에 현준의 목소리가 들리는 것 같았다.

"으아아아아악!"

막힌 둑이 터지듯이 목소리가 터져 나오며 인수는 오른손에 들고 있던 검을 괴물에게 던졌다. 묵직한 소리와 함께 검이 괴물의 가슴에 박히며 녹색 피가 터져 나왔다. 꽤 큰 상처가 만들어지자 괴물이 괴성을 질렀다. 하지만 인수의 행동에 위험을 느꼈는지 다가오는 걸 멈추었다. 몸에 박힌 검을 뺄 생각도 하지 않고 현준에게 던졌던 돌을 집어 들려고 했다. 안 봐도 뻔했다. 저 돌을 던져서 현준에게 했던 것처럼 인수의 머리를 박살 내려고 하는 것이다. 앉은 자세 그대로 소총을 움켜잡고 조정간을 돌렸다. 방아쇠를 당겼지만 총알이 나가지 않았다. 탄창을 치며 방아쇠를 당겨도 나가지 않았다. 괴물의 손이 돌을 들고 젖혀지는 것이 보였다.

"시발! 제발 현준아, 부탁이야!"

인수는 애원하듯 말했다.

타타타탕!

인수의 애원이 통했는지 총알이 발사되었다. 연발로 발사되며 반동에 총이 뒤로 젖혀졌다.

괴물의 왼쪽 다리가 터지듯이 떨어져 나가며 옆으로 쓰러졌다. 괴물이 쓰러져서 발광을 하며 몸부림쳤다. 떨어진 괴물의 발이 꿈틀기리는 게 보였나. 갑자기 도마뱀이 생각났다. 인수는 잽싸게 일어나서 발광하는 괴물의 가슴에 총을 쐈다. 이내 괴물의 가슴이 벌집이 되었다.

인수가 내려다보고 있는 현준의 모습은 처참했다. 머리는 터져서 피가 흐르고, 목이 부러졌는지 비정상적으로 꺾여 있었다. 가슴은 함몰되어서 갈비뼈가 삐죽삐죽 튀어나와 있었다.

“현준아, 너의 원수는 내가 갚았다. 너와 같이 죽지 못해 미안하지만 너무 원통해하지 마라. 곧 따라가마.”

인수는 그렇게 말하며 미안한 마음을 지우려고 했다. 어차피 자신도 오래 못 살 것 같다는 생각이 들었다.

크르르!

등 뒤에서 괴물의 소리가 들렸다. 총알로 벌집을 만들어주었는데 살아 있을 리 없었다. 아니, 저런 소리를 내는 게 이상했다.

인수는 20발을 다 쏘아 부은 것이 생각났다. 거기에 생각이 미치자 잽싸게 현준의 검을 빼어 들며 뒤를 돌아보았다. 죽은 줄 알았던 괴물이 낮게 으르렁거리며 상체를 일으키고 있었다. 가슴의 상처가 눈에 띄게 아물고, 잘려진 왼쪽 다리는 재생되고 있었다. 왠지 괴물의 재수없는 붉은 눈이 인수의 나약함을 비웃는 것 같았다. 공포는 어느새 분노가 되었다.

“이런 개새끼!”

인수는 다리에 온 힘을 모아서 뛰어올랐다. 현준에게 배운 검도 자세를 취하며 양손에 전신의 힘을 모아서 괴물의 머리를 내려쳤다.

“머리잇!”

인수의 기합 소리와 함께 괴물의 머리가 둘로 갈라졌다. 검은 괴물의 가슴까지 가르고 나서야 움직임이 멈추었다. 아직도 괴물의 눈이 비웃고 있었다.

"죽어! 죽으란 말이야! 제발 죽어!"

인수는 가슴에 박혀 있던 또 하나의 검까지 뽑아서 양손에 검을 쥐고 미친 듯이 휘둘렀다. 인수의 무자비한 칼질은 녹색 피를 흠뻑 뒤집어쓰고 나서야 멈추었다. 괴물은 다시 재생되지 않았다.

코끝에 느껴지던 현준의 피 냄새가 가시는 것 같았다.

인수는 현준의 시체를 둘러메고 개울을 건넜다. 현준의 피가 등을 적시고, 움직일 때마다 튀어나온 갈비뼈가 등을 찔렀지만 인수는 개의치 않았다.

포반원들이 뛰어오는 모습이 보였다.

"현준아, 다 왔다."

그 순간 인수는 의식을 잃었다.

인수가 눈을 떴을 때는 밤이었다.

인수는 조용히 몸을 일으켰다. 기척을 느꼈는지 재수의 목소리가 들렸다.

"왜?"

"화장실."

"어."

"현준이는?"

"묻었어."

"잘했다."

새벽에 인수는 어제의 그 자리로 가봤다. 괴물의 시체는 어디 갔는지 보이지 않았다. 인수는 현준이가 마지막에 가르쳐준 나무에 올라가서 가지를 잘랐다. 나뭇가지를 다시 잘게 잘라서 솥에 넣고 끓였다.

저녁때 검은 소금을 찍어서 물고기를 먹을 수 있었다.

"숲에 감사를 해야 되나?"

CHAPTER 6

사슴

"야, 더 때려 박아야 되는 거 아니야?"

인수는 지나가는 투로 물었다.

"더?"

재수는 기가 막힌지 물었다. 벌써 50㎝는 때려 박은 것 같았다. 게다가 철로 된 것도 아닌 나무로 된 말뚝이다.

"그래. 탄약고니까 상관없잖아? 튼튼하기만 하면 된다고."

"에이, 쌍! 상태야, 말뚝 꽉 잡아라. 다친다."

"예, 알겠습니다."

함마를 내려치는 재수의 손길에서 힘이 느껴진다. 어제 사슴 고기를 배불리 먹인 결과다.

세 번째 잡은 사슴은 덫으로 잡은 것이라는 것에 의의가 있었다. 앞의 두 마리는 총으로 잡은 것이라 형태가 완전하지 않았다. 몇 번의 시행착오 끝에 덫은 점점 은밀하고 실용적으로 개량되었고, 저녁때 설치해 놓은 덫이 아침에 가면 망가져 있는 경우가 많아서 아침에 덫을 놓고 저녁때 수거하는 방식으로 바꾼 후 삼 일 만에 사슴을 잡을 수 있었다.

사슴을 잡은 날은 언제나 배불리 먹었다. 후임병들이 즐겁게 먹는 모습에 인수는 더욱 힘이 솟았다. 세 번째 벗기는 사슴 가죽은 비교적 깨끗하게 잘 벗겨져 한참 그늘에서 마르고 있었다.

작업을 마치고 인수는 부지런히 숲에 들어갈 준비를 했다.

아침에 사슴의 흔적을 발견해서 설치해 둔 덫을 확인하기 위해서 빠르게 숲을 헤치고 있었다. 인수는 이제 굳이 길을 만들 필요가 없을 정도로 숲이 익숙했다. 아직 해가 지려면 시간이 좀 남은 터라 간간이 숲에 햇빛이 들었다. 날씨는 아직도 더웠지만 인수는 가을이 오는 걸 느끼고 있었다. 눈에 확 들어오지는 않지만 나무들의 상태를 보고 알 수 있었다. 오늘은 빠르게 덫만 확인하고 갈 생각이었기 때문에 아무도 데려오지 않았다. 눈앞에서 누군가 죽는 일은 그로서는 다시는 보고 싶지 않았다.

숲에는 사슴이 많았다. 전에는 잘 보이지 않던 사슴들이 어느 순간부터 눈에 들어오기 시작했다. 숲에 길을 내지 않고 다니는 방법을 터득하고 난 후부터 그랬다. 인수가 아는 상식으론 동물들은 자기들만의 길이 있는데 항상 자신이 다니는 안전한 길로만 다닌다고 했다. 인수는 숲을 헤매다 그런 곳을 찾을 수 있었다. 물론 인수가 그곳에 나타나면 더 이상 안전한 길이 아니다. 총으로 두 번 사슴을 잡은 다음에는 총으로 잡는 걸 선호하지 않게 되었다. 제대로 맞으면 맛있는 부위의 살이 날아가서 아까웠다.

조그만 언덕을 넘자 이내 덫을 놓은 자리가 한눈에 들어왔다. 인수는 급히 몸을 숨겼다. 멀리서 보기에도 덫을 놓은 자리가 엉망이 되어 있었다. 한동안 언덕 뒤에 숨어서 조심스럽게 주변을 탐색해 보았지만 다른 위험은 보이지 않았다. 이미 다른 곳으로 간 것 같았다. 가까이 다가가서 보자 덫을 아주 못 쓰게 만들어놓았다. 주변에는 붉은 피가 떨어져 있고 발자국이 어지럽게 찍혀 있었다. 설치해 놓은 다섯 개의 덫 중 네 개가 보란 듯이 망가져 있었다. 전에는 한두 개의 덫만 망가져 있었는데 이번에는 작정을 한 듯 덫들이 아예 더 이상 못 쓸 정도로 망가져 있었다. 맹수와 괴물을 피해 일부러 시간을 바꿔서 아침에 덫을 놓고 저녁에 가지러 왔는데, 누군가 비웃기라도 하듯 단 4일 만에 덫을 망가뜨려 놓고 잡힌 사슴까지 가져간 것이다.

"걸리기만 해봐라!"

인수는 이가 갈렸다. 몇 번 맛본 사슴 고기는 충분히 화를 낼 만한 물건이 되었다.

이제부터는 생존 경쟁인 것이다. 전에는 숲이 너무나 무서워서 양보를 했지만 이제는 숲이 무섭지 않았다.

인수가 돌아왔을 때는 거의 해가 넘어가고 있었다. 모닥불에는 이미 물고기가 올려져 있었다.

인수는 털썩 불가에 앉았다. 갑자기 다리에 힘이 빠졌다. 물고기 냄새를 맡으니 배가 고팠다. 저절로 입 안에 침이 고였다.

"한인수 병장, 사슴은?"

재수는 인수의 어깨에 아무것도 없는 것을 확인하면서도 물어봤다.

"없다. 사슴이 그렇게 쉽게 잡히면 사슴이냐, 물고기지?"

인수는 조금 신경이 날카로워져 있었다. 자연히 목소리도 약간 거칠게 나왔다. 눈앞에서 자신의 사슴을 도둑맞은 것이다.

"그런가?"

심상치 않은 기운을 느낀 재수의 목소리가 누그러졌다.

"어떤 놈이 가져갔어."

인수는 힘없이 말했다.

"누가? 어떤 새끼가?"

재수는 마치 자기가 그 일을 당한 듯이 화를 냈다. 모두의 식량인 것이다. 거기다 사슴은 이제 딱 세 번밖에 맛을 보지 못한 귀한 것이었다.

"가니까 벌써 가지고 튀었더라."

"이런, 썅! 쫓아가서 죽여 버리지 그랬어."

하여튼 성질은 있어 가지고 언제나 저런 식으로 말한다.

"어디로 간 줄 알고? 기세 좋게 쫓아갔다가 엄청난 괴물이면 어떻게 하냐?"

"그건 그렇지. 버그베어 같은 게 나오면 어떻게 해. 좀비나. 크크크. 한인수 병장, 기억나지? 외박 나가서 X니지할 때 좀비한테 쫓겨서 막 도망 다니고."

"그 시발 좀비, 세더라. 내가 그때 한 다섯 번은 죽은 거 같다."

그때는 무척 즐거웠었다. 평소에 친하게 지내던 녀석들과 외박 나가서 처음으로 온라인 게임이라는 것을 해봤다. PC방이 떠나가라 소리를 지르며 '튀어! 쳐쳐쳐!' 를 외쳐 대며 게임을 했었다.

"그때 장재수 병장님이 안 죽으려고 도망 다녀서 몰이한다고 욕먹고 그랬지 않습니까?"

상식이가 한마디 거든다.

"맞아. 저넘 때문에 옆에 있던 사람들이 영문도 모르고 마구 죽었지."

"뭐야? 그래도 재미있었잖아, 외박 나가서."

"그렇지."

외박을 나가기 위해서 온갖 추잡한 짓거리를 한 것이 기억났다. 병장 짬밥에 지저분한 차력 쇼를 펼쳤었다. 콜라를 한 모금씩 마신 다음에 입에 담아두었다가 그걸 다시 PET 병에 모은 후에 가위바위보를 해서 지는 사람이 먹는 엽기 차력이었다. 그때 인수는 차력 쇼를 하기 전에 분명히 말했었다. '나, 주먹 낸다. 알아서 내라' 라고. 하지만 모두 보자기를 냈다. 지독한 놈들. 인수의 콜라를 마시는 엽기 차력 쇼 덕분에 병훈이와 같이 외박을 나갈 수 있었다. 그때 같이 외박을 나간 멤버가 병훈, 재수, 상식이었다.

옛 생각에 인수의 입가에 웃음이 감돌았다.

"한인수 병장님, 드십시오."

상태가 제일 먼저 익은 물고기를 내밀었다. 먹음직스럽게 보였다. 하긴, 계급으로나 나이로나 인수가 제일 어른이었다.

인수가 물고기를 받아 들자 상태는 얼른 반합 뚜껑에 검은 소금과 딸기 잼을 조금 담아서 내밀었다. 딸기 잼에 찍어 먹는 물고기도 별미였다. 책에 잼을 만드는 내용이 있었다. 잼을 만들면 보관이 용이해서 오랫동안 먹을 수 있었다. 벌써 반합 두 개 분량의 잼을 보관해 두고 있었다. 뜨거운 물에 한 숟갈씩 넣어서 차처럼 타 먹어도 먹을 만했다.

인수는 물고기를 먹고 세면 가방을 들고 개울가로 씻으러 갔다. 아직 치약은 많이 남아 있었다. 치약을 조금 묻혀서 이부터 닦았다. 이곳에 와서 위생에 더욱 신경 쓰게 되었다. 조그만 상처에도 상처가 곪아서 죽을 수도 있는 것이다. 그 누구던가, 장미 가시에 찔려서 죽었다는 양반도 있던데. 개울에 나무 발판을 만들어놓아서 씻기가 편했다. 발까지 깨끗이 씻고 나서야 벙커로 들어갔다.

벙커는 무척이나 어두웠다. 삼 일 전, 마지막 건전지가 떨어지자 해가 지면 암흑 세상이 될 뻔했다. 하지만 상식이 덕분에 암흑을 면할 수 있었다. 포차의 밧데리와 헤드라이트를 뜯어서 빛을 만든 것이다. 그것도 아낀다고 30분 안에 꺼야 한다.

오늘은 인수가 제일 마지막이었다. 모두가 모이면 그때서야 불을 켜는 것이다.

"야, 불 좀 켜라."

대충 점호를 취하고 취침 준비를 시켰다. 인수는 침낭을 반쯤 덮고 약간의 시간을 이용해 볼펜과 수첩을 꺼냈다.

9/10.
덫이 망가짐.
발자국으로 보아 오크들로 추정. 주의 요망.
탄약고 작업 순조로움.
내일 덫 설치. 탄약고 작업. 오크들에게 복수.

인수는 수첩을 덮고 주위를 둘러보았다. 근무자 두 명을 제외하고는 침낭을 덮고 있었다.

"근무 확실히 서고, 취침!"

"취침!"

초번 초인 상태가 불을 껐다.

"취침 소등하겠습니다. 편안한 밤, 섹시한 밤, 몽정하십시오."

2

인수는 아침 일찍부터 서둘렀다. 아침 점호는 재수에게 맡기고 장비를 착용했다. 주렁주렁 열린 호박처럼 장비가 인수의 몸에 걸쳐졌다. 너무 번잡할 정도로 많아서 줄이는 방법이 없을까 고민 중이었다.

"야, 그럼 덫 좀 놓고 올 테니까 점호 부탁한다."

재수가 입맛을 다시며 말했다.

"알았어. 오늘은 고기 맛 좀 보여줘."

"노력해 볼게."

아직 숲에는 어둠이 걷히지 않았다. 간밤에 내린 이슬도 발목을 잡았지만 오늘은 할 일이 많은 날이라 서둘러 움직여야 했다.

한 시간을 걸어서 도착한 지역은 이틀 전 사슴을 본 지역이었다. 덫을 놓았지만 잡지 못했다. 인수는 공을 들여서 다시 덫을 놓았다. 덫은 올무 형태로 만들었다. 목 높이에 놓아두면 사슴이 지나가다 걸리게 된다. 도망치려고 발버둥을 치면 칠수록 더욱 목을 죄는 형태였다. 나일론 끈으로 만들어서 끊어질 염려는 없었다.

몇 개를 더 설치하고 바닥에 다른 형태의 덫을 놓았다. 다리를 낚아채는 형태의 덫이다. 이런 덫은 조금 복잡했다. 주위에 작은 나뭇가지를 잡아당겨서 팽팽하게 만들어놓은 후 고정시킨다. 이때 나뭇가지에 밧줄을 연결해서 바닥에 놓아둔다. 고정시킨 작은 나뭇가지를 건드리게 되면 바닥에 있는 줄이 당겨지면서 매달리게 만드는 덫이다. 그리고 마무리 작업에 들어갔다.

통신용 전선을 이용해 사슴의 가슴 높이로 줄을 쳐 놓으면 사슴이 지나가지 못하고 다른 길로 간다는 이야기를 들은 적이 있기에 덫으로 가는 길을 제외하고는 꼼꼼히 전선을 깔았다. 이렇게 해놓으면 사슴을 덫으로 몰아갈 확률이 더 높아지는 것이다.

그리고 마지막으로 부비트랩 다섯 개를 깔았다. 특별한 건 아니고, 나뭇가지를 건들면 가슴 높이로 뾰족한 나무가 튀어나오게 되는 것이다. 이런 덫을 사냥 덫으로 사용하지 않는 것은 일격 필살로 죽이기가 힘들기 때문이었다. 하지만 상처를 입히는 데는 유용했다. 만약 오늘도 사냥물을 건드리면 곱게 지나가지는 못할 것이다. 시간을 보니 두 시간이나 지나 있었다. 인수는 빠르게 숙영지로 돌아갔다.

인수가 숙영지로 돌아왔을 때에는 막 장약을 집어넣고 있었다.

장약은 눕혀서 관리를 하게 되어 있었다. 젓가락 모양으로 나무를 바닥에 놓고 그 위에 장약 통을 나무와 직각이 되도록 올려놓는 것이다. 이렇게 하면 닿는 부위를 최소화해서 부식을 막을 수 있다. 차례대로 20개씩 놓은 후 양끝에는 나무를 놓아서 장약 통이 움직이지 않게 만든다. 다시 장약 통 위에 나무를 젓가락 모양으로 올린 후에 장약 통을 놓는 것이다. 장약도 여러 종류가 있기 때문에 약간의 구별을 해줘야 한다. 그래야 필요한 장약을 즉각 찾을 수 있다. 종류 별로 장약 통을 차곡차곡 쌓았다.

포탄은 약간씩 차이가 있지만 평균적으로 40kg 정도다. 포탄은 세워서 보관해야 되기 때문에 바닥에 나무판을 깔고 올려놓아야 된다. 포탄들도 쓰임새에 따라, 사거리에 따라 여러 종류가 있기 때문에 분류를 해서 놓는 것이 좋다. 유능한 포병이라면 자기 포상에 탄이 몇 발이 있고, 어떤 종류가 있는지 정도는 알아야 한다. 장약도 마찬가지다. 가끔 지독한 고참들은 그런 걸 물어보고 모르면 후임병을 갈구거나 패기도 한다. 더 지독한 인간들은 신관의 종류와 양, 뇌관의 양까지 걸고 들어간다. 그 정도 수준의 질문을 하는 고참이라면 그날은 패기로 마음먹은 날이나 마찬가지다. 가르쳐 주지도 않고 무조건 물어보는 것이다.

작업은 순조롭게 이루어졌다. 이곳에 와서 힘이 좋아졌기 때문에 40㎏ 정도의 포탄은 문제될 게 없었다. 뇌관까지 집어넣고 나서 지붕을 덮었다. 막 지붕을 나무로 덮는 작업을 끝내자 4시를 알리는 시계 알람이 들렸다. 흙으로 덮는 것은 내일 해야 될 것 같았다. 하늘을 봐도 비가 올 것 같지는 않았다. 혹시나 하는 마음에 임시로 호로를 덮었다. 비가 오면 낭패였다.

"재수야, 조금 쉬다가 운동 좀 시키고 저녁 준비해라."

요즘은 작업이 끝나면 각자 운동을 한다. 운동이라고 해서 축구를 하거나 농구를 하는 것은 아니다. 대개는 목검을 휘두른다.

"엉. 빈손으로 오지 말고 사슴 한 마리 꼭 가져와."

재수가 입맛을 다시며 말했다.

"알았다. 노력해 볼게. 아침에 덫을 신경 써서 놔두었으니까 잡을 수 있을 거야."

숲으로 들어가는 인수도 덫이 어떻게 되었을까 궁금했다. 오늘 덫은 최고로 공을 들여 놓은 것이다.

인수의 발걸음이 조금 빨라졌다. 저 앞의 작은 언덕만 넘어가면 바로 덫을 놓은 곳이었다.

그때 갑자기 괴물 소리가 들렸다.

인수는 재빨리 몸을 숨기며 낮은 자세로 언덕으로 올라갔

다. 다섯 마리의 오크가 보였다. 덫을 놓아둔 곳에서 우왕좌
왕하고 있었다. 조금 전에 소리는 저놈이 지른 것 같았다. 가
슴에 부비트랩의 나무가 박혀서 소리를 지르고 있었다. 올무
에 걸린 사슴에 다가가다 찍힌 듯했다. 또 다른 한 마리는 바
닥에 놓은 덫에 걸려서 거꾸로 매달려 있었다. 머리가 바닥에
닿을 듯 말 듯했다. 뭐라고 서로 떠드는 것 같았는데 알아들
을 수가 없는 소리였다. 전에는 죽이기에 바빠서 몰랐는데 제
법 지능이 있는 것 같았다.
　제법 시끄러운 소리에도 불구하고 새로 나타나는 오크는
없었다. 그렇다면 주위에 다른 녀석들은 없는 게 분명했다.
　갑자기 오크 한 마리가 가슴에 나무못이 박혀서 소리를 질
러대는 오크의 머리를 도끼로 찍었다. 둔탁한 소리와 함께 녹
색 피가 사방으로 튀었다. 기다렸다는 듯이 다른 한 마리는
거꾸로 매달려 있는 오크의 가슴에 검을 찔러 넣었다. 매달린
오크가 손을 휘저으며 발버둥을 쳤다. 도끼를 들고 있던 오크
가 달려들어서 도끼로 머리를 찍자 퍽! 하는 소리와 함께 시
끄럽던 숲이 조용해졌다. 남은 한 마리는 올무에 걸린 사슴을
향해 다가갔다. 마치 자신이 주인인 것처럼 행동했다. 사슴을
들쳐 업으려고 하자 올무의 끈이 팽팽해졌다. 녀석은 그것을
무시하며 그대로 힘을 주어 잡아당겼다. 사슴의 목이 뜯어졌
다. 오크는 뜯겨진 사슴의 머리를 다른 손으로 집어 들었다.
나머지 녀석들도 각자 자기가 죽인 오크를 들쳐 멨다.

인수는 본거지를 알아낼까 하다가 이내 마음을 접었다. 혼자서는 상대가 안 될 것 같았다. 조심스럽게 사슴을 들고 있는 오크를 겨냥했다. 거리는 겨우 50m였다. 우리의 식량을 탐한 녀석들을 살려둘 생각은 없었다. 그것도 공들여 설치한 덫에 걸린 식량을 자기 것마냥 훔치는 녀석이었다.

탕!

피를 뿌리며 사슴을 들고 있는 오크가 쓰러졌다. 가슴에 제대로 맞아서 등 뒤가 터져 나가는 게 보였다. 총소리에 놀라서 소리를 지르며 움직이다가 다른 한 마리가 부비트랩에 옆구리를 찍혔다.

인수의 총이 옆으로 움직이며 다시 불을 뿜었다.

탕!

동료가 쓰러져도 아랑곳하지 않고 도망가던 녀석이 등을 맞고 쓰러졌다. 인수는 검을 뽑아 들고 뛰어나갔다. 언덕에서 나타난 인수를 발견한 오크가 부비트랩을 뽑아내고 도망가려고 했다. 인수는 검을 왼손에 쥐고 오른손으로 등 뒤에서 재빨리 도끼를 뽑아서 던졌다. 10미터를 격하고 날아간 도끼가 정확히 녀석의 가슴에 틀어박혔다. 아침마다 꾸준히 연습한 덕이다. 쓰러지는 녀석에게 순식간에 거리를 좁히며 목을 쳐버렸다. 별다른 저항 없이 잘려진 오크의 목이 저만치 날아갔다. 양손으로 손잡이를 개조한 덕에 엄청난 힘이 실린 일격이었다.

총에 맞은 두 놈은 아직도 미약하게 신음을 흘리고 있었다. 엄청난 생명력이 아닐 수 없었다. 인수의 검이 확실하게 숨통을 끊어주었다. 인수는 덫을 하나하나 수거했다. 그리고 오크들의 시체를 모아두고 그 주위에 부비트랩을 몇 개 설치했다. 시체를 가지러 오는 녀석들도 몇 놈은 다칠 것이다. 인수가 일을 끝마쳤을 때는 이미 주위가 어두워지고 있었다. 다가오는 녀석에게는 따끔한 교훈이 될 것이다.

해가 완전히 지고서야 인수는 돌아올 수 있었다. 인수가 물고기로 허기를 채우는 동안 상태가 가죽을 벗기고 진흙구이와 숯불구이로 능숙하게 만들었다. 늦게까지 사슴을 먹으며 이야기꽃을 피웠다. 술이 없는 게 아쉬웠다.

"누구냐?"
거침없는 목소리였다.
"나다."
인수도 거침없이 대답했다.
"한인수 병장이야?"
은근한 목소리다.
"엉."
인수의 목소리에 힘이 실렸다.
"빨리 좀 나와."
다시 힘이 실린 목소리다.

“나도 막 들어왔다.”

인수는 단호하게 말했다.

“죽겠어. 제발.”

이내 애원하는 목소리로 바뀌었다.

“그럼 죽던가. 비싼 거 먹여놨더니, 망할 놈.”

어제 과식을 했는지 속이 좋지 않았다. 아침부터 화장실에 인수가 들어앉은 사연이었다.

화장실은 목책 구석에 있었다. 옛말에 친정과 화장실은 멀수록 좋다고 했던가? 어쨌든 옛 어른의 말씀에 따라서 목책 구석에 화장실을 만들었다. 급조된 티가 물씬 나지만 비를 피할 수 있게 지붕도 있었다. 거기다 화장실 주위로 목책을 한 번 더 쳐놓았다. 볼일 보다 괴물한테 뒤통수 맞을까 봐 해놓은 것이다. 뒤통수치려고 마음먹은 괴물은 그래도 치겠지만.

문틈으로 재수의 몸이 꼬이는 게 보인다. 인수는 그래도 나갈 마음이 없었다. 아직도 인수의 몸에서 신호를 보내고 있었다.

“정 힘들면 옆에다 땅 파고 볼일 보든가.”

인수는 측은한 생각이 들었다.

“아직은 참을 만해.”

재수의 쥐어짜는 목소리가 들렸다.

인수는 손에 들고 있던 휴지를 닦기 좋게 만들기 시작했다. 아직은 휴지가 꽤 남아 있었다. 여린 엉덩이를 보호하기

위해 휴지도 통제 품목 중 하나가 되었다. 휴지가 떨어지면
수양록(군인들이 쓰는 일기장)이라도 뜯어서 써야 될 판이다.
　"한인수 병장?"
　인수가 막 뒤처리를 끝내고 바지를 들어올릴 때 재수의 은
근한 목소리가 들렸다.
　"왜?"
　"냄새, 구리다."
　"내가 나가나 봐라."
　"내가 잘못했어. 제발. 으윽!"

3

　오늘로 탄약고 작업을 마무리 지을 수 있을 것 같았다. 흙
만 덮으면 작업이 끝나는 것이다. 작업이 끝나도 할 일이 많
았다. 겨울을 대비해서 먹을 걸 많이 비축해야 했다. 얼마나
추울지, 얼마나 눈이 내릴지 알 수 없는 것이 걱정이다. 미리
대책을 세워야 했다. 눈 속에 파묻혀 굶어 죽는 것은 사양이
었다. 거기다 목책도 좀 더 보강하고 땔감도 많이 장만해야
했다.
　"집합."
　인수는 그렇게 말하며 장약 통으로 만든 종을 쳤다. 여기저
기서 하나둘 모습을 드러냈다.

제일 늦게 미적거리며 이현민이 나타났다.

"빨리빨리 안 다니냐?"

요즘 들어 더욱 행동이 굼뜨는 녀석이다.

"저기 그게 말입니다. 배가 아파서 화장실에 있었습니다."

아픈 표정이었다. 표정만으로는 정말 동정심이 일어날 정도였다.

"지랄, 뻥까네."

재수의 입에서 거침없이 욕이 터져 나왔다. 평소에 꾀병도 많고 요령만 부리는 녀석이라고 재수한테 찍힌 탓이다.

"정말입니다, 장재수 병장님."

억울하다는 얼굴로 현민이가 말했다.

"이 새끼는 걸핏하면 어디 아프다더라?"

재수의 눈이 가늘게 떠졌다. 먹이를 노리는 맹수 같다는 생각이 들었다.

인수도 평소에 현민이가 하는 행동이 썩 마음에 드는 것은 아니었다. 군대에서 뺀질대는 녀석은 사랑받기가 힘든 것이다.

'평소에 잘하지.'

"일루 와봐."

그렇다고 아프다는 녀석을 그냥 내버려 둘 수는 없다. 싫은 녀석이 있을 수도 있지만 지금은 지휘관이기 때문에 신경을 써야 했다.

인수가 현민이의 머리에 손을 얹어보자 따뜻한 것이 열이 좀 있는 것 같았다. 꾀병은 아닌 것 같았다.

"상태야, 소화제 좀 있냐?"

상태는 구급 요원이다. 각 포반마다 구급 요원이 한 명씩 있게 된다. 그리고 구급 요원 집체 교육이라고 1주일 정도 대대 의무대에서 교육을 한다. 보통은 일병 시절에 한 번쯤 교육을 받기 마련이다. 상태는 그래서 구급낭을 가지고 있었다. 처음 여기 와서 별것도 아닌 상처와 아픔에 소독약과 빨간약, 그리고 소화제, 해열제 등을 낭비하기에 항상 허락을 받으라고 했었다.

"몇 개 남았습니다."

"괜찮습니다."

인수의 말을 듣고 현민이가 말했다. 찍히기는 싫은 듯했다. 약은 엄청나게 귀했다.

"거봐. 이 새끼, 꾀병이라니까. 그저 꾀병엔 뒤지게 패야 돼."

재수가 침을 튀기며 말했다.

"재수야, 정신 사납다. 나머지는 작업 시작하고, 현민이하고 상태는 벙커로 들어와."

인수는 벙커로 들어와서 창문가에 자리를 잡았다.

"이리로 와서 앉아봐. 체한 것 같으니까 일단 손을 따고 나서 약 먹으면 나을 거다. 상태야, 바늘 좀 가져와 봐."

“괜찮습니다, 한인수 병장님.”

“괜찮긴, 이리로 와서 빨리 앉아봐.”

인수는 현민이를 앞에 앉히고 등을 두드렸다. 옛날에 어머니는 배가 아프면 등을 두드려 주시다가 양쪽 엄지손가락을 따주시고는 했다. 아프고 따가운 바늘이 무서워서 인수는 이리저리 도망 다니고 했었다.

어느 정도 현민이의 등을 두드리다가 팔부터 엄지손가락까지 주무르기 시작했다. 인수는 바늘 집에서 제법 큰 바늘을 꺼냈다. 오른쪽 상의 주머니에서 지포 라이터를 꺼냈다. 병훈이의 라이터였다. 친절하게 라이터 기름까지 한 통 있어서 인수가 유용하게 쓰고 있었다. 바늘 끝을 달군 후에 엄지손가락을 실로 감았다. 엄지를 오므려서 피부를 팽팽하게 만든 후 바늘을 찌르자 바늘이 톡 튀었다. 바늘이 튈 때 어머니는 이런 말씀을 하시곤 했다. ‘많이 체했나 보네? 우리 아들, 사이다 먹어야겠다’ 라고.

결국 세 번의 시도 끝에 겨우 성공했다. 작은 구멍에서 약간 검붉은 피가 나오기 시작했다. 피 색깔이 검붉은 걸로 봐서 체한 것이 확실했다. 한 방울이 될 때까지 짜내어 휴지로 닦았다. 반대쪽도 같은 방법으로 따고서는 소화제 반 알을 먹였다.

“오늘은 누워서 쉬어라.”

“괜찮습니다. 작업할 수 있습니다.”

"오늘은 조금만 하면 끝나니까 부담 가질 필요 없다."

인수는 미안한 표정을 짓는 녀석에게 그렇게 말했다. 왠지 오늘은 꾀병이 아닌 것 같았다.

밖으로 나온 인수는 삽을 집어 들었다. 당연히 삽질을 하고 있던 재수가 상태와 함께 당가(들것을 군대에서 부르는 말. 일본 말에서 유래)조가 되었다. 재수는 툴툴거리며 당가를 들었다. 냉수도 위아래가 있고 똥물에도 파도가 있는 법이다. 하물며 작업을 할 때도 그랬다. 당가와 삽을 가지고 작업할 때 삽은 아무나 잡는 것이 아니다. 최소한 상병 이상 급이 되어야 한다. 거기다 고참부터 삽을 잡기 때문에 오늘같이 현민이가 빠지면 삽질은 인수 혼자 하고 나머지 네 명은 당가 조가 되는 것이다. 삽질이 편한 것은 아니지만 이런 때에 삽은 짬밥의 상징이었다.

인수는 부지런히 당가에 흙을 퍼주다가 이등병 때 3포 반장 김 하사에게 괴롭힘당하던 생각이 났다. 막 자대 배치를 받고 나서 얼마 지나지 않아 친절히 '백삽질' 이란 걸 가르쳐 주었다. 백 번 삽질하고 허리 한 번 펴기. 그것도 빨리하라고 시간을 재었다. 어느 정도 익숙해지자 가르쳐 준 것은 '천삽질' 이었다. 개차반 김 하사도 알파 올라가고 나서는 성격이 매우 좋아졌는데. 이런저런 생각에 피식 웃음이 나왔다.

한낮의 태양은 여전히 뜨거웠다.

“잠시 쉬자.”

작업 중에 마시는 물맛은 역시 꿀맛이다.

“상태야, 노래 하나 해봐라.”

인수는 시원한 물맛에 기분이 좋아서 말했다.

“일병 김상태, 아는 노래가 없습니다.”

“재수야, 요즘 애들 관리가 왜 이 모양이냐? 이제 조금 있으면 상병 된다고 노래도 안 한단다.”

인수가 재수를 보면서 말했다.

“야, 사도신. 어떻게 된 거냐?”

재수가 도신이에게 말했다.

“빨리 해!”

도신이가 상태한테 눈을 번뜩이며 말했다. 상태가 안 하면 낼모레 병장이 될 도신이가 할 판이었다.

원래 군대는 이런 식이다. 당사자를 괴롭히기보다는 그 위의 선임병을 괴롭힌다. 그럼 다단계 식으로 타고 내려가는 것이다. 바로 위의 선임병까지.

살벌한 분위기에 상태는 마지못해 일어나서 노래를 했다. 인수는 재미로 한 말이 상태한테는 죽을래, 살래의 분위기가 되어비렸다.

바람결에 실려오는 정다운 목~소리~

귓가에 와서 닿는다~

상태가 부르는 군가는 '고향의 향수'였다. 이 노래는 XX사단 신교대 5주 차가 되어야 조교들이 가르쳐 주는 노래였다. 신교대에서도 짬밥이 되어야 배울 수 있는 군가다.

인수가 매우 좋아하는 군가였다. 악만 쓰는 군가는 아닌 것이다.

"그만. 누가 군가 하라고 했냐? 사도신, 네가 할래?"

재수가 노래를 중지시켰다. 화가 난 얼굴이다.

도신의 얼굴이 찡그려졌다.

"다른 노래해라. 가요 모르냐?"

도신의 얼굴이 심상치 않자 상태가 얼굴을 붉히며 노래를 시작했다.

그대 모습은 보랏빛처럼~

살며시 다가왔지~

예쁜 두 눈엔 향기가 어려~

잊을 수가 없었네~

강수지의 보랏빛 향기였다. 박수를 치며 난리가 났다. 김상식은 일어나서 춤까지 추었다.

"하여튼 이놈의 군대는 갈구지 않으면 안 된다니까?"

재수가 박수를 치며 말했다.

　보랏빛 향기 덕분인지 탄약고는 2시가 되었을 때 마무리 지을 수 있었다. 벙커에 들어가니 현민이가 땀을 뻘뻘 흘리며 신음을 하고 있었다.

　“많이 아프냐?”

　“괜찮습니다.”

　고통을 참는 게 눈에 보였다.

　인수는 물수건을 만들어 현민이의 이마에 얹어주고 해열제를 한 알 먹였다. 약을 아끼다 사람 잡을 판이었다. 고통을 꾹 참는 모습을 보며 어떻게 해야 될지 몰랐다.

　인수는 전투 식량을 뜯어서 반합에 물을 많이 붓고 죽을 끓였다. 제법 먹을 만했다. 현민이는 몇 숟갈 뜨더니 괜찮다고 했다. 재수가 옆에서 배가 불렀다고 말하기는 했지만 신경이 쓰이는지 현민이의 물수건을 갈아주었다.

　뺀질대기는 해도 아주 가끔은 귀여운 구석이 있는 녀석이다. 그리고 몸이 아플 때가 가장 서럽다는 것을 군대에서 배운 인수였다.

　“먹고 싶은 거 없냐?”

　인수는 죽도 잘 못 먹는 현민이를 보며 측은한 마음에 물었다.

　“없습니다.”

　“괜찮으니까 말해봐.”

　“사슴 고기가 먹고 싶습니다.”

현민이는 재수의 눈치를 보며 주저하더니 말했다.

"알았다."

시계를 보니 3시였다. 운이 좋으면 잡을 수 있겠다는 생각이 들었다. 덫은 틀렸고, 사냥을 해야 했다. 인수는 총을 들고 빠른 걸음으로 숙영지를 벗어났다.

세 시간여를 숲을 헤매다 포기를 하려는 순간에 사슴을 발견했다. 뿔이 제법 길게 나 있는 숫사슴이었다. 혼자 다니는 걸로 봐서는 무리에서 쫓겨난 것이 분명했다. 숫사슴보다는 암사슴이 맛이 더 좋았지만 그런 걸 가릴 시간이 없었다.

긴장으로 손에 땀이 났다. 이미 해는 거의 저물어서 더 이상 숲을 뒤지는 것은 힘들었다. 인수에게 주어진 유일한 기회였다. 녀석을 놓치면 안 된다는 생각에 무척 신중하게 호흡을 가다듬었다. 뚜렷이 보이지는 않지만 조준을 못할 정도로 어둡지도 않았다. 호흡을 멈추고 가만히 방아쇠를 당겼다.

탕!

총소리와 함께 사슴이 풀썩 쓰러졌다. 기쁜 마음에 힘든 것도 잊고 쓰러진 사슴을 주우러 뛰어갔다. 사슴은 가슴에 총알을 맞고 쓰러져 있었다. 그래도 다행히 크게 살점이 떨어져 나가지는 않았다. 숫사슴은 뿔 때문에 옮기는 것이 불편해 도끼로 뿔을 잘라냈다. 건빵 주머니에서 운반용으로 준비해 온 쌀포대를 꺼내서 몸통과 사슴뿔을 담아 어깨에 짊어졌다. 좋아할 현민이의 얼굴이 눈에 보이는 듯했다. 녹용은 몸에 좋다

던데 더덕하고 같이 푹 고아서 먹으면 이제 모두들 잔병치레
는 없을 것 같았다.

인수는 숲길을 걸으며 야간 투시경이 있었으면 했다. 매복
나갈 때 지급받아서 한 번 써볼 수 있는 기회가 있었다. 구형
이라서 무식하게 크기만 했지만 초록색으로 보이는 세상은
어둡지 않았다.

달빛은 숲을 잘 뚫지 못했다. 인수는 사물을 간신히 확인할
정도의 빛에 의지해 방향을 잡았다. 아직까지 그의 방향 감각
은 그를 배신하지 않았다. 어렸을 때부터 한 번 가본 길이나
장소는 잊어버리지 않고 찾아갈 수 있을 정도로 길눈이 밝은
그였다. 그래도 너무나 어두웠기 때문에 자꾸만 늦어지는 것
은 어쩔 수가 없었다.

숙영지의 불빛이 보였다. 시간을 보니 10시였다. 상당히
늦었다는 것을 알 수 있었다.

인수의 발걸음이 빨라졌다. 현민이가 자고 있으면 내일 아
침에나 먹일 수밖에 없었다.

'뭐, 나중에 고마워하겠지.'

인수가 공터로 들어서자 목소리가 들렸다. 수화였다.

"손 들어! 움직이면 쏜다!"

"낙타!"

"바늘!"

요번 달 암구어는 낙타와 바늘로 정했다. 제법 경계를 충실히 서고 있었나 보다.

김상태가 재빨리 정문 목책을 치웠다.

"수고가 많다, 상태야."

"아닙니다."

벙커 앞 모닥불에 다들 모여 있었다.

"잠이나 자고 있지 기다리고 있었냐? 하여튼 눈치는 빨라 가지고."

인수는 상태에게 자루를 넘겼다.

"상태야, 사슴이다. 으메, 무거운 거. 녹용도 달린 놈이다."

인수는 호들갑스럽게 떠들며 모닥불가에 앉았다.

평소에는 '고생하셨습니다' 라고 각듯이 말하며 사슴을 받아 드는 상태가 오늘은 조용히 자루를 받아서 한쪽에 내려놓았다.

인수가 둘러보니 현민이가 보이지 않았다.

"현민이는 아직도 아프냐? 현민이 자면 다리 하나 놔둬라, 내일 아침에 먹이게. 내가 현민이 생각해서 힘 좀 썼지. 저거 잡느라고 장장 세 시간을 넘게 숲을 헤맸다."

"한인수 병장."

재수가 은근한 목소리로 인수를 불렀다.

인수는 긴장이 됐다. 이 녀석이 또 무슨 소리로 황당하게 할까 하는 생각이 들었다. 항상 은근한 목소리로 부를 땐 황당한 소리를 하는 녀석이다.

"왜?"

"현민이는 죽었어."

인수의 귓가에 들려오는 말이 마치 천둥소리처럼 들렸다.

"뭐?"

"여섯시쯤에 갑자기 배가 아프다며 소리를 지르다가……."

재수는 말을 잇지 못했다.

인수는 어이가 없었다. 조금 아프다고 생각했지 진짜 죽을 줄은 몰랐다. 배가 아프다고 해서 급체인 줄 알았을 뿐이다.

'사람이 이렇게 쉽게 죽을 수도 있는 건가?

괴물한테 죽은 것도 아니고 단지 배가 아파서 죽을 수가 있는 건가?

"아마도 맹장인 것 같습니다."

상태가 덧붙이듯 말했다.

'겨우 맹장으로?

병원에 가서 수술만 받으면 되는 병이다. 맹장으로 죽는 사람을 인수는 아직까지 본 적이 없었다. 조금만 늦었으면 죽었을 거라는 식의 겁주는 소리는 들어봤지만 죽을병이라고 생각해 본 적은 없었다. 수술받고 방귀 한 번 뀌면 낫는 병이라고 생각했을 뿐이다.

인수는 눈물을 흘리지 않았다. 눈물은 예전에 말라 버렸다.

“상태야, 가죽 벗기고 오늘은 통구이로 해먹자.”

인수는 입과 손에 잔뜩 기름칠을 해가며 꾸역꾸역 사슴 고기를 먹었다.
“미친 새끼, 사슴 고기 정말 더럽게 맛있네.”

CHAPTER 7

탈영병

한 인수 병장님께.

죄송합니다. 이렇게 할 수밖에 없는 저희를 용서해 주십시오.

저희도 많이 힘들었습니다.

사람이 그립습니다.

괴물한테 죽고 싶지도 않고, 배가 아파서 죽고 싶지도 않습니다.

언제 죽을지 가슴 졸이며 사는 것도 지겹습니다.

제발 저희가 그냥 갈 수 있게 보내주십시오.

사람을 찾아가다 괴물한테 죽더라도 꼭 가겠습니다.

절대 찾지 마시길 바랍니다.

개인 장비 외에 탄약 1,000발은 저희 몫으로 가져갑니다.

식량도 조금 가져갑니다. 죄송합니다.

저희는 살고 싶습니다.

병장 사도신, 김상식 올림.

핑클 편지지에 곱게 쓰여진 글은 편지지만큼 아름답지는 않았다.

"이런 미친 새끼들이!"

이곳에 희망이 없다는 건 인수도 알고 있었다. 이곳에 온 지 벌써 두 달이 넘었다. 전역 날짜가 지났지만 인수는 집에 갈 수 없었다. 인수는 그들을 위해서 노력한다는 생각으로 위안을 얻었다. 그들이 좋아하면 그걸로 된 거라고 생각했다. 그들은 가족이었다. 피곤하고 힘들어도 그들을 위해서 열심히 하면 알아줄 거라고 생각했다. 언제나 그렇듯 현실은 냉정했다. 인수는 그들로부터 부정당했다. 잘해준다고 생각하고 있었지만 그들은 다른 것을 원했다.

'빵만 먹고 살 수는 없었던 걸까?

그들과 즐겁게 좀 더 오래 있고 싶었을 뿐이다.

"쫓아가서 쳐 죽여 버릴까?"

재수가 화가 나서 말했다.

인수는 어떻게 해야 될지 감이 잡히지 않았다. 무장 탈영이다. 원래의 세계였다면 총살을 당해도 할 말이 없는 것이다. 하지만 지금은 특수한 상황이다. 밖에는 그들의 목숨을 호시탐탐 노리는 괴물들이 설쳐 대고, 가벼운 병으로도 죽을 수 있는 곳이다.

'그들이 잘못했다고 말할 수 있을까? 그들을 단죄할 권리가 나에게 있는 것일까?

그들이 사람을 찾기도 전에 죽을 수 있다는 생각도 들었다.

"상태야, 일단 탄약하고 식량 조사해 봐."

"예, 알겠습니다."

상태가 배터리 전등을 켜고 물자를 파악하기 시작했다.

"재수야, 어떻게 하지?"

인수는 골치가 아팠다. 그들은 전우였다.

"잡아야지. 그 새끼들, 멀리 가지는 못했을 거야. 아마 지금쯤 잡히지 않으려고 똥줄이 빠지게 도망가고 있을걸."

재수는 도망을 갔다는 것 자체가 화가 나는 듯했다.

"만약 잡으면 또 어떻게 하냐? 우리 말을 들을 것 같지도 않고."

"안 들으면 패서라도 듣게 만들어야지."

"그러다가 총부리를 우리한테 돌리면? 마음이 완전히 콩밭에 가 있는데 무슨 수로?"

"한인수 병장은 억울하지도 않아? 누군 도망가고 싶지 않은가?"

"만약 총을 쏘면서 개기면 넌 걔들한테 총 쏠 수 있어?"

인수는 서로 간에 총질을 하는 사태는 피하고 싶었다.

"몰라. 그냥 일단 잡고 봐야지."

"한인수 병장님, 사슴 다리 네 개, 훈제 물고기 한 꾸러미, 전투 식량 여섯 개, 컵라면 두 개, 딸기잼 한 통이 없어졌습니다. 탄약은 1,000발이 없습니다."

상태가 파악이 끝났는지 말했다.

"허, 많이도 들고 갔네."

사냥을 하면서 이동할 생각은 애초에 안 하고 무조건 도망갈 생각인 것 같았다.

"시발 놈들이네. 컵라면까지 들고 갔나?"

재수는 억울하다는 듯이 말했다. 컵라면은 이제 세 개뿐이었다. 그중 두 개를 가지고 간 것이다.

"예, 그렇습니다."

상태가 떨리는 목소리로 대답했다.

"한인수 병장, 이 새끼들, 빨리 따라가서 잡자. 내 컵라면까지 들고 갔어."

인수는 '그게 네 거냐?' 라고 한마디 하려다 참았다.

길길이 날뛰는 재수가 웃기기도 했지만 이제 몇 남지 않은 전우였다. 뭉쳐도 살기 어려운 판에 자기들만 살겠다고 도망을 간 것이다. 거기다 겨울을 대비해서 비축해 놓은 식량과 탄약까지 들고 갔다. 식량이야 또 마련하면 되지만 탄약은 그렇지가 않았다. 아껴야 되는 물건이다. 인수도 최대한 총을 쓰는 것을 자제하고 요즘에는 거의 석궁으로 사냥을 해서 탄약 소모를 최소화하고 있었다.

인수는 봄이 오고 날씨가 따뜻해지면 사람을 찾아 나설 계획이었다. 더 이상 이 장소에 미련은 없었다. 기다려도 누구도 찾지 않는, 그들은 버려진 존재라는 것을 알았다. 인수도 인간답게 살고 싶었다. 이곳은 부족한 것이 너무 많았다. 이곳에도 넓은 세상이 있고, 사람들이 있다면 그들 속에서 살고 싶었다.

하지만 숲은 너무나 넓었다. 준비가 필요했다. 총에만 의지하다가는 숲에서 죽기 딱 알맞았다. 겨울에는 최대한 활동을 자제하고 운동을 할 생각이었다. 기본 동작뿐이긴 하지만 검도와 태권도, 각종 투척술 등을 나름대로 연마할 생각이었다. 그리고 봄에 당당히 이들을 이끌고 숲을 뚫고 사람을 찾을 생각이었다. 이런 계획을 이미 세우고 있었지만 말을 하지는 않았다. 그냥 자신을 믿고 자신만을 따를 줄 알았다. 명백한 인수의 판단 실수였다. 이렇게 극단적인 행동을 할 줄은 몰랐다. 자신이 가르쳐 주는 것을 열심히 배우기에 신이 나서 더 많이 가르쳐 주었는데 이런 꿍꿍이가 있을 줄은 몰랐다. 일단 이들을 잡아야 했다.

벙커로 햇빛이 들어와 시계를 보니 7시였다.

"상태야, 애들 근무가 몇 시부터 시작이었지?"

"어젯밤 10시부터입니다."

"그래? 상당히 멀리까지 갔겠는걸?"

밤새 쉬지 않고 길을 갔을 것이고, 지금도 부지런히 걷고 있을 것이다. 초반에 따라잡기는 힘들었다. 어디로 갔는지부터 알아야 했다.

인수는 단독군장을 찼다. 기다렸다는 듯이 재수와 상태도 단독군장을 찼다.

"니들은 왜 차냐?"

"왜라니? 그 새끼들 잡으러 가야지."

재수는 당연한 소리를 왜 하느냐는 얼굴이다.

"나 혼자 잡으러 갈 건데?"

인수는 재수를 한번 떠봤다.

"무슨 소리야, 같이 가야지?"

"너희들하고 가면 늦어지잖아. 나 혼자 후딱 가서 잡아올게."

"같이 가! 우리만 여기 있는 것도 무섭고, 또 한인수 병장까지 안 돌아오면 우리는 어떻게 하라고!"

재수는 정색을 하며 말했다.

"에휴, 내가 왜 널 두고 가겠냐. 넌 내 눈 닿는 곳에 있어야 마음이 놓인다. 내가 일단 어디로 갔는지 방향을 잡아놓을 테니까 탄약고 폐쇄할 준비나 해라."

인수는 재수의 하이바를 한 번 치고는 밖으로 나갔다.

날씨는 매우 쌀쌀했다. 이제 겨울이 얼마 남지 않은 것 같았다. 숲이 울긋불긋하게 물이 들고 있었고, 벌써 낙엽이 떨어져 앙상한 가지를 드러내고 있는 성급한 나무들도 있었다.

인수는 아침의 찬 기운을 가슴 깊이 들이마셨다. 밤에 간 걸로 보아 그들이 택할 길은 뻔했다. 확인만 남았을 뿐이다.

인수가 도신이의 흔적을 발견한 곳은 개울이었다. 개울을 건너서 하류로 이어져 있는 군용 전투화의 발자국을 찾아내는 것은 그리 어렵지 않았다. 인수는 거의 30분 넘게 그들의 발자국을 추적했다. 발자국 두 개는 나란히 개울가를 따라 선명하게 찍혀 있었다. 그들은 개울을 따라가기로 마음먹은 듯해 보였다. 이 정도면 그들의 행적을 놓치지는 않을 것 같았다.

인수는 서둘러 숙영지로 돌아왔다. 주변에 누군가 가져갈 만한 물건들은 전부 치워져 있었다. 벙커로 들어가니 재수와 상태가 열심히 군장을 싸고 있었다.

"야, 무턱대고 마구 싸지 말고 전투 식량 세 개씩 여유 분으로 넣고 각자 사슴 다리 두 개씩만 싸."

"예, 알겠습니다."

군장은 얼마 전에 겨울 군장용으로 만들어놓은 상태였다. 전투 식량과 사슴 다리 두 개를 넣고 모포와 침낭을 달았다. 마지막으로 단독군장에 달린 수통을 군장에 옮겨 다는 걸로 끝이 났다. 군장을 밖으로 내놓고 벙커를 정리했다. 바닥에 깔린 포단을 개서 잘 포개었다. 각종 여유 물자들은 먼지가 묻지 않게 잘 덮어두었다. 한동안 여기도 폐쇄해야 된다. 겨울 준비에도 차질이 생겼다. 식량은 그냥 두었다. 대부분 저장성이 높은 음식이었다. 따뜻하게 겨울을 나려면 아직도 준비할 것이 많았기에 최대한 빨리 잡아올 생각이었다.

탄약고 문을 닫고 흙으로 입구와 창문을 막았다. 없는 동안 작은 동물의 보금자리가 되거나 오크 같은 괴물들이 들어오는 것을 막기 위한 고육지책이었다. 탄약고는 금방 자그마한 동산 모양이 되었다. 누군가 침입하지 않기를 바랄 뿐이었다.

벙커 문에는 나무를 좀 더 갖다 쌓았다. 그리고 흙으로 부지런히 덮었다. 의식주를 해결할 수 있는 벙커가 가장 중요했기에 좀 더 공을 들여 벙커의 창문과 입구를 막았다. 작업을 끝내고 삽은 포차 밑바닥에 숨겼다. 일을 마치고 주위를 둘러보니 깔끔하게 정리되어 있었다. 공터에 보이는 것은 작은 언덕 두 개와 포차 두 대, 화포 한 문이 끝이었다. 설마 몇 톤씩 나가는 저것들을 가지고 가지는 않을 것이다. 드래곤 정도 되는 괴물이 나타나면 몰라도.

"가자!"

'금방 돌아올게. 기다리고 있어.'

인수는 왼쪽 상의 주머니를 만져 보았다. 이제는 일곱 개로 불어버린 인식표가 자리를 잡고 있었다.

2

사도신과 김상식의 발자국은 나타났다 사라졌다를 반복했
다.

인수도 이렇게 멀리까지 나와본 적이 없었기에 긴장이 되
었다. 인수가 숙영지를 떠난 시간은 오전 12시였다. 최소한
열두 시간 이상 차이가 벌어져 있다. 아마 그들은 지금도 걷
고 있을 것이다. 인수는 급하게 따라붙을 생각은 없었다. 행
군을 할 때는 적당히 쉬어주는 것도 중요했기에, 두 시간에
한 번씩 쉬면서 무리하지 않도록 페이스를 조절했다. 그렇
게 하여도 5일 안에는 충분히 잡을 수 있을 거라고 생각했
다.

밤 8시가 되었을 때 인수는 적당한 곳에 자리를 잡았다. 커
다란 바위가 둘레에 병풍처럼 세워져 있어서 야영을 하기에
는 안성맞춤이었다. 군장을 내려놓고 나뭇가지를 모으고 불
부터 피웠다. 바짝 말라 있는 나무라 쉽게 불이 붙었다. 제법
불이 거세졌을 때 반합에 물을 떠다가 올려놓았다.

인수는 불 위의 반합을 보면서 반합이란 물건이 참 잘 만들
어진 물건이라는 생각이 들었다. 예전에 포상에 숨어서 병훈
이랑 라면 두 개에 잠치를 넣고 끓여 먹던 기억이 떠오르자
절로 입 안에 침이 고였다. 라면이 그리웠다. 근무 후에 먹는
뽀그리도 맛있었다. 인수가 이등병 때는 오직 병장만이 먹을
수 있었다. 뽀그리가 너무 먹고 싶어서 빨리 병장이 되고 싶

다고 생각한 적도 있었다. 지금은 일병들도 숨어서 먹는다는 소리를 듣기는 했지만.

반합에 물이 제법 끓었을 때 잼을 몇 숟갈 풀었다. 당분이 들어가면 체력 보충이 좀 될 것 같았다. 재수는 군장을 풀어 놓고 축 늘어져 있었다. 상태의 군장에서 훈제 사슴 다리 하나를 꺼내서 먹기 좋게 잘랐다. 아직 경험이 부족한 상태의 군장 무게를 줄여주기 위한 작은 배려였다. 내일은 오늘보다 더 많이 걸을 것이다.

야영을 하게 되면 마음이 설레야 되는데 전혀 그런 느낌은 없었다. 오히려 엄청나게 긴장되었다. 지금은 그들을 보호해 줄 목책도 없다. 인수는 저녁을 먹고 가방에서 통신용 케이블을 꺼냈다. 편안한 밤을 보내기 위해서 챙겨온 것이다. 케이블을 나무 주위에 치고 깡통 세 개를 달아놓았다. 설치 안 하고 자는 것보다는 나을 것이다.

하늘을 올려다보니 보름달이 떠 있었다. 지구의 달보다는 조금 더 커 보였다. 하얀 달 속에 토끼와 절구의 모습은 보이지 않았다. 굳이 끼워 맞추면 도깨비의 얼굴 같다는 생각이 들었다. 멀리서 늑대 울음소리가 외롭게 들렸다.

"한인수 병장님, 일어나십시오."

상태의 목소리가 들렸다.

"몇 시냐?"

"네 시입니다."

인수는 침낭 밖으로 나가기가 싫었다. 추위에는 어쩔 수가 없었다. 겨울이 성큼 다가온 걸 느낄 수 있었다.

"알았다."

전투화를 신고 부지런히 침낭과 모포를 갰다. 자기 전에 외피를 연결해 둬서 다행이라는 생각이 들었다. 어느새 벙커의 아늑함에 적응을 해서 그런지 몸이 뻐근했다. 재수는 아직 침낭 속에 들어 있었다.

"장재수 병장님, 일어나십시오."

인수는 코를 잡고 목소리를 바꾸어 상태의 흉내를 냈다.

"누구야? 상태냐?"

잔뜩 잠에 취한 목소리였다.

"예, 그렇습니다."

"한인수 병장, 일어났냐?"

"아니오. 장재수 병장님 일어나시면 일어나신다고 하던데 말입니다."

"한인수 병장부터 깨워."

"싫어요."

"너, 이 개새끼! 죽을래?"

"그래! 죽여라, 죽여! 하늘 같은 고참도 벌써 일어났는데, 싸가지없는 새끼."

인수가 재수의 볼을 잡고 마구 흔들었다.

"에이, 쌍! 일어나면 되잖아!"

재수가 칭얼대며 몸을 일으켰다.

간단히 어제 먹던 사슴 다리로 아침을 해결하고 길을 나섰다. 낮에는 많이 걷고 밤에는 체력을 비축할 계획이라 부지런히 걸었다. 오후 3시가 되어서야 도신이가 밤에 야영한 곳을 찾을 수 있었다. 개울 두 개가 합쳐지는 지점이었다. 특이한 점은 발견하지 못했다. 별다른 이상은 없었는지 두 명의 발자국이 계속 하류 쪽으로 이어지고 있었고, 거리 차이가 꽤 멀다는 것을 알았다. 우리가 추적을 한다는 사실을 아직 모르는지 야영을 했던 장소는 정리가 되어 있지 않았다. 늦잠을 잤거나 방심을 하고 있었다. 쫓는 입장에서는 오히려 잘되었다는 생각이 들었다.

인수는 어제처럼 밤 8시가 되어서야 걸음을 멈추고 불을 피웠다. 재수는 완전히 파김치가 되어 있었다. 오늘도 인수가 먼저 불침번을 섰다.

12시에 피곤함을 느끼며 상태와 교대를 했다.

"야, 재수. 2시쯤에 깨워서 교대해. 4시에 기상이다."

"예, 알겠습니다."

막 침낭을 펴려고 군장에 몸을 숙였을 때 상태의 다급한 목소리가 들렸다.

"한인수 병장님!"

다급히 부르는 소리와 함께 인수의 등 뒤에서 '크르릉' 하는 소리가 들렸다. 인수는 소리가 들리자마자 재빠르게 몸을 앞으로 굴렸다. 등 뒤에 뭔가 있다는 것을 직감적으로 알았다. 그럼에도 불구하고 등이 화끈했다.

"뭐야?"

인수는 반사적으로 발목에서 단검을 뽑아 들었다. 15일 동안 고생해서 단검각반을 만든 보람이 있었디. 단독고정은 자려고 이미 풀어둔 상태였다.

인수가 고개를 들기가 무섭게 다시 괴물이 달려들었다. 휘둘러지는 괴물의 오른손을 왼손으로 잡으며 그대로 배에다 단검을 찔렀다. 단검은 별다른 저항 없이 깊숙이 박혔다. 괴성을 지르며 괴물이 왼손을 인수의 얼굴 쪽으로 휘둘렀다. 인수는 단검을 놓으며 오른손으로 쳐낸 후 괴물의 무릎에 조인트를 깠다.

빡! 소리와 함께 묵직한 무게감이 느껴졌다. 제대로 들어갔는지 괴물이 앞으로 쓰러졌다. 반사적으로 괴물의 머리를 무릎으로 힘껏 올려쳤다. 골이 깨지는 소리와 함께 괴물이 뒤로 넘어갔다. 제대로 들어간 한 방에 맛이 간 것 같았다. 인수는 재빨리 검을 꺼내 괴물의 목을 인정사정없이 내려쳤다. 튀어나온 돌에 부딪쳤는지 괴물의 목을 자른 인수의 검에서 불똥이 튀었다.

"젠장, 이건 또 뭐야?"

인수는 숨을 몰아쉬며 괴물을 내려다보았다. 머리는 영화에서 보던 늑대인간이랑 똑같이 생겼고, 몸은 회색 털로 뒤덮여 있었다. 개 주둥이처럼 생긴 입에 달린 날카로운 송곳니와 털이 수북한 손가락 끝에 달린 긴 손톱을 보는 순간 저절로 몸서리가 쳐졌다. 2족 보행 늑대가 아니라 늑대인간이라 부르는 편이 나을 듯했다. 확실히 영화보다는 실감이 났다. 조금 전까지 인수를 죽이기 위해 미친 듯이 달려들었으니 말이다. 주위를 한 번 둘러보았다. 이 녀석 혼자 덤볐는지 주변에 다른 이상한 낌새는 없었다. 다행이라면 다행이었다.

“한인수 병장님, 괜찮으십니까?”

상태가 괴물한테 총을 겨누며 물었다.

“네가 보기엔 이게 괜찮아 보이냐?”

그렇게 말하며 인수는 괴물의 배에서 단검을 뽑았다. 썩는 냄새가 진동했다.

등에서 아픔이 느껴졌다.

“한인수 병장님, 빨리 이쪽으로 오십시오.”

상태가 얼른 자신의 군장에서 구급낭을 꺼냈다.

인수는 불가에 앉아서 속옷까지 조심스럽게 벗었다. 긴장이 풀리자 고통이 밀려왔다.

상태는 드러난 인수의 상처에 할 말이 없었다. 인수의 등에는 오른쪽 어깨 아래에서부터 네 개의 줄이 20㎝ 정도 그려져 있었다.

"상태야, 소독 좀 잘해봐. 늑대인간으로 변하기는 싫거든. 아오오오!"

인수는 걱정이 되었다. 농담처럼 말하기는 했지만 영화나 책에서 보면 늑대한테 물리거나 해서 늑대인간으로 변했던 것이다. 인수는 저런 괴물이 돼서 죽기는 싫었다. 물론 변신 해서 동료들을 죽이는 것도 싫었다.

상태 또한 인수의 농담이 농담처럼 들리지 않았다. 조심스 럽게 파란 플라스틱 병에 든 소독약을 상처에 부었다. 거품이 마구 일었다.

"으윽! 따갑다, 상태야!"

인수는 이를 악물며 말했다.

"죄송합니다."

"살살 해. 평소에 감정이 있었으면 말로 해라. 제발."

"아닙니다."

인수도 어렴풋이 상처를 느끼고 있었다. 단지 보이지 않을 뿐이었다.

"상처가 크냐?"

"아닙니다."

상태는 거짓말을 했다. 네 개의 손톱 자국은 제법 깊고 크 게 벌어져 있었다.

상태는 조심스럽게 빨간약을 칠했다. 인수는 이를 악물어 야 했다. 상처 위에 압박 붕대를 단단하게 두르고 그 위에 조

심스럽게 다시 붕대를 감았다. 해열제 한 알을 먹는 것으로
한밤의 괴물 소동은 막을 내렸다.

재수는 이런 소동 속에서도 깨지 않고 단잠을 자고 있었다.

3

인수는 엎드려서 몸을 뒤척이고 있었다. 잠이 오지 않았
다. 이대로 잠이 들면 다시는 깨어나지 못할 것 같은 공포감
이 들었다. 몸을 움직일 때마다 등에서 통증이 느껴졌다. 보
름달이 되면 늑대인간으로 변신을 한다더니 정말 그 짝이었
다. 보름달에 회색 털을 휘날리며 나타나는 늑대인간. 인수는
자신이 늑대인간으로 변신하지 않기만을 바랐다. 재수가 없
는 건 재수가 아니라 자신이었다. 앞으로 어떻게 해야 될지
곰곰이 생각해 보았다.

몸을 뒤척이는데 재수의 목소리가 들렸다.

"한인수 병장, 많이 아파?"

"괜찮다. 벌써 4시냐?"

"엉."

인수가 몸을 일으키려고 하자 재수가 얼른 부축했다.

"밤에는 미안해."

밤에 그 소동 속에서 태연하게 잠만 잔 것이 미안했던지 재
수가 사과를 했다.

“괜찮아. 일단 상태도 깨워. 할 말이 있으니까.”

인수는 조심스럽게 침낭을 갰다. 아프다고 아무것도 안 하면 그냥 이대로 죽을 것만 같았다.

“됐어. 불이나 쬐고 있어.”

재수가 인수의 손에서 얼른 침낭을 뺏으며 말했다. 평소에 안 하던 짓을 했다.

“웬일이냐? 그런 멋있는 말도 하고.”

“내가 좀 멋있잖아. 크크크.”

재수가 능글맞게 웃으며 대답했다.

인수는 불가에 앉아서 재수가 침낭을 개는 걸 봤다. 상태는 부지런히 물을 떠다가 잼을 넣고 끓였다.

새벽의 찬 기운이 따뜻한 차 한 잔에 날아가는 것 같았다.

차를 마시며 인수가 조심스럽게 입을 열었다.

“너희도 알다시피 내가 조금 다쳐서 그 녀석들 잡는 데 문제가 생겼다. 어쩌면 그 녀석들한테도 나처럼 무슨 일이 생겼을지도 모르고 말이야. 여기까지 와서 그 녀석들을 놓칠 수는 없고, 최대한 빨리 잡을 생각이야.”

“움직일 수 있겠어?”

재수가 걱정스러운 얼굴로 물었다.

“그래서 생각해 봤는데, 너희들이 도와줘야겠다. 이제부터 그 녀석들을 잡는 것만 생각할 거다.”

“어떻게?”

"일단 내 군장은 여기에 숨겨두고 간다. 내가 짊어질 수도 없고, 짊어져도 체력이 받쳐 주지 않아서 늦어질지도 몰라. 그리고 식량은 너희들이 좀 나눠서 들어라. 난 단독군장만 차고 갈 거야."

"그러지, 뭐. 별로 어려운 것도 아니네."

"지금부터가 조금 어려울 거야. 지금 출발해서 그 녀석들을 잡을 때까지 멈추지 않을 생각이야. 할 수 있겠냐?"

"해보지, 뭐. 아픈 사람도 하겠다는데 멀쩡한 우리가 못하겠어? 상처, 정말 괜찮겠어?"

"녀석들을 최대한 빨리 잡고 쉬면 되겠지. 난 아직 죽기 싫다고."

식량만을 빼낸 인수의 군장은 바위틈에 숨겼다. 커다란 돌을 옮겨서 바위틈을 막고 표시를 해놓았다.

인수는 걸을 때마다 등에서 통증이 느껴졌지만 참을 수밖에 없었다. 12시쯤에 야영을 한 흔적을 발견할 수 있었다. 반나절 거리까지 좁힌 것이다. 별다른 이상은 없는 듯 하류 쪽으로 발자국이 이어져 있었다.

오후가 되자 인수는 등에서 피가 배어 나오는 걸 느낄 수 있었다. 하지만 발을 멈출 수가 없었다. 조금만 더 간다면 잡을 수 있었다. 처벌은 나중 문제였다.

이제 잡을 수 있는 거리에 왔다고 생각했는지 재수가 입을 열었다.

“한인수 병장, 그 새끼들 잡아서 어떻게 할 거야?”

“몰라. 일단 잡고 봐야지.”

“그 새끼들, 내가 처리해도 돼?”

재수의 목소리에서 독기가 느껴졌다.

“패 죽이려고?”

“괘씸하잖아. 거기다 한인수 병장은 상처까지 입고. 은혜를 원수로 갚는 새끼들이잖아. 우리 모두 한인수 병장 아니면 벌써 다 죽었을걸.”

“됐다. 어떻게 할지는 생각 중이니까 미리부터 그러지 마라.”

“그래도.”

“힘들다. 말 그만 시켜라.”

인수는 재수의 말을 끊었다.

밤이 되어도 멈출 수가 없었다. 달빛에 의지해 빠르게 발을 놀렸다. 인수의 등은 흘러나온 피로 붉게 물들었지만 누구도 알아채지 못했다.

인수는 쉬고 싶었다. 체력 하나는 자신이 있었는데 지금은 만사가 다 귀찮을 정도였다. 이 정도 상처에 주저앉을 수 없다는 오기로 버티는 중이었다. 감각이 없어진 등은 이제 아프지도 않았다. 다만 온몸이 무거웠다. 인수는 자꾸 발이 끌렸다. 중학교 국어 시간에 배운 한국인의 은근과 끈기라는 단어를 생각하며 이를 악물었다. 유격 행군도 이렇게는 힘들지 않았는데 하는 생각이 들었다.

그때 총소리가 들렸다. 그리 멀지 않은 곳이었다.

"들었냐?"

인수가 뒤를 돌아보며 말했다.

"저거 총소리지?"

재수가 되물었다.

"젠장, 일이 생겼나 보다. 뛰자!"

'죽으면 안 돼! 죽으면 안 돼! 죽으면 안 돼……'

인수는 마음속으로 계속 '죽으면 안 돼!' 라고 외쳤다. 지긋지긋했다. 이젠 차라리 자신이 죽고 싶었다. 얼마나 뛰었는지 모른다. 숨이 턱까지 찼다. 그때 거짓말처럼 총소리가 멈추었다.

앞에 불빛이 보였다.

인수는 불빛을 향해 달려갔다. 모닥불에 가까이 다가갈수록 발걸음이 빨라졌다. 여기저기에 오크들의 시체가 널려 있었다. 마음이 급해졌다.

모닥불이 훤히 보이는 곳에서 인수는 보았다. 탈영한 그 두 놈이 바닥에 누운 여자의 손을 한쪽씩 잡고 있었고, 바닥에 누운 여자는 귀가 따가울 정도로 비명을 지르고 있었다. 그 주변에는 인간의 시체도 보였다. 분명히 인간이었다.

인수의 눈에 불이 켜졌다. 온몸의 힘을 모아서 몸을 날렸다. 인수가 뒤에서 달려들어도 두 녀석은 여자에 정신이 팔려

눈치 채지 못했다. 인수가 두 녀석의 뒷덜미를 잡아채며 말했
다.
　“거기까지다, 이 짐승 같은 새끼들아!”

남작의 딸

케이트는 아침 식사를 하면서 엄청난 소리를 들었다. 아직도 믿기지 않았다. 어떻게 자신의 아버지가 딸한테 그런 소리를 할 수가 있는지 궁금했다.

"케이트, 너도 이제 다시 결혼할 사람을 찾을 때가 되었지?"

케이트는 대답하지 않았다.

'느닷없이 무슨 소리인가? 언제부터 자상한 아버지였다고 다정스럽게 말을 하는 거지?

반발심이 들었다.

케이트가 대답을 하지 않았지만 남작은 계속 입을 열었다.

“너도 알 거다. 내가 그랑시온 공작과 연계하고 있는 것을.”

‘연계가 아니라 그랑시온 공작의 개가 되셨지요.’

케이트는 차마 그 말을 입 밖에 낼 수 없었다.

제나르 왕국의 정국은 어지러웠다. 왕은 열다섯 살이라는 어린 나이에 등극을 하여 정사를 돌보지 못했고, 왕의 숙부인 그랑시온 공작이 섭정으로서 왕국을 이끌고 있었다. 그런 가운데 케이트의 아버지는 국왕파에서 그랑시온 공작의 귀족파로 돌아섰다. 남작은 그런 사람이었다. 자신의 이익과 재물을 위해서라면 망설이지 않고 배신을 하며, 농노들이 반항이라도 하면 철퇴로 다스렸다. 오직 자신의 안위밖에 모르는 사람이었다. 그리고 지금은 그랑시온 공작의 충복을 자처하고 있었다.

“이번에 공작님께 조금 힘든 일이 있게 되었다. 그래서 내가 발 벗고 나서서 해결을 하려고 한다. 너도 우리 집안에 대대로 내려오는 맹약의 증표는 알고 있을 것이다. 이번에 그걸 시행하려고 한다.”

그는 남의 이야기를 하듯 말했다.

‘맹약의 증표라고?’

케이트는 맹약의 증표에 대해서 어머니께 들은 적이 있었다.

그것은 전설이었다.

아주 옛날 엘프들이 영원의 숲을 넘어 신세계로 가면서 영원의 숲을 자신들의 피를 이은 엘프디언에게 맡기고 떠났다. 엘프디언은 엘프의 피를 이어받아서 궁술에 능하고, 마법과 정령술에도 재주가 있었다.

철저히 숲의 종족으로 남은 엘프디언은 영원의 숲을 지키며 대대로 살았는데, 옛날 남작의 조상 중 한 분이 우연히 엘프디언과 관계를 맺게 되었고, 맹약의 증표를 받게 되었다. 증표는 보석이나 목걸이가 아닌 조상의 피를 이은 여인이었다. 피를 이은 후손이 영원의 숲에 나타나면 그녀를 아내로 맞이한 자가 숲을 떠나 도움을 주겠다는 약속이었다. 듣기에는 참으로 고귀한 약속처럼 들리지만 실상은 달랐다. 한마디로 요약해서 말하면, 딸을 팔면 도움을 준다는 소리였다.

케이트는 기가 막혔다. 본 적도 없는 엘프디언에게 시집을 가야 한다니 믿을 수가 없었다. 엘프디언은 오크를 잡아먹고 산다거나 성격이 포악하다는 소리를 들은 적이 있었다. 책에서도 그런 내용을 본 적이 있었다.

"예? 제가 거부할 수 있나요?"

"없다. 3일 후에 출발할 것이니 그리 알거라."

남작의 일방적인 통보였다.

"먼저 일어나겠습니다."

케이트는 냅킨으로 입을 닦으며 말했다.

더 말해봤자 소용없는 짓이었다.

걸어가는 케이트의 등에 남작의 목소리가 들렸다.

"아버지의 뜻을 따르겠다니 고맙구나."

와장창! 소리에 미사는 방으로 뛰어 들어왔다. 아가씨가 평소에 아끼던 꽃병이 박살나 있었고, 자신이 모시는 아가씨는 발코니에 서 있었다.

"아가씨, 무슨 일이세요?"

"응, 손이 미끄러워서."

케이트는 눈가에 눈물을 닦으며 말했다.

미사는 오늘 아침에 있었던 일을 모두 알고 있었다. 이미 성내의 하녀들 사이에 소문이 자자했다. 자신이 모시는 아가씨가 포악하다고 소문이 난 엘프디언에게 시집을 간다고 한다. 불쌍한 자신의 아가씨는 냄새나고 불결한 썩은 오크 고기를 먹게 될지도 몰랐다. 그렇다고 꽃병을 던지며 화풀이를 할 줄이야. 평소에 조용하고 품위있게 행동하던 아가씨에게도 이런 면이 있었나 하는 생각이 들었다. 이것은 남작의 노리개 역할을 하는 여자들이나 하는 짓이었다.

'어머니, 저는 어떻게 하면 좋아요?'

케이트는 돌아가신 어머니가 생각났다. 유일하게 자신에게 따뜻하게 대해준 분이었다.

선왕이 죽고 아버지가 귀족파로 변절을 하여 프라이스 후작의 자제와 파혼하게 되었을 때도 자신을 위로해 주시던 분이다. 혼기를 놓쳐 그녀의 나이 벌써 열여덟 살이었다. 파혼 이후에 그랑시온 공작의 후처가 된다는 소문에 휩싸이기도 했었다. 그 이후에는 어떠한 청혼도 없었다. 다들 그랑시온 공작의 눈 밖에 나지 않으려고 몸을 사리기에 바빴다. 그리고 1년 전, 어머니가 병으로 돌아가신 후에는 마땅히 기댈 곳이 없었다. 정말 공작의 후처가 되는 것은 아닌가 하는 생각마저 들었다. 아버지라면 그러고도 남았다. 자신은 아버지의 도구에 지나지 않았다. 하지만 자신의 아버지란 분은 그걸로 만족하지 못하고 자신을 끝까지 이용할 셈이었다.

케이트의 꿈은 제국에 있는 아카데미에 가는 것이었다. 결혼을 하여 행복하게 사는 꿈을 꾼 적도 있었지만 파혼 이후에 현실에 눈을 떴다. 자신은 더 이상 어린 소녀가 아니며, 자신의 손으로 삶을 개척하고 싶었다. 많은 고민 끝에 자신이 진정으로 원하는 것이 무엇인지 알게 되었다. 자신은 아카데미에서 역사학자가 되어 위대한 역사가 발로메처럼 되고 싶었다. 지금이야말로 마지막으로 꿈을 이룰 수 있는 기회라고 생각했다. 계획을 세워야 했다. 기회는 단 한 번뿐, 이번을 놓치면 그녀에게 다음은 없었다.

대륙의 지도를 꺼내 아카데미까지의 길을 살펴보았다. 왕국을 두 개나 지나야 하는 험난한 여정이었다.

일단 첫 번째로 돈이 필요했다. 그래서 보석함을 열어보니 어머니가 물려주신 보석과 가죽 주머니에는 금화가 80개나 들어 있었다. 이 정도 금화면 제국까지 용병을 고용해 갈 수 있고, 입학금은 보석을 팔면 될 것 같았다.

두 번째로 일단 영지를 은밀히 빠져나가기 위해 길 안내를 해줄 사람이 필요했다. 은밀히 빠져나간 후 미노피 백작령 초입에서 말을 빌려 타고 전속력으로 미노피 항구로 가서 배를 타고 미스트르 왕국으로 갈 것이다. 미노피 항구에서 배를 탈 수 있다면 성공한 거나 다름없었다. 그러자면 일단 영지의 길 안내를 해줄 사람이 필요했다. 곰곰이 생각해 보아도 딱히 떠오르는 사람이 없었다. 몸종인 미사라면 그런 자를 알고 있을지도 몰랐다.

딸랑딸랑.

아가씨 방과 연결된 종이 울렸다. 미사는 저녁을 먹다가 급히 일어섰다. 방에서 하루 종일 꼼짝을 안 하기에 오늘은 저녁을 먹고 밤바람을 쐬러 갈 생각이었다.

미사는 종종걸음을 치며 급히 아가씨의 방으로 들어가며 오늘은 밤바람을 쐬러 가기는 틀렸다고 생각했다.

"아가씨, 부르셨어요?"

"그래, 잠깐 이야기 좀 하구 싶구나."

평소와 다르게 목소리가 따뜻했다. 자신의 아가씨는 조금은 차가운 면이 있는 사람이었다. 그렇다고 아랫사람을 막 대하는 사람은 아니었다.

"예. 말씀하세요, 아가씨."

미사는 케이트 앞에서 머리를 조아렸다.

"편하게 거기 의자에 앉거라."

케이트는 티 테이블의 빈 의자를 가리키며 말했다.

미사는 당황했다. 한 번도 자신에게 이런 식으로 말을 하거나 호의를 보인 적이 없는 사람이다.

"아닙니다, 아가씨."

"괜찮다. 내가 허락을 하는 것이니."

미사는 마지못해 앉았다.

케이트는 불안해하는 미사를 보며 이야기를 꺼냈다.

"여기서 생활하는 것은 어떠냐?"

"좋습니다, 아가씨."

"그래? 어디, 좋아하는 사람은 있느냐?"

그녀가 밤마다 어디를 간다는 것은 케이트도 이미 알고 있었다.

"없습니다, 아가씨."

미사는 칼에 대해서 말할 수가 없었다. 대장간집 셋째 아들 칼은 자신과 결혼하고 싶다고 했다. 그녀도 칼이 싫지는 않았다. 하지만 자신은 남작가의 노예였다. 남작의 허락을 받기 위해서는 돈을 내야 했다.

케이트는 살짝 얼굴빛이 변하는 미사의 얼굴 표정을 놓치지 않고 보았다.

“도움을 좀 주려고 했는데…….”

케이트는 일부러 말끝을 흐렸다.

“예?”

반응이 있었다.

케이트는 아주 안타깝다는 듯이 말했다.

“아니다. 되었다.”

미사는 케이트가 그렇게 말하자 몸이 달았다. 그렇다고 자신이 말을 꺼낼 수는 없었다.

케이트는 잠시 뜸을 들이다 입을 열었다.

“한 가지 일을 해야겠는데 사람이 필요하다.”

“예? 어떤 사람이 필요하십니까?”

“영지의 길에 밝은 사람이면 되겠구나.”

케이트는 대수롭지 않게 말했다.

미사는 케이트의 말을 듣고 아차 싶었다. 지금 아가씨는 도망을 가려고 하는 것이다. 그걸 도와달라는 것이다. 도움을 준다면 자신도 도움을 주겠다는 소리였다.

미사는 혼란스러웠다. 남작이 이 일을 알면 자신은 무사하지 못할 것이다. 하지만 달콤한 말을 잘하는 칼에게 시집을 갈 수도 있는 기회였다. 조용히 아가씨께 돈을 받아서 잠잠해질 때쯤 남작에게 돈을 내고 시집을 가면 되는 것이다. 위험 부담이 컸지만 그 열매가 너무나 달았다.

케이트는 쐐기를 박듯 작은 주머니를 내밀었다.

미사의 손이 슬그머니 올라와 탁자의 돈주머니를 움켜쥐는 걸 보며 케이트는 입을 열었다.

"최대한 너에게는 피해가 안 가도록 하겠다. 내일 출발할 것이니 오늘은 밖에 나갔다 와도 된다."

오늘 일을 처리하라는 암시였다.

2

칼을 만나러 가며 미사는 가슴이 뛰었다. 이제 칼과 결혼할 수 있게 되었다. 불행 끝, 행복 시작이었다.

조심스럽게 주위를 한 번 둘러보고는 헛간으로 들어섰다. 항상 칼과 이 헛간에서 만났다. 밤이 되면 그들만의 보금자리였다.

즐거운 상상을 하며 헛간에 들어서자마자 등 뒤에서 누군가 그녀를 갑자기 끌어안으며 가슴을 만졌다. 미사는 억센 손길에 깜짝 놀라서 손 하나 까닥할 수 없었다.

"보고 싶었어, 귀염둥이."

꿀을 바른 듯 달콤한 목소리였다.

미사는 신장이 풀리며 가슴을 만지는 그의 손길이 부끄러운 듯 몸을 틀었다.

"카아알."

미사는 애정을 듬뿍 담아서 그의 이름을 불렀다.

점점 더 집요하게 그녀의 몸을 탐하는 손길에 몸을 맡겼다.
달도 부끄러운지 구름 속에 숨는 밤이었다.

“칼, 어떻게 생각해?”
미사는 옷을 걸치고 다시 칼에게 안기며 말했다.
“뭘?”
미사는 모른 척하는 칼이 얄밉게 보였다.
“내가 조금 전에 한 이야기.”
“그거?”
칼은 일부러 시큰둥하게 대꾸했다.
“나랑 결혼하는 게 싫어?”
칼의 귀에 작게 속삭였다.
“그래, 싫어.”
“정말?”
미사는 칼을 내려다보며 화난 표정을 지었다.
“하하하! 장난이야, 장난!”
칼은 미사를 끌어안으며 키스를 했다.
미사는 칼의 이런 식의 장난이 싫지 않았다. 요즘은 오히려
즐겼다.
칼은 정말 달콤했다.
미사는 칼과 헤어지며 신신당부를 했다. 잘하면 올해가 가
기 전에 칼과 결혼할 수 있을 것이다.

케이트는 아침에 미사로부터 일이 잘되었다는 이야기를 들었다. 이제부터 준비할 것이 많았다. 그녀는 옷장을 뒤지며 가장 고급스럽지 않은 옷을 찾아 한참을 뒤진 끝에 검은색 승마용 바지를 찾을 수 있었다. 위에는 레이스가 없는 블라우스를 입고 사슴 가죽 재킷을 입을 생각이었다. 그 위에 갈색 로브를 입으면 숙련된 여행자처럼 보일 것 같았다. 신발은 낡은 물소 가죽 부츠를 신을 생각이었다. 아무래도 오래 걸으려면 발이 편해야 될 것 같았다.

그렇게 대충 옷이 준비되자 가방에 필요한 물건을 담았다. 속옷과 수건, 작은 물통, 부싯돌, 대륙 지도, 단검, 그리고 보석 주머니를 넣었다. 그녀가 읽은 '여행자를 위한 노래'에 나오는 '짐은 항상 간단히 준비하라'는 제1지침을 준수하려고 노력했다. 많은 여행자들이 여행을 간다는 사실과 빈틈없이 준비해야 된다는 생각 때문에 자신의 능력과는 상관없이 짐을 준비한다고 했다. 결국 부족하다고 생각할 정도의 짐이 가장 적당하다는 결론이었다.

케이트는 시간이 빨리 갔으면 좋겠다는 생각을 했다. 태어나서 처음으로 아버지에게 반항을 하는 것이다. 자신의 손으로 자신의 운명을 개척한다는 생각에 가슴이 콩닥콩닥 뛰었다. 남작이 의심할까 봐 저녁에는 남작과 함께 식사를 했다. 기다림의 시간이란 것이 이렇게 긴 것이라는 걸 처음으로 느졌다.

밤이 깊어지자 케이트는 조용히 옷을 갈아입었다. 준비한 옷을 입고 거울을 들여다보니 여행자 한 명이 서 있었다. 케이트는 자신의 모습이 만족스러웠다. 그녀는 서랍에서 단검 하나를 꺼내 재킷 안쪽에 찼다. '제2지침은 항상 만약을 대비하라'였다. 그리고 보석 주머니에 있는 보석 중 특히 비싸 보이는 것들은 오늘 하루 종일 바느질을 해서 만든 바지 안쪽의 비밀 주머니에 넣었다. 만약에 짐을 잃어버리거나 도둑을 만나더라도 이 정도면 충분할 것이다. 마음이 조금 놓였다.

준비를 끝내고 얼마 지나지 않아 미사가 문을 두드리며 들어왔다.

"아가씨, 준비되셨어요?"

"그래."

"성 동문 언덕에 가시면 칼이라는 남자가 기다리고 있을 거예요. 3일 정도면 미노피 백작령에 갈 수 있다고 합니다."

"고맙구나."

"아닙니다, 아가씨."

"서재 두 번째 칸 다섯 번째 책 뒤에 돈이 있다. 그 정도면 시집갈 수 있을 것이다. 그리고 일이 끝나면 칼이라는 남자에게도 따로 돈을 좀 더 주마."

"감사합니다, 아가씨."

미사의 얼굴이 밝아졌다.

"자, 이리 오너라. 내가 널 묶어두면 의심을 받지 않을 것이다."

케이트는 미사의 입에 재갈을 물리고 손을 묶었다. 그리고는 테이블 위에 있는 꽃병을 집어 들어서 앉아 있는 미사의 뒤통수를 내려쳤다. 둔탁한 소리와 함께 꽃병이 박살나며 미사가 쓰러졌다. 케이트는 손가락을 미사의 코끝에 대어보았다. 미약하게 숨이 느껴졌다. 죽지는 않았다.

"미안하구나. 모두 너를 위해서 그런 것이다."

케이트는 입과 손만 묶는다고 했지 기절시킨다는 이야기는 하지 않았다. 하지만 이렇게 하는 편이 미사에게 좋을 것이다. 계획은 완벽했다.

케이트는 미사가 일러준 길을 이용할 생각이 없었다. 서재로 들어가서 책장의 장식용 꽃을 힘주어 눌렀다. 그러자 책장이 돌아가며 비밀 통로가 모습을 드러냈다. 미사는 작은 등잔을 들고 거침없이 안으로 들어갔다.

이 비밀 통로는 케이트가 책을 읽다가 책 귀퉁이의 낙서를 보고 발견한 것이었다. 비밀 통로를 따라서 가면 성의 북쪽으로 나가게 되어 있었다. 비밀 통로 밖은 숲이 우거져 있어서 들킬 염려가 없었다. 몇 번 이 통로를 이용해 보기는 했지만 오늘 밤은 그 성격이 달랐다. 이제 이곳과는 영원히 작별이었다. 다시는 돌아올 생각이 없었다.

케이트는 계단을 따라 한참을 내려갔다. 쥐들이 케이트를 피해서 도망을 갔다. 처음 이곳을 내려갈 때는 쥐들 때문에 무척 놀랐지만 지금은 신경 쓰지 않았다. 어느덧 계단이 끝나고 길이 나왔다. 이 길을 따라 계속해서 가면 되는 것이다. 위로 올라가는 계단이 보였다. 이제 다 온 것이다. 계단을 올라가서 케이트는 불을 끄고 옆에 튀어나온 돌을 밀었다. 바위가 움직이며 사람 한 명이 겨우 기어나갈 수 있는 통로가 나타났다. 조심스럽게 빠져나와 옆에 있는 돌을 다시 밀었다. 출구가 닫히며 어둠 속으로 모습을 감추었다.

케이트는 성을 바라보았다. 아직까지 별일은 없는 것 같았다. 다시 발걸음을 재촉하며 성의 동쪽 언덕으로 가며 칼이라는 남자가 길을 잘 안내해 주기만을 바랐다. 해가 진 지 오래라 성문 밖은 조용했다.

숲을 헤치고 움직인 지 얼마나 지났을까. 케이트의 눈에 언덕이 보였다. 가슴이 뛰기 시작했다. 이제 그녀의 첫 모험이 막을 올린 것이다.

조용히 언덕 위에 올라가니 한 남자가 보였다. 남자의 왼쪽 다리에 삐죽하니 튀어나온 막대가 보였다. 아마도 대장간집 아들이라더니 검을 가지고 있나 보다 생각했다. 듬직한 체구를 보자 생각보다 믿음직스러운 마음이 들었다.

케이트는 남자의 등 뒤로 조심스럽게 다가갔다. 그녀가 다가오는 소리를 들었을 텐데도 남자는 미동조차 하지 않았다.

케이트는 용기를 내서 남자를 불렀다.

“칼인가요?”

그녀의 목소리를 듣고 남자가 돌아섰다.

“아가씨, 남작님께서 기다리십니다.”

묵직한 저음의 사내였다. 듣는 순간 알 수 있었다. 아버지의 심복인 크레이 경이라는 것을.

“크, 크레이 경이신가요?”

케이트의 목소리가 떨렸다.

“예, 아가씨.”

남자가 고개를 숙이며 말했다.

케이트는 다리에 힘이 풀리며 자리에 주저앉았다. 완벽하게 실패한 것이다. 아버지는 모든 걸 알고 이곳에 크레이 경을 보내서 자신에게 가르쳐 준 것이다. 너에 대한 모든 것을 알고 있으니 다시는 허튼짓을 하지 말라고.

나무 뒤에서 한 남자가 나서며 말했다.

“그것 보십시오, 크레이 경. 제 말이 맞지 않습니까. 저를 이제 종자로 써주시는 겁니까?”

남자는 웃음을 띠며 크레이에게 다가왔다. 아마도 그가 미사가 말하던 칼이라는 사내인 것 같았다. 미사도 눈에 콩깍지가 껴서 완전히 속은 것이다.

“알았다. 상을 주마.”

크레이의 검이 뽑히는 것과 동시에 칼이라는 사내의 목이 공중으로 떠올랐다.

검을 한 번 떨쳐 피를 털며 크레이가 누런 치아를 드러내며
말했다.

"고마워하거라. 편히 죽여줬으니."

"꺄야아아악!"

미사는 어리둥절했다. 기절했다가 깨어보니 남작의 앞이
었다. 샹들리에가 켜진 걸로 봐서 아직 밤이었다. 너무 빨리
아가씨가 없어진 것이 들켰다고 생각했다. 남작의 옆에는 크
레이 경이 서 있었다. 추적대는 아직 구성이 안 된 걸 알 수
있었다. 추적대가 구성되었다면 선봉에는 크레이 경이 섰을
것이다. 미사는 마음을 굳게 먹었다. 여기서 실수하면 그녀의
목숨은 없는 것이다. 성공만 한다면 칼과 결혼할 수 있었다.

남작이 의자에 앉아 그녀를 내려다보며 말했다.

"어떻게 된 일이냐?"

"아가씨께서 저를 부르셔서 방으로 들어갔는데 칼로 저를
위협하시며 손을 묶은 후에 저를 기절시킨 것 같습니다, 주인
님."

"그래?"

남작은 그 한마디를 끝으로 그녀를 내려다보며 입을 다물
었다.

미사는 늑대 앞의 토끼가 된 기분이었다.

한참을 말이 없던 남작이 입가에 웃음을 머금고 입을 열

었다.

“정말이냐?”

“제가 어느 안전이라고 거짓말을 하겠습니까? 주인님, 제발 믿어주십시오.”

미사는 눈물을 뚝뚝 흘리며 말했다. 완벽한 눈물 연기였다.

“뒤를 돌아보거라.”

뒤를 돌아보자 미사는 자신의 눈을 믿을 수가 없었다. 아가씨가 자신을 측은한 눈길로 쳐다보고 있었다.

“아, 아가씨!”

미사의 목소리가 떨렸다.

미사는 남작의 발치에 엎드려 빌었다.

“살려주십시오, 주인님. 제발 살려주십시오. 아가씨가 시키는 대로 했을 뿐입니다. 제발 살려주십시오.”

“누가 죽인다고 하더냐? 난 내 재산을 함부로 죽이지 않는다.”

남작은 자애롭게 웃으며 말했다. 미사에게 하는 소리 같기도 하고 어떻게 들으면 케이트에게 하는 소리 같기도 했다.

“고맙습니다. 고맙습니다, 주인님.”

미사는 눈물을 흘리며 평생 목숨을 살려주신 주인님을 위해 최선을 다해야겠다고 생각했다.

“크레이, 너에게 상으로 주겠다.”

“감사합니다, 영주님.”

크레이는 웃음을 지으며 말했다.

미사는 차라리 죽고 싶었다. 그녀도 크레이의 소문을 알고 있었다. 인간 백정 크레이. 더구나 그는 변태 성욕자로 성내에 소문이 파다했다. 여자를 매질을 하고 괴롭히는 것에서 쾌감을 느낀다고 했다. 또한 죽지도 살지도 못하게 한다는 소문도 있었다. 그의 밤 시중을 들던 시녀가 벌써 세 명째 자살을 했다는 이야기도 있었다.

“케이트, 허튼짓은 하지 말거라.”

남작은 그 말을 끝으로 나가 버렸다.

3

결국 3일째의 아침이 되었다.

자신을 구하기 위한 왕자님은 절대 나타나지 않았다. 그렇다고 절망하지는 않았다. 정해진 운명에 순응하기보다는 한 번쯤 운명을 바꾸려고 시도해 보았기 때문이다. 자살을 할까도 생각해 보았지만 그런 용기가 나지 않았다.

케이트는 하녀의 손에 이끌려 준비를 마치고 밖으로 나갔다.

케이트는 어디선가 보고 있을 아버지에게 마지막 자존심을 세우기 위해 떨리는 다리에 힘을 주었다. 그리고 마차 앞에서 당당하게 턱을 치켜들고 오만한 표정으로 주위를 한 번 둘러보았다. 나와 있던 하녀와 하인들이 케이트의 눈빛에 고개를 숙였다. 마차를 오르는 케이트의 다리에 더욱 힘이 들어갔다.

엘프디언에게 가는 길은 굉장히 멀었다. 남작의 성을 출발해서 일주일이 되어서야 겨우 영원의 숲 초입에 다다를 수 있었다. 마지막 개척 마을을 지난 것이 3일 전이다.

마차 여행은 힘들었지만 천천히 가자는 말은 하지 않았다. 왠지 그러기에는 그녀의 자존심이 허락하지 않았다.

지도에 따르면 다시 숲 속을 10일 정도 더 가야 엘프디언의 땅에 들어설 수 있었다. 일행은 32명으로 구성되었다. 기사 세 명에 병사가 스물일곱 명이었고, 그들은 병사이면서 동시에 짐꾼이었다. 거기에 케이트와 시중을 들어줄 하녀 한 명이 따라왔다.

"슈미트 경, 무슨 일이죠?"

케이트는 마차의 창밖으로 풍광을 바라보다 다가오는 슈미트 경에게 물었다. 케이트의 호위 책임자였다. 덜컹거리던 마차는 어느새 멈추어 있었다.

슈미트는 나이가 벌써 50이 넘은 기사였다. 하지만 나이와는 달리 기사도가 무엇인지 몸으로 말해주는 남자였다. 지난 며칠 동안 같이 여행을 하면서 남작에게도 이런 기사가 있었나 싶었다.

"영원의 숲 초입입니다. 이제부터는 걸어서 이동하셔야 됩니다. 마차로는 더 이상 갈 수가 없습니다."

"그래요?"

"예, 그러니 복장을 좀 바꾸셔야 합니다."

"알겠습니다, 슈미트 경."

케이트는 이제 완전히 체념한 상태였다. 역시나 남작은 잔인한 사람이었다. 케이트는 자신의 생각이 얼마나 유치했는지 알 수 있었다. 남작은 정말로 그녀를 이곳에 보냈다.

케이트는 하녀의 시중을 받으며 드레스를 벗었다. 바지와 블라우스를 입으며 웃음이 나왔다. 그날 밤 도망을 갈 때 입었던 복장이다.

케이트가 옷을 갈아입고 나오자 마부가 마차에 실린 짐들을 내리기 시작했다. 그나마 마차도 이제는 탈 수가 없다. 어렸을 때부터 타던 붉은색의 전용 마차를 보며 아쉬운 생각이 들었다. 마차는 영주성으로 다시 돌아가 케이트가 숲에 들어갔는지 남작에게 알려줄 것이다.

케이트는 영원의 숲에서 겨울을 보내고 내년 가을쯤 돌아오라는 소리를 들었다. 물론 돌아올 때는 엘프디언 남편과 함께였다. 남작이 전하라는 편지도 받았다.

영원의 숲에는 두 개의 강이 있었다. 망각의 강과 고통의 강이었다. 엘프디언들은 망각의 강 상류에 산다고 알려져 있

었다. 지금 케이트의 눈에 보이는 강이 바로 망각의 강이었
다. 엘프들이 이 강의 상류에 있는 망각의 샘물을 먹고 아리
스 대륙의 기억을 지운 후 신세계로 떠났다고 전해지고 있다.

　망각의 강을 따라서 가는 숲길은 비교적 평탄해서 괜찮았
다. 첫날은 무척이나 힘들었지만 3일쯤 되자 한결 가뿐했다.
어쩌면 어디선가 엘프디언이 일행을 지켜보고 있을지도 몰랐
다. 엘프디언들은 영원의 숲에서 일어나는 모든 일을 알고 있
다고 들었다. 그래서 일행의 움직임은 더욱 조심스러웠다.

　케이트는 길을 걸으며 자신의 남편에 대해 생각해 보았다.
얼굴도 모르는 사람이다. 아니, 엘프디언이다. 누가 될지 아직
정해지지도 않았다. 엘프디언에 대해 언급한 책에 따르면 그
들은 개개인이 훌륭한 전사이며 현자였다. 엘프디언이 마지막
으로 세상에 모습을 드러낸 것이 100년 전이다. 숲을 개척하
려는 개척민들을 죽이고 직접 왕에게 찾아가 담판을 지었다고
전해진다. 그 누구도 다시는 영원의 숲에 오지 말라고.

　그때 이후로 공식적으로는 영원의 숲에 사람의 접근이 제
한되었다. 그리하여 조금은 허황되고 이상한 소문이 많았다.
오크를 주식으로 삼고 날고기를 먹는다고 했다. 심지어는 갓
난아기를 잡아먹는다는 흉악한 소문도 있었다. 케이트는 그
모든 소문이 거짓이기만을 바랐다. 하지만 울창한 숲을 대하
자 사실일지도 모른다는 생각이 들었다.

　6일째 되는 날에 오크들에게 습격을 받았다. 병사 세 명이

죽고, 다섯 명이 다쳤다. 아직도 4일 정도는 더 가야 되는데 걱정이 되었다. 영원의 숲 안에서는 언제나 엘프디언들이 숨어서 지켜보며 친구들을 지켜준다는 이야기를 들었지만, 그런 기대와는 달리 엘프디언은 나타나지 않았다.

케이트는 태어나서 처음으로 오크를 보는 순간 그 징그럽고 흉악스러운 모습에 간이 오그라드는 것 같았다. 그 상황에서 슈미트는 정말 믿음직스러운 기사였다. 슈미트의 적절한 지휘가 아니었다면 많은 피해를 입었을 것이다.

7일째 되는 날에는 트롤의 습격을 받았다. 기사 두 명과 병사 열두 명이 죽고, 하녀도 죽어버렸다. 이제 남은 인원은 겨우 기사 한 명과 병사 열두 명이었다. 이제는 돌아가는 것보다 엘프디언에게 도움을 받는 것이 더 낫다고 슈미트 경이 말했다. 도망가려는 병사들을 제지한 것도 슈미트 경이었다. 본보기로 병사 한 명을 죽였다. 다들 죽을힘을 다해서 걸었다. 최악의 상황이었다. 아버지는 도대체 무슨 생각으로 자신을 이곳에 보낸 것인지 이해가 가지 않았다.

케이트가 읽은 책에는 망각의 강 근처에는 몬스터가 거의 없다고 쓰여 있었다. 엘프디언의 영역 안이라서 몬스터들도 그들을 피해 고통의 강에 안주할 뿐이라고 했다.

"아가씨, 오늘은 여기서 쉬도록 하겠습니다."

슈미트는 아직도 기사로서의 본분을 잃지 않았다. 어려운 상황 속에서도 언제나 정중했다.

“예, 알겠어요. 오늘도 수고해 주세요, 슈미트 경.”

케이트는 마음속에서 우러나오는 대답을 했다.

케이트는 온몸이 무거웠다. 엘프디언들은 도대체 어디에 있는 건지, 어서 나와서 자신을 도와주었으면 했다. 병사들이 죽어가는 모습을 보는 것도 고통이었다.

어둠이 내리고 케이트도 병사들 옆에서 노숙을 할 수밖에 없었다. 천막은 이미 버렸다. 식량과 정말 필요한 물품을 제외하고는 모두 버릴 수밖에 없었다. 짐보다는 목숨이 백배는 중요했다.

“습격이다! 전투 준비!”

한밤중에 슈미트 경의 목소리가 야영지에 울려 퍼졌다. 그리고 이내 사방이 소란스러워졌다.

다급한 목소리에 케이트는 잠에서 깼다.

“아가씨, 이곳에서 벗어나지 마십시오.”

“전투 준비! 전투 준비!”

정말 충성스러운 기사와 병사들이었다. 고작 자신 하나를 위해서 이렇게 나서다니…….

강물을 뒤로하고 반원형으로 자신을 보호하고 있는 가운데 오크들이 달려들고 있었다. 숫자가 족히 50은 되어 보였다. 병사들은 정말 열심히 싸웠다. 하지만 오크의 숫자가 너무 많아서 순식간에 병사들의 숫자가 줄었다. 오크도 피해를 입었지만 여전히 많았다. 서 있는 사람이 슈미트 경 혼자가 되었을 때 케이트는 절망할 수밖에 없었다. 자신은 여기서 죽을 수밖에 없을 것 같았다.

슈미트 경은 꿋꿋이 혼자서 케이트의 앞을 막아섰다.

"난 절대 물러서지 않는다! 와라!"

일갈과 함께 검이 눈부시게 휘둘러졌다. 막고, 찌르고, 휘두르고, 베었다. 하지만 슈미트 경도 더 이상 버티지 못하고 오크의 창검에 쓰러졌다.

슈미트 경은 이야기 속에 나오는 전설의 기사가 아니라는 것을 케이트는 깨달았다.

케이트는 달려드는 오크의 흉악한 입과 거기서 흘러내리는 침을 보며 비명을 질렀다.

"꺄아아아악!"

모든 것이 꿈이기를 바랐다.

지독한 악몽.

탕! 탕! 탕!

그때 귀청을 뚫을 것 같은 시끄러운 소리와 함께 오크들이 쓰러졌다. 소리만으로도 케이트는 몸이 떨렸다. 자신을 향해 달려드는 오크들이 시끄러운 소리와 함께 피가 터지며 쓰러져 갔다. 마법인 것 같았다. 드디어 엘프디언이 나타났다고 생각했다. 시끄러운 소리가 계속 들리고 얼마 지나지 않아 오크들이 도망을 가기 시작했다.

케이트는 자신에게 다가오는 그들을 보았다. 두 명이었다.

검은 막대를 오른손에 들고 왼손에는 손도끼를 든 그들은 아직 살아서 꿈틀대는 오크의 머리를 잔인하게 찍으며 자신을 향해 천천히 다가왔다. 그들의 얼굴에서는 감정이 느껴지지 않았다. 얼룩덜룩한 옷을 입은 그들의 모습은 전설의 엘프디언하고 똑같았다. 한눈에도 피부와 생김새가 아리스 대륙 사람들과 다르다는 것을 알 수 있었다. 도끼에 묻은 피를 털며 자기들끼리 알아들을 수 없는 소리를 했다. 전설의 엘프어라고 케이트는 단정 지었다. 얼굴이 험상궂게 생긴 엘프디언 한 명이 자신의 오른손을 잡아챘다. 손은 매우 억셌고, 케이트는 너무나 무서워서 비명을 질렀다. 엘프디언에 대해서 들었던 모든 이야기가 머릿속에 떠올랐다. 온 힘을 다해서 손을 뿌리치며 발버둥을 쳤다. 그러자 이내 다른 엘프디언이 자신의 왼손을 잡았다. 그들의 힘은 연약한 자신에 비할 바가 아니었다. 소문이 사실일지도 몰랐다. 레이디를 대하는 예의도 모르다니.

케이트의 눈에 뒤에서 또 다른 엘프디언 한 명이 달려오는 게 보였다. 자신에게 달려오는 것이 분명했다. 케이트는 더욱 크게 비명을 질렀다. 저 엘프디언이 자신을 소유할지도 모른다는 생각이 들었다. 그는 엄청나게 흉악한 표정이었다.

짧은 순간이지만 소문이 진짜일 거라는 확신이 들었다. 오크를 주식으로 먹고 갓난아기가 아닌 여자를 잡아먹을지도 모른다는 생각이 들었다. 나중에 나타난 엘프디언은 순식간

에 다가와서 케이트의 손을 각각 잡고 있던 엘프디언 두 명을
잡아채고는 엘프 어로 소리를 질렀다.

"@#$@&. $% &* #$%@."

쓸모없는 X?

가리 똑바로 심어라!"

인수가 정신을 차리고 처음으로 들은 소리였다.

인수는 군용 모포 위에 엎드려 있었다. 상의는 벗겨진 채 등 위로 모포가 덮여 있었다. 등에서 아픔이 느껴졌다. 인수가 눈살을 찌푸리고 있을 때 상태의 목소리가 들렸다.

"정신이 드십니까?"

"상태냐? 내가 아직 안 죽었냐?"

"예, 그렇습니다."

상태는 인수의 물음에 대답을 하고 재수를 불렀다.

"장재수 병장님, 한인수 병장님 일어나셨습니다."

“그래? 너희들 똑바로 하고 있어. 자세 흐트러지면 오늘 죽을 줄 알아!”

독기를 품은 재수의 목소리가 들렸다.

“상태야, 나 좀 일으켜 봐라.”

“으악!”

등에서 느껴지는 통증에 인수의 입에서 비명이 튀어나왔다.

“한인수 병장, 괜찮아?”

재수가 걱정스러운 얼굴로 물었다.

인수는 고개를 끄덕이며 입을 열었다. 궁금했다. 분명히 녀석들을 잡아채는 것까지는 기억이 났다.

“어떻게 된 거냐?”

“그게… 어떻게 된 거냐 하면…….”

재수와 상태가 도착했을 때 인수는 이미 쓰러진 뒤였다.

두 녀석은 어쩔 줄 몰라 하는 얼굴로 서 있었고, 여자 한 명이 비명을 지르고 있었다. 그리고 탈영한 두 녀석들 앞에는 인수가 쓰러져 있었다. 재수는 인수가 그 녀석들한테 맞아서 쓰러졌다는 생각에 이유 불문하고 팼다. 그 녀석들은 맞으면서 자기들이 그런 것이 아니라고 말했고, 어느 정도 이성을 회복한 재수가 자초지종을 물었다. 그때 상태는 내 상태를 살피고 있었다고 한다. 불빛에 본 나의 등은 피로 붉게 물들어 있었고, 대충 피를 닦아낸 후 붕대로 다시 싸맸다고 한다. 재

수는 두 녀석을 시켜서 오크와 사람 시체를 치우게 하고 지금
까지 얼차려를 시키고 있었다.

인수가 재수의 이야기를 들으며 내린 결론은 갑작스러운
움직임과 피를 너무 많이 흘려서 쓰러진 것이었다. 출혈 과다
라고 할 수 있었다.

"여자는?"

인수는 어젯밤에 본 여자 생각이 났다.

"저기."

재수의 손가락을 따라서 인수가 힘들게 고개를 돌리자 모
닥불 건너편에 금발의 여자가 보였다. 무릎을 껴안고 겁먹은
얼굴로 인수를 바라보고 있었다. 여자는 제법 봐줄 만했다.
할리우드 배우 니콜 키드먼이나 맥 라이언, 또는 그 매트릭스
에 나오는 여자 정도는 아니어도 이국적으로 생겨서 호감이
갔다. 인수 생전에 금발 여자를 이렇게 가까이 본 것은 처음
이었다. 어젯밤에 여자를 본 것이 꿈은 아닌 모양이다. 아직
단정할 수는 없지만 이곳도 인간이 사는 곳이라는 증거였다.

"저 여자냐?"

"엉."

"어젯밤에 순간적으로 봤을 때는 좀 더 예쁘던데."

인수의 농담에 재수는 웃음이 나왔다.

"크크크, 그래도 볼 건 다 봤네."

"내가 시력이 2.0이거든."

계속 통증이 느껴지는 것이 등의 상처가 심상치 않았다.

"상태야, 상처가 어떻게 됐냐?"

"피를 많이 흘리고 어제 무리를 하셔서 상처가 더 커졌습니다."

"그래?"

"상처가 너무 벌어져서 꿰매는 게 좋을 것 같습니다."

"그럼 나 기절했을 때 꿰매지. 크윽!"

인수는 상태가 야속하게 느껴졌다. 정신을 잃었을 때 했으면 고통은 느끼지 않았을 것이다.

"죄송합니다."

"상태야, 너 꿰맬 줄 아냐?"

"실제로 해본 적은 없습니다."

"아무래도 여자가 꿰매는 게 낫겠지?"

인수가 생각하기에 무식한 남자보다는 섬세한 여자가 꿰매는 게 나을 것 같았다.

"왜, 여자 손길이 그리워?"

재수가 알겠다는 눈빛을 보냈다.

"그래, 죽기 전에 여자 손길 좀 느껴보고 싶다. 이왕 죽을 거."

대답은 아닌 척했지만 솔직히 그런 마음이 없지는 않았다. 여자 품에 안겨 죽는 것도 괜찮을 것이다. 괴물의 품에 안겨 죽는 것보다는.

"소독약은 남았냐?"

"소독약은 없고 말입니다, 빨간약만 조금 남았습니다."

"저 여자한테 바느질 할 줄 아느냐고 물어봐."

인수의 말에 상태가 심각한 표정으로 말했다.

"저… 한인수 병장님."

"왜?"

"우리말을 할 줄 모릅니다."

"말이 안 통하나? 영어나 이런 것도?"

"예, 그렇습니다."

"소설 보면 단번에 말도 통하고 그러던데. 보디랭귀지로 설명해, 그럼. 그거 만국 공통이라더라."

인수는 이곳으로 보낸 신을 욕했다. 옵션으로 말 좀 통하게 해줄 것이지. 말이 서로 통했다면 이곳에 대한 정보를 좀 더 빨리 모을 수 있을 텐데 아쉬웠다.

상태는 여자한테 바늘과 실을 보이며 바느질 흉내를 냈다. 그렇게 손짓, 몸짓을 하자 여자가 인수한테 다가왔다.

"야, 재수야."

"왜?"

"이 아가씨, 원래 이렇게 냄새 나냐?"

여자한테서는 익숙하지 않은 냄새가 났다. 인수는 예전에 들었던 이야기가 생각났다. 우리는 못 느끼지만 양코배기들도 우리 몸에서 나는 냄새를 지독하다고 생각하고 우리도 양코배기 냄새를 지독하다고 생각한다나?

"크크크, 그럼 무슨 이슬만 먹고사는 선녀 줄 알았어? 조금 냄새가 나긴 해도 여자잖아."

재수는 아주 재미있다는 듯이 웃었다.

땟국물이 잔뜩 묻은 여자의 손을 보자 인수는 오만 정이 떨어졌다.

"상태야, 이 아가씨 손 좀 비누로 빡빡 씻겨라. 내가 세균에 감염돼서 죽는 게 빠르겠다."

"예, 알겠습니다."

상태는 개울로 여자를 데려가서 비누로 손을 씻는 걸 보여주었다. 여자는 상태가 하는 대로 따라 했다. 머리가 나쁜 여자는 아닌 듯했다. 아님 눈치가 빠른 건가?

"재수야, 저 녀석들 어떻게 할 거냐?"

인수는 대가리를 박고 있는 두 녀석을 턱으로 가리키며 말했다.

"한인수 병장이 알아서 해. 안 일어났으면 내가 괴롭혀서 죽이려고 그랬지."

다행히 아무 사고 없이 저 녀석들을 잡았다. 그렇다고 쉽게 용서해 줄 마음은 없었다. 인수는 그냥 좀 더 놔둬야겠다는 생각을 했다.

'재수랑 같이 좀 더 구르고 나면 정신 좀 차리겠지?

울면서 매달릴지도 몰랐다.

여자가 손을 다 씻고 다가오는 걸 보고 인수는 붕대와 압박 붕대를 재수의 도움을 받으며 풀었다.

재수는 드러난 인수의 상처에 얼굴을 찌푸렸다. 상처가 너무 컸다. 이런 상처로 그렇게 움직일 수 있다는 것이 신기했다.

인수가 엎드리자 상태는 바늘에 실을 끼운 후에 핀셋을 쥐고 조심스럽게 빨간약 통에 담갔다가 꺼내서 여자의 손에 쥐어주었다. 그리고 여자한테 인수의 등을 가리키며 꿰매라는 손짓을 했다.

인수는 바늘이 닿자 몸이 경직되는 걸 느꼈다.

"한인수 병장님, 힘 빼십시오."

상태의 조용한 말이 들렸다.

"너 같으면 긴장……."

인수는 고통에 말을 하다 말고 입을 다물었다. 상상을 초월하는 고통이었다.

상태는 여자가 상처를 한 바늘 꿰매자 바늘하고 실을 받아서 매듭을 지은 후에 묶는 시범을 보였다.

잠시 쉬는 틈을 타서 인수가 말했다.

"재수야, 나, 입에 뭐 물을 거라도 줘라."

재수는 수건을 물려주며 자신이 당하는 것처럼 진저리를 쳤다.

인수는 등에 바늘이 지나갈 때마다 고통에 이를 악물었다.

처음 보는 여자한테 등을 맡긴 것이 잘못이라는 생각이 들었다.

꼭 일이 벌어지고 나서야 후회를 했다.

2

인수가 눈을 뜨자 기다리고 있었다는 듯이 상태의 목소리가 들렸다.

"한인수 병장님, 괜찮으십니까?"

"그래. 내가 기절했냐?"

"예, 상처는 예쁘게 봉합되었습니다. 이대로 안 일어나시는 줄 알고 모두들 걱정 많이 했습니다."

상태의 말을 들으며 인수는 왠지 눈시울이 붉어졌다. 이렇게 걱정을 해주는 녀석도 있구나 하는 생각이 들었다.

'살자! 꼭 살자!'

인수는 마음속으로 외쳤다.

"미친놈, 내가 그렇게 쉽게 죽을 줄 알았냐? 난 불사신이다. 걱정 마라. 너희들보다 먼저 죽지는 않는다. 으하하하!"

인수는 등에 통증을 느꼈지만 아프지 않은 척했다. 자신이 건재하다는 것을 알리고 싶었다.

"예, 알겠습니다."

상태는 인수의 말을 들으며 한인수 병장은 정말 강한 사람이라고 생각했다.

인수가 몸을 일으키려고 하자 상태가 말리며 말했다.

"그냥 누워 계십시오. 지금 움직이면 실밥 터집니다."

"알았다. 재수는?"

"저쪽에서 사도신 병장이랑 김상식 병장을 굴리고 있습니다."

"셋 다 오라고 해."

상태가 뛰어간 지 얼마 안 되어 급히 뛰어오는 소리가 들렸다.

"안 죽고 살았네?"

인수는 재수의 목소리에서 반가움을 느꼈다.

"그래, 망할 놈아. 널 두고 내가 어떻게 죽냐? 죽더라도 물귀신처럼 너랑 같이 죽을 거다."

"그래야지. 나보다 먼저 죽지는 마. 인식표 모으는 취미는 없으니까."

"도신이하고 상식이 거기 있냐?"

"예. 여기 있습니다, 한인수 병장님."

빡세게 굴렸는지 거친 숨소리 속에서도 목소리가 딱딱 맞았다.

"잘 들어라, 피곤하니까. 내가 너희들 마음 모르는 거 아니다. 난 봄이나 돼서 찾아가려고 그랬다. 내 생각을 너희들한테 미리 말해주지 않은 점은 미안하게 생각한다. 하지만 말이다, 우리 열두 명 중에 이제 겨우 다섯 명 남았다. 최소한 우리끼리 반목하지는 말아야지. 너희도 이번에 어느 정도 정신을 차렸을 테니까 긴 말은 하지 않겠다. 난 지금 이 순간부터 너희들이 한 행동을 전부 잊겠다. 너희들도 그동안 서운했던 거 있으면 다 잊어라. 우리는 무적 챠리, 오포다. 알았나?”

“예, 알겠습니다.”

인수는 닭살이 돋는 것 같았다. 역시 이런 식으로 심각하게 이야기하는 것은 체질에 맞지 않았다.

“죄송합니다, 한인수 병장님.”

도신이가 용서를 구했다. 그 말이 끝나기가 무섭게 상식이도 용서를 구했다.

“죄송합니다.”

“됐다. 벌써 잊었다. 그리고 재수야, 이제 애들 그만 괴롭혀라.”

“운 좋은 줄 알아, 너희들!”

재수는 아직도 분이 안 풀린 듯 으르렁거리는 목소리였다.

“예, 알겠습니다.”

둘 다 군기가 바짝 든 목소리였다.

“난 한숨 더 잘 테니까 금발아가씨 뭐 좀 먹이고 그래. 피곤하다.”

“엉, 알았어. 등짝에 오바로크를 쳤는데 피곤하지. 그것도 백여든여섯 바늘이나.”

재수의 놀리는 소리를 들으며 인수는 잠이 들었다.

인수가 다시 잠에서 깼을 때는 밤이었다. 상태의 부축을 받으며 조심스럽게 일어나 앉았다. 상태가 얼른 모포를 둘러주었지만 군용 모포를 뚫고 추위가 느껴졌다.

"고생이 많다, 상태야."

"아닙니다, 한인수 병장님."

인수가 모닥불 주위를 둘러보니 다들 자리를 잡고 자고 있었다. 인수의 발치에 금발의 여자가 자리를 잡고 침낭에 들어가서 자고 있었다.

"별일은 없었고?"

"예, 별일은 없었습니다. 식사 하셔야지 말입니다."

"그럴까? 조금 배가 고프긴 하다."

"죽을 끓여놓은 게 있습니다. 잠시만 기다리십시오."

인수는 전투 식량으로 만든 매콤한 죽을 정말 맛있게 먹었다. 하도 맛있게 먹어서 상태가 침을 삼킬 정도였다. 입가심으로 딸기잼 차까지 한 잔 마셨다.

"이제야 살 것 같네. 덕분에 잘 먹었다."

"아닙니다."

상태가 반합을 치우는 걸 물끄러미 보다가 인수는 입을 열었다.

"상태야, 대충 하고 이리 와서 앉아라. 이야기나 하자."

“예, 알겠습니다.”

상태가 옆에 와서 앉자 인수가 말을 꺼냈다. 꼭 부대에서 야간 경계 근무를 서는 것 같았다.

“상태야, 요즘 힘들지?”

“아닙니다.”

“괜찮아. 내가 네 마음 모르겠냐? 성격 더러운 선임병이 네 명이나 있어서 힘든 거 다 안다.”

“아닙니다.”

“안이긴, 여긴 밖인데?”

상태가 멀뚱한 표정을 지었다.

“안 웃냐? 우리 때는 이거 먹어줬는데.”

“재미있습니다.”

상태는 마지못해 대답했다.

“장난이구. 상태야, 우리 조금만 힘을 내자. 이번에 이곳에 대한 실마리도 잡았으니까.”

인수는 금발아가씨를 보며 말했다.

“예, 알겠습니다.”

“근데 너 쟤랑 말 좀 해봤냐?”

인수는 턱으로 금발아가씨를 가리켰다.

“말이 안 통해서 이야기는 못했습니다.”

“그래도 대충 보디랭귀지라도 좀 해봤을 거 아니야. 쟤 좀 할 수 있는 거 있어 보이냐?”

"바느질······."

상태가 자신없는 목소리로 말했다.

"그거 말고 다른 건? 책 보면 마법 막 날리고 사람을 야채 썰 듯 칼질하잖아."

"그런 거 못하는 것 같던데 말입니다."

"하긴, 그런 거 잘하면 저러고 있지도 않았겠지. 요리는 할 줄 아냐?"

"주는 건 잘 먹던데 말입니다."

"젠장, 그럼 뭐야? 쓸모없는 년이야? 밥값도 못하는?"

3

상쾌한 기분으로 눈을 뜬 인수는 상쾌하지 못한 광경을 보고야 말았다.

재수가 금발 여자의 침낭에 붙어 앉아서 여자의 얼굴을 뚫어지게 내려다보고 있었다.

"뭐 하냐?"

인수는 웃음을 참으며 재수를 불렀다.

재수가 깜짝 놀라서 호들갑을 떨었다.

"한인수 병장, 일어났어? 몸은 어때? 차 한 잔 할래? 조금만 기다려. 내가 맛있는 차를 끓여줄게. 이름을 붙이자면 장재수 스페셜?"

확실히 재수가 당황한 것이 눈에 보였다.

"너, 오늘 아침에는 유난히 말이 많다."

"내가 원래 말 잘하잖아. 몰랐어? 내가 밤새 얼마나 걱정했는지 알아?"

"입에 침이나 발라라. 내가 못 본 줄 아냐?"

"뭘? 내가 뭘 했다고 그래?"

재수는 뭐 한 놈이 성낸다고 오히려 큰소리를 쳤다.

"그래? 난 다 봤는데?"

"보긴 뭘 봤다고 그래?"

"네가 그 여자 보면서 침 흘리는 거."

"침은 무슨?"

"입가에 그 침은 뭐냐? 증거가 있는 데도 발뺌이네."

재수는 아차 싶었는지 얼른 입을 가렸다.

"크크크, 단순한 녀석. 딱 걸렸어. 너, 그 냄새나는 여자한테 관심있냐? 형한테만 사실대로 말해봐."

"관심없어. 그냥 신기해서⋯⋯."

들켰는데도 불구하고 끝까지 오리발을 내미는 재수가 인수는 마냥 귀엽게 보였다.

"그래? 그럼 도신이나 소개시켜 줄까?"

"젠장! 관심있어! 어쩔 거야?"

도신이를 소개시켜 준다는 말에 재수는 백기를 들었다.

"진작 그렇게 말하지. 하지만 네가 관심있어도 안 돼. 그 여자는 절대 안 돼."

인수는 못을 박았다.

"왜 안 돼? 혹시 한 병장도 마음이 있어?"

"걔가 좀 씻으면 모를까 넌 그렇게 냄새나는 여자 애 덮치고 싶냐?"

"뭐, 일단 여자니까……."

재수가 말끝을 흐렸다.

"잘 들어. 저 여자는 우리가 여기에 정착할 수 있게 도와줄 선생님이야. 너, 선생님 덮칠래? 아니, 그런 거 다 집어치우고, 너, 저 여자가 우리가 살던 곳의 여자랑 몸이 똑같은지 확인했어?"

인수는 저 여자의 쓰임새에 대해서 여러 가지로 고민했었다. 그리고 내린 결론은 선생님으로 삼는 것이었다. 하지만 이 위험한 청춘들을 설득하기에는 좀 약한 것 같았는데, 갑자기 이런 아주 몹쓸 상상이 떠올랐던 것이다. 말하는 인수도 소름이 끼칠 정도로.

"일단 가슴이 나온 걸로 봐서는 똑같겠지. 그리고 서로 좋아하면 그럴 수도 있는 거 아니야?"

말하는 재수의 목소리가 점점 작아졌다. 아닌 척하지만 인수의 말을 듣고 고민이 되는지 표정이 변했다.

인수도 눈으로 확인한 것이 아니기 때문에 외형적으로 드러난 것만 보고 가려진 신체 내부가 똑같다고 단정할 수는 없

었다. 만약에 여자에게 남자의 성기가 달려 있고 남자에게 여
자의 성기가 달려 있다면? 상상만으로도 끔찍했다.

그때 도신이의 쉰 목소리가 들렸다. 어지간히 소리를 질렀
나 보다.

"저 여자, 앉아서 볼일 보던데 말입니다."

"정말?"

재수의 목소리에 다시 화색이 돌았다.

인수는 속으로 도신이에게 욕을 퍼부었다.

"언제 봤냐?"

"어제 숲에 들어가서 앉는 걸 봤습니다."

"그럼 정확히 본 건 아니네."

인수는 대충 넘어가려고 했다.

상식의 목소리가 꺼들었다.

"제가 두 번이나 봤습니다, 한인수 병장님."

"상식이 너도 일어나 있었냐? 상태야?"

인수는 혹시나 해서 상태를 불렀다.

"상병 김상태!"

역시나.

피 끓는 청춘.

남자는 다섯 명인데 여자는 한 명이다. 앞으로 벙커로 돌아
가면 최소한 6개월 정도는 같이 지내야 될 텐데 이대로 두면
필시 여자 한 명 때문에 다툼이 생길 것 같았다. 이런 문제는

확실히 해둘 필요가 있었다.

"좋아, 그럼 내가 다 양보한다. 단, 한 가지만 지켜라."

"뭐?"

재수의 눈이 먹이를 노리는 고양이처럼 변했다.

"강제로는 절대 안 된다. 만약 덮치다 걸리거나 나중에 내가 그런 소리를 들으면 그 새끼는 내가 쳐 죽일 거다. 저 여자랑 정말로 사랑하는 사이가 되고, 여자의 마음을 얻어서 여자가 허락한다면 말리지는 않겠다."

"예, 알겠습니다."

네 명이 똑같이 대답했다.

인수는 골치가 아팠다.

"야, 근데 니들, 이런 건 생각 안 해봤냐? 저 여자가 정말 여기서는 못생긴 얼굴이고, 백 배, 천 배 더 예쁜 애들이 있을 수도 있지 않을까?"

인수는 그렇게 말하고 기분이 좋아졌다. 정말 그렇다면 그건 남자의 로망이 이루어지는 것이다. 하지만 그 뒤로 자꾸만 엉뚱한 상상이 떠올랐다. 그중에는 이런 상상도 있었다. 여기는 남자가 임신을 하고 아이를 낳는……. 한번 그런 쪽으로 상상을 하사 계속해서 이상한 생각만 떠올랐다. 인수는 계속 그런 상상만 떠올리는 자신을 저주했다.

여자는 자신이 어떤 처지에 놓이게 된지도 모른 채 잠에 빠져 있었다.

‘금발아가씨! 웬만하면 일어나지!’

새벽의 약속과 함께한 아침은 굉장히 소란스러웠다. 여자의 침낭을 개주고, 모포를 개주고, 물을 떠다 바치고, 아침을 챙겨주는 모습을 보며 인수는 어이가 없었다. 잘하면 공주 한 명이 나오게 생겼다. 그런 소란함 속에서도 상태만은 인수의 옆에 붙어 앉아서 인수가 불편하지 않게 도와주었다.

아침을 먹고 보금자리로 돌아갈 준비를 했다. 하루 사이에 등이 아무는 기연 같은 것은 없었다. 인수는 무협지의 주인공이 아니라는 사실에 절망하지는 않았다. 항상 신은 먼 곳에 존재할 뿐이었다.

일단 죽은 사람들의 짐 중에서 쓸 만한 것은 전부 챙기도록 했다. 재수는 사람들을 매장하며 그들의 짐을 모두 모아놓았다. 그 덕에 기특하다고 인수한테 칭찬을 받았다. 역시 학습은 효과가 있었다. 이 세상에 발전하지 않는 인간은 없는 것이다.

하지만 그렇게 좋은 것들은 없었다. 여기서 쓰는 동전 같은 것들하고 식량, 꽤 쓸 만해 보이는 무기류와 지도 이외에는 별로였다. 판타지의 만병통치약 포션 같은 것도 없었다. 그거면 당장 등을 낫게 만들 수도 있을 텐데. 검도 에고 소드 같은 마법검은 절대 아니었다. 오히려 검에 대고 말을 한 인수가 미친놈 취급을 받았다. 검은 화려하게 무늬가 새겨져 있지도 않았고, 눈깔만 한 보석이 박혀 있지도 않았다. 한마디로 말

해서 인수가 가진 검이랑 별 차이가 없는 그저 그런 검이었
다. 한 시간여를 뒤진 끝에 겨우 후추와 비슷한 양념을 발견
했을 뿐이다. 인수는 거지 같은 놈들이라고 욕을 했다.

　인수는 걸을 때마다 등에서 통증을 느꼈다. 자연히 자주 쉴
수밖에 없었고, 돌아가는 길은 계속 늦어졌지만 인수는 조금
도 걱정하지 않았다. 여자로 인해 분위기는 매우 좋았다. 그
리고 확실히 여자는 음식을 할 줄 몰랐다. 저녁을 시키기 위
해 인수가 사슴 다리를 내밀자 우악스럽게 두 손으로 잡고 뜯
어 먹었다. 먹는 것 하나는 잘하는 것 같았다.
　재수는 이틀째 되는 날 오후에 잠시 쉬면서 그동안 어디다
감추어두고 있었는지 초코바를 꺼냈다. 그리고 그걸 여자한
테 바쳤다. 여자가 입을 오물거리며 맛있게 먹는 모습을 보며
재수는 좋아했지만 그때뿐이었다. 물론 재수는 개새끼라고
인수한테 욕을 먹었고, 인수는 여자의 침이 잔뜩 발라진 초코
바를 뺏어먹는 만행을 저질렀다.
　지금도 여자는 여전히 인수의 곁에 머물러 있었다. 여자는
자기를 지켜줄 사람은 인수뿐이 없다는 것을 어렴풋이 느꼈
는지 잠을 잘 때도 인수 근처에서 떨어지지 않았다. 행군을
할 때도 인수의 곁을 맴돌고, 때로는 인수를 부축하기도 했
다. 그렇다고 인수가 좋아한 것은 아니었다. 여자의 몸에서
나는 냄새는 아직까지 익숙해지지 않았다. 그렇다고 코를 막

지는 않았다. 말이 서로 통하지는 않았지만 같은 인간으로서의 예의라고 생각했다. 물론 인수한테는 고역이었다.

6일째 되는 날 오후에 숙영지에 돌아올 수 있었다. 다행히 누군가 침입한 흔적은 없었다. 아무래도 괴물들한테 여기는 그들의 영역으로 확실히 인정을 받은 것 같았다. 인수는 벙커에 와서 그녀에게 개인 세면 백과 수건, 그리고 가장 작은 준일이의 군복을 주었다. 그리고 몸을 씻으라는 보디랭귀지를 했다. 여자는 인수의 말을 알아들었는지 씻으러 개울로 갔다. 여자는 같이 동행한 며칠 사이에 비누로 씻는 걸 무척 좋아하게 되었다. 그동안 인수는 훔쳐보려는 녀석들을 잡고 있느라 진땀을 뺐다. 갖은 협박과 욕이 난무했다. 어쨌든 군복을 입고 나타난 그녀는 나름대로 귀여워서 다시 한 번 난리가 났다.

그렇게 벙커에 다시 돌아온 것을 기뻐하면서 간만에 포식을 했다. 인수는 그녀의 자리를 제일 안쪽에 잡아주고 그녀에게 침낭과 모포 등을 챙겨주도록 시켰다. 그녀가 지급 받은 장비는 벙커 안에 있는 누구 것보다도 좋은 A급이었다. 아직도 이 녀석들은 잘 보이기 위해 노력을 하고 있었다. 인수는 문 앞자리에서 그녀의 옆으로 자리를 옮겼다. 그녀를 보호할 필요가 있었다. 잘못하면 살얼음판 같은 균형이 깨질 것이다. 그녀가 씻은 덕분인지, 아니면 인수가 며칠 사이에 그녀의 냄새에 익숙해진 탓인지 냄새에 별로 거부감이 들지 않았다.

한밤중에 인수는 섬뜩한 기운에 눈을 떴다. 실루엣만 보고도 누군지 알 수 있었다.

재수는 막 인수의 몸을 타 넘고 있었다.

"재수야, 뭐 하냐?"

"헉!"

놀라는 재수를 보며 인수는 절로 쓴웃음이 지어졌다. 부스럭거리며 재수는 다시 자기 자리로 돌아갔다.

인수는 목소리를 깔며 조용히 말했다.

"오래 살고 싶으면 그냥 조용히 쳐 자라!"

"예, 알겠습니다."

여기저기서 조용히 대답 소리가 들렸다.

'제발 잠 좀 자라, 이것들아!'

CHAPTER 10

그들이 변하고 있다

"거 봐. 내가 똑같다고 했지?"

도신이가 벽의 뚫어진 틈새에서 눈을 못 떼며 조용히 말했다.

겨울을 대비해서 만든 흙벽돌 목욕탕이었다. 외풍이 들어가지 못하도록 꼼꼼하게 잘 만들었다. 감기에 걸려도 죽을 수 있다는 것을 느꼈기 때문이다. 목욕탕 안에는 매우 큰 욕조와 불을 피울 수 있는 화덕이 있었다. 욕조는 굉장히 큰 나무를 잘라 책에 나온 인디언이 카누를 만드는 방식을 응용해서 속을 긁어내고 만들었다. 뜨거운 물을 만들기 위해서는 화덕에서 돌을 뜨겁게 달군 후에 욕조에 집어넣으면 되었다. 약간 귀찮은 면이 있었지만 뜨거운 물로 한겨울에 목욕을 할 수 있다는 것만으로도 그 정도의 불편함은 감수할 수 있었다.

"넌 언제부터 알았냐?"

상식이는 배신감마저 들어서 물었다. 이런 좋은 걸 혼자만 알고 있었다니 괘씸하기도 했지만 지금이라도 동기라고 알려주는 녀석이 한편으로는 고마웠다. 아까 잠을 깨울 때는 조금 화가 나기도 했지만 지금은 잠 조금 못 자는 것에 비할 바가 아니었다.

"저번에 우연히 발견한 거야. 그날 운 좋게 목욕하는 걸 봤지. 꼭 이 시간대에 하더라. 그래서 일부러 너도 볼 수 있게 구멍을 하나 더 판 거야."

"근데 조금 빈약하지 않냐? 스무 살이나 먹었는데."

"야, 저 정도면 큰 거야!"

상식이의 말에 사도신이 목소리를 높였다. 저 정도도 솔직히 감지덕지다.

"쉿, 들리겠다."

상식이는 들킬까 봐 조마조마했다. 도신이는 몇 번 봤겠지만 자신은 오늘이 처음이다. 말로는 우연임을 강조하지만 처음부터 계획적으로 구멍을 팠을지도 모른다. 아니, 맞을 것이다. 굉장히 공들여 만든 목욕탕이 이렇게 쉽게 자연적으로 구멍이 날 리 없었다. 자신을 위해 팠다는 구멍도 어쩌면 혼자서는 위험 부담이 너무 크니 공범을 만들려고 팠을지도 모르겠다는 생각이 들었지만 그런 건 나중 문제였다. 지금은 눈앞의 광경에 절대 집중해야 했다.

"환장하겠다, 상식아."

"그러게. 확 덮쳐 볼까?"

벌써 2년 가까이 바라보기만 했다. 저런 모습을 보여주는데 없던 용기도 생길 판이었다.

"저번에 미친개가 못 참고 덮치다 걸려서 한 병장에게 죽도록 맞은 거 못 봤냐?"

도신이도 상식이의 마음을 이해는 했지만 저번에 있었던 미친개 장재수의 이야기를 꺼내며 말렸다.

"그렇긴 하지. 한 병장, 진짜 인정사정없더라."

상식은 그 생각이 나자 몸서리가 쳐졌다. 그날 재수는 아주 흐물흐물해지도록 맞았다. 그날의 공포는 상식의 충만한 용기를 꺾기에 충분하고도 남았다. 한인수는 자신이 한 말은 최소한 지켜주는 모습을 보여준 것이다. 덮치면 가만 안 둔다는.

"너, 모르냐? 저 인간, 예전에 내무실에서 칼 들고 설친 적도 있어. 손목 다 자른다고."

"왜? 이유가 뭔데?"

상식이는 처음 듣는 이야기였다. 물론 눈은 전방의 구멍에서 떨어지지 않았다.

"애들이 차렷 똑바로 안 했다고."

"정말? 겨우 그걸로?"

상식은 쉽게 믿기지가 않았다. 아무리 미친 곰 한 병장이라도 그 정도로 그랬을까 하는 생각이 들었다.

"그래, 한 병장 원래 아무것도 아닌 거에 한 번씩 미치잖아. 그때가 물병장 때였던가, 상병 8호봉이었을 때던가? 점호 시간 전에 차렷 똑바로 안 하면 손목 다 잘라 버린다고 했었거든. 설마 했잖아. 그냥 군기 잡으려고 저러나 보다 했지. 근데 점호 끝나자마자 조용히 일어나서 칼 들고 내무실 문 닫더라. 우리 내무실 50명이 다 쫄았잖아. 병장들이 총출동해서 제발 참으라고 한 병장 말리고 난리 났었다."

"왜 나는 몰랐지?"

상식은 자신이 왜 그런 큰일을 몰랐을까 하는 생각이 들었다.

"넌 아마 휴가 갔을 때였나? 한 병장이 그랬거든. 취침 등 꺼진 후에 자기는 영창 가는 거 겁 안 나니까 한번 주둥아리 놀려보라고. 갔다 와서 보자고. 그때 남 병장도 한 병장 영창 보내는 놈은 꼭 찾아내서 뒤지게 패고 또 영창 간다고 거품 물고."

"으윽! 미친 곰은 역시 조심해야 돼."

상식이는 다시 한 번 몸서리가 쳐졌다.

"맞아. 미친개가 애들 괴롭히는 건 솔직히 애교지. 최소한 죽을 거 같다는 생각은 안 들잖아? 미친 곰은 한 번씩 뚜껑 열리면 아무도 못 말려. 예전에 새드 마스크랑 둘이서 설치는데 나는 죽는 줄 알았다.”

사도신은 병훈이와 인수가 포반에서 설치던 끔찍한 시절을 생각하며 말했다. 두 명이서 포반을 휘어잡다 못해 전 포대를 휘어잡고 지랄을 하는 통에 항상 긴장의 연속이었다.

“근데 도신아, 쟤 좀 앞으로 돌아서라고 해라. 아까 한 번 보여주고 계속 뒤로 돌아서서 있네.”

상식이는 아까부터 계속 등만 보여주는 케이트가 미웠다.

“어, 어, 앞으로 돌아선다. 상식아, 너, 돗자리 깔아라.”

상식이의 정성이 하늘에 가서 닿았는지 케이트가 몸을 돌렸다. 봉긋한 가슴이 보일 듯 말 듯하며 도신이의 애간장을 녹였다.

“좋냐?”

상식이는 흥분한 목소리로 말했다.

“그럼 좋지. 넌 안 좋냐?”

이런 건 물어보면 입 아픈 거다. 전에 혼자 볼 때는 몰랐는데 상식이랑 같이 대화를 하면서 보니 색다른 맛이었다.

“나도 좋거든, 개새끼야!”

그때 낮게 으르렁거리는 목소리에 도신이는 그만 그 자리에서 얼어붙었다. 이 목소리는 미친 곰 한 병장이었다. 결국 이런 날이 올 줄 알았다. 생각보다 빠르기는 했지만.

도신이 아쉬움을 접으며 고개를 돌리니 한인수가 눈을 부라리며 자신을 보고 있었다.

"죄, 죄송합니다."

도신이도 목소리가 떨리는 건 어쩔 수가 없었다. 인수에게서 순수한 공포를 느꼈다.

"쉿, 들리겠다. 니들이 뭘 잘못했는지 알지?"

"예, 그렇습니다."

"조용히 상식이랑 뒤에 가서 대가리 박고 있어."

도신이는 인수의 말을 듣고 자신이 케이트를 훔쳐본 것 때문에 저러는지 알았지만 이어지는 인수의 혼잣말을 들으며 그것 때문이 아니라는 것을 곧 알았다.

"요즘 애들은 도무지 개념이 없어. 우리 때는 좋은 건 다 고참이 먼저였는데."

인수는 즐거운 마음으로 구멍에 눈을 댔다. 이상한 낌새를 눈치 채기는 했지만 오늘에서야 비로소 현장을 잡았다. 인수가 안을 들여다보니 은은한 등잔불 아래에서 케이트가 목욕을 하고 있었다. 마침 케이트가 목욕통 밖으로 다리를 내밀고 녹색 때밀이 수건으로 문지르고 있었다. 하얀 다리를 부드럽게 누비는 녹색 때밀이 수건을 보면서 인수는 저 때밀이 수건이 되고 싶다는 생각이 들었다.

"꿀꺽."

인수는 자기도 모르게 침을 삼켰다.

흐릿한 불빛 아래에서 여자가 목욕하는 광경은 인수에게

묘한 쾌감을 주고 있었다. 거기다 은은하게 들리는 물소리는 5.1채널 돌비 사운드에 못지않았다.

인수는 마음속의 죄의식을 털어냈다.

그냥 보기만 할 뿐이다. 재수처럼 덮치는 것도 아니고 감상만 할 뿐이다. 본다고 닳아 없어지는 것도 아니지 않는가?

인수는 끊임없이 자기 합리화를 했다.

퐁, 소리와 함께 케이트의 다리가 다시 통속으로 모습을 감췄다.

인수는 아쉬운 마음이 들었다. 가슴이 보일 듯 말 듯했다. 처음에는 냄새가 나서 별로 관심이 없었지만 오늘은 매우 예쁘게 보였다.

인수의 손에 절로 땀이 났다. 흥분이 온몸을 들쑤셨다.

케이트가 서서히 일어나고 있었다.

"카아악, 퉤! 어? 한인수 병장, 목욕탕 앞에서 뭐 해?"

재수가 가래침을 뱉으며 인수를 부르는 소리가 밤하늘을 갈랐다.

"꺄아아악!"

목욕탕 안에도 재수의 목소리가 들렸는지 케이트가 비명을 지르며 급히 통속으로 주저앉았다.

"야! 들켰다! 튀어!"

2

“하앗! 흐합! 으아아아악!”

“재수야! 기합 넣다 끝낼래?”

인수는 별로 기분이 좋지 않았다. 새벽의 즐거움이 재수한테 방해를 받아서 다시는 맛볼 수 없게 되었다.

인수는 들키고 난 후 재빨리 벙커로 들어와 침낭 속으로 파고들었다. 얼마 후 케이트가 들어오는 것을 알았지만 모른 척했다. 인수는 케이트가 침낭 옆에 앉는 소리와 부스럭거리는 소리를 들으며 계속 자는 척을 했다. 묘하게 가슴이 마구 뛰었다. 아까 마지막에 본 그 장면이 다시 머릿속에 떠올랐다. 그러다 살며시 눈을 떴을 때 자신을 내려다보고 있는 케이트와 눈이 마주쳤다. ‘오빠, 코피 나!’ 하는 냉랭한 그 한마디에 인수는 재수를 저주했다.

그 후 케이트에게 아침 내내 곱지 않은 눈길을 받았다. 완전히 이미지 망치는 순간이었다. 꿀꿀한 기분에 화풀이를 할 겸해서 재수에게 대련을 신청했다.

“에이, 쌍! 원래 운동은 기합이라니까!”

“야! 실전에서 그런 게 무슨 소용이야?”

또 저 말도 안 되는 우기기다.

“한인수 병장, 일단 뽀대가 나잖아.”

“목 떨어진 다음에 뽀대 나면 퍽도 멋있겠다.”

“내 멋진 기합 소리를 질투하는 거야?”

‘저 대책없는 자화자찬은 어디서 나오는 것인지……’

인수는 재수의 뇌를 꺼내보고 싶은 충동을 강하게 느꼈다.

“뭐? 잔소리 말고 덤벼!”

더 이상 듣고 있기에는 인수의 인내력도 한계에 다다르고 있었다.

탁! 탁! 탁!

평소와 다르게 재수는 제법 잘 막고 있었다.

‘어라? 이것 봐라?

인수는 머리를 쳐 오는 검을 피하며 옆으로 움직여서 벼락같이 허리를 노려서 쳤다.

“허리잇!”

퍽! 하는 소리와 함께 제대로 재수의 허리에 가서 맞았다.

“헉! 잠깐! 타임!”

재수는 맞은 허리가 아픈지 맞은 자리를 연신 주물러 대며 인상을 썼다. 하지만 타임 소리에 멈출 인수가 아니었다.

“넌 칼 들고 싸우다가 괴물이 만약에 타임이라고 외치면 봐줄 거냐?”

퍽! 퍽!

인수의 목검이 재수의 온몸을 애무했다.

“악! 타임 몰라? 으악! 탐모! 탐모!”

재수는 주저앉아서 인수의 검을 막으려고 의미없는 손짓을 했지만 그 큰 몸을 가리기에는 재수의 손이 너무 작았다.

인수는 재수의 손이 가리지 못하는 곳만 골라서 때렸다.

"시끄럽다! 빨리 막아라!"

"치사하게 새벽에 그 일 가지고 이러는 거야?"

재수의 날카로운 물음에 인수는 내심 뜨끔했지만 아닌 척 부지런히 손을 놀렸다.

"악! 제발! 으악! 거기는 안 돼! 악!"

현준이가 죽기 전 며칠 동안 배운 기본기만으로 그해 겨울 내내 검을 잡고 휘둘렀다. 기본기만 재탕, 삼탕에 족히 수십 번은 우려먹었다. 많은 시행착오 끝에 제법 실용적으로 보이는 칼질로 변해갔다. 검 손잡이도 전부 양손으로 잡을 수 있게 바꾸었다. 검이 너무 가벼운 것이 흠이었지만 어쨌든 매일같이 최선을 다해 검을 휘둘렀다.

대련을 할 때는 깔깔이에 조끼, 거기에 사슴 가죽으로 만든 외투를 입었다. 사슴 가죽 외투는 책에 나오는 대로 옷을 만들려다 실패한 물건이었다. 그 뻣뻣함이 전화위복이 되어 방어구로서의 새 삶을 살게 된 것이다. 너무 껴입어서 몸이 둔해지기는 했지만 아픈 것보다는 나았다. 대련용 목검은 탄력 있는 나무를 이용해서 만들었다. 회초리 검이라고 이름 지어진 얇게 보이는 목검은 그 생긴 모습만 보고 방심하다가 한 대 맞으면 정신을 잃을 정도였다.

다들 힘이 좋아서 자신의 힘을 적당히 조절하는 것도 힘이

들 정도였다. 무협지에서 나오는 수발의 자유는 아닐지라도 마음먹은 대로 검을 휘두르고 끊어 칠 수 있게끔 노력했다. 그리고 동체 시력을 위해서 무협지에 나오는 떨어지는 빗방울을 세는 것과 비슷한 훈련을 했다. 처음엔 그게 가능할까 하는 의문이 들었지만 꾸준히 연습을 하니 되었다. '사팔눈'이라고 이름 붙인 방법이다.

평범한 인간의 눈은 한 가지에 초점을 맞추면 주변이 보이지 않게 된다. 그것을 꾸준한 훈련을 통해서 한곳에 집중하면서 주변의 정보를 한눈에 받아들이는 훈련이었다. 정보의 확대는 반응 속도로 이어졌고, 움직임이 몰라보게 좋아졌다.

매일 아침마다 이루어지는 단검 투척술은 생존이 걸린 문제였다. 단검을 던져 원 안에 맞추지 못하면 아침을 안 주는 것이다. 처음에는 굶기를 밥 먹듯이 했다. 그리고 어느 순간부터 눈에 독기가 서렸다. 가장 서러운 것이 배고픔이라고 했던가? 어느 정도 적응을 하자 갈수록 표적의 거리도 늘어나고 높이도 제각각으로 변했다. 모두가 인수를 저주했지만 훌륭히 적응하는 인간도 있었다. 특히 재수는 양손을 자유자재로 놀리며 난섬을 던졌다. 인수도 재수한테는 한 수 양보할 수밖에 없었다.

실력이 나날이 발전하자 식량 사정은 더욱 좋아졌고, 점심도 먹을 수 있게 풍요롭게 바뀌었다. 전에는 점심은 꿈도 못

꿀 일이었지만 이제는 당당하게 점심을 먹을 수 있었다. 비록 일인당 훈제 물고기 한 마리가 다였지만. 이렇게 된 원인은 사냥과 덫에 있었다. 나날이 발전하는 사냥 기술에 매일같이 숲을 헤매고 다녔고, 더 이상 거칠 것이 없었다. 하루에 사슴 두 마리를 잡을 때도 있었다. 물론 사냥을 할 때 총이 아닌 석궁을 사용했다. 처음에는 놓칠 경우 부사수가 총을 쏘아 잡기도 했지만 나중에는 부사수마저 석궁으로 사냥을 할 정도였다.

어느 날부터 점심 식사는 내기의 대상이 되었다. 도끼를 던져서 세워놓은 나무를 쓰러뜨리는 내기였다. 나무의 크기가 만만치 않아서 가볍게 던져서는 쓰러지지 않았다. 온 힘을 팔에 담아 던졌을 때에야 비로소 나무가 쓰러졌다. 처음에는 쓰러뜨리는 한 명이 모두 먹는 내기가 되었지만 나중에는 못 쓰러뜨리는 사람 것을 뺏어먹는 내기가 되었다.

어느새 강인한 전사들이 되어가고 있었다.

"산불 감시원은 밤에 추울 때 불을 지펴다."

"그래. 잘 읽었어, ##$@#(케이트). 하지만 지펴다가 아니고 지폈다. 따라 해봐. 지.폈.다."

"지.폈.다."

"잘했어, ##$@#(케이트)."

인수는 케이트의 머리를 쓰다듬어 주었다. 그리고 다음 문장을 손가락으로 가리켰다.

"새벽녀에 그는 하얀 잿더미로 변해서 연기가 맴도는 불여에 잠들어 있었다."

또박또박 초등학생처럼 글을 읽고 있는 사람은 케이트였다. 그런 케이트의 곁에는 인수가 앉아 있었다.

"케이트, 처음에 '녀' 가 아니라 '녘' 이야. 그리고 여……."

"오빠, 너무 어려워."

혀 짧은 소리를 내며 케이트가 귀여운 표정을 지었다.

케이트는 여기 온 뒤로 점점 자신이 어려지는 것 같았다. 아니, 남자를 다루는 방법을 터득하고 있었다. 다섯 명의 남자에게 둘러싸여 생활을 하니 불편한 점도 있었지만 자신에게 잘 보이기 위해 끊임없이 노력하는 남자들을 보면 한편으로 재밌기도 했다. 그리고 그녀가 귀여운 표정을 지을 때면 모두들 양보를 하곤 했다.

인수는 예전처럼 케이트가 지독한 냄새가 나지 않아서 거부감이 들지 않았다. 그렇다고 인수가 이성적으로 사랑을 느끼거나 하는 것은 아니었다. 그냥 남자로서 여자에 대한 본능적인 관심일 뿐이었다. 하지만 선입관이라는 것은 무시할 수가 없었다. 게다가 다섯 명이 한 여자를 두고 아옹다옹하고 싶지도 않았다. 그리고 케이트보다 더 예쁜 여자들이 밖에 널려 있을지도 모른다. 아니, 그렇게 믿고 싶었다. 누가 뭐라 해도 판타지의 꽃은 미소녀 공주가 아니겠는가? 물론 상상이 현실로 구현되지 않는, 결국은 현실만 존재하는 지독한 곳이지만 '오다가다 한 방'이라는 말이 있지 않는가? 결국 그런 가능성을 생각해 볼 때 공주를 아내로 맞이할 수 있는 가능성도 있는 것이다. 물론 동화에 나오는 것처럼 예뻐야 되겠지만. 인수가 케이트를 동생으로만 여기는 작은 이유 중 하나였다. 그래서 노처녀―귀족의 결혼 적령기가 15~16세라고 한다―케이트는 단지 귀여운 동생일 뿐이다.

가끔 저렇게 귀여운 표정을 지으면 깨물어주고 싶다는 생각도 들었다. 그도 남자인 것이다.

"오늘은 그럼 그만 할까?"

"오빠 @$@#$#(아리스 어) 해, 이제."

케이트는 우려와 달리 똑똑했다. 아마 멍청하기까지 했으면 엄청난 구박을 받았을 것이다. 인수는 냄새나고 할 줄 아는 것 없는 멍청한 계집애는 절대 사양이었다. 다섯 명 건사하는 것도 힘든데 능력없는 여자까지 책임지는 것은 지옥이었다. 처음 3개월 동안은 서로 힘들었다. 기본적인 단어를 서로 가르치고 뜻을 정하고, 그림을 그려서 말을 가르치고 배웠다. 그러다 어느 순간 탄력이 붙기 시작했다. 어느 정도 짧은 문장들이 익숙해지자 오로지 아리스 어로만 대화를 하려고 노력했다. 언어는 이 세상에 적응하는 가장 중요한 수단이었다. 처음에는 무척이나 힘들었다. 도신이 같은 경우에는 아예 하루 종일 말을 하지 않을 정도였다. 하지만 그들의 반항은 오래가지 않았다. 재수가 케이트한테 진드기처럼 들러붙어서 열심히 말을 배우자 다른 녀석들도 말을 배우지 않으면 케이트를 빼앗긴다는 위기감에 열심히 배우기 시작했다. 재수의 돌출 행동이 상승효과를 일으킨 것이다. 가끔은 재수도 도움되는 짓을 한다. 자기도 모르는 새에.

포반원들은 열심히 이들의 말과 글을 배워 나갔다. 물론 재수는 부지런히 말을 배워서 처음으로 케이트에게 청혼을 하기도 했지만 깨끗이, 아주 단호하게 거절당했다. 그래도 포기하지 않고 수시로 분위기를 잡고 청혼을 했다. 한번 물면 안 놓는 미친개, 그것이 재수였다. 다른 녀석들도 호시탐탐 기회를 엿보며 청혼을 했지만 케이트의 마음을 얻는 것에는 실패하고 말았다.

인수는 청혼을 하는 대신 말과 글을 배우며 제일 알아내고 싶었던 것들에 대한 정보를 케이트를 통해 조금씩 얻었다. 하지만 그 어떤 단서도 찾아내지 못했다. 왜 이곳에 우리가 왔는지, 우리가 갈 곳이 어딘지 아무것도 알 수가 없었다. 단지 이곳은 우리가 살던 지구가 아니라는 것을 깨달았다. 점점 집으로 돌아가는 희망은 포기 상태로 접어들었다.

인수가 케이트에게 들은 이 세계의 발전상은 참으로 놀라울 뿐이었다.

지구처럼 거창하게 바빌론의 전설 같은 것은 없었다. 바빌론 탑이 무너져서 언어가 제각각이 되었다는 비슷한 신화나 전설도 없었고, 대륙에 사는 모든 사람들이 똑같은 언어인 아리스 어만을 사용한다. 어떻게 보면 편할 수도 있고, 어떻게 보면 정말 다양성이 없는 종족이었다. 대륙에는 많은 왕국과 제국이 나타났다가 사라졌지만 그들이 사용하는 언어는 전부 아리스 어였다. 이걸 어떻게 받아들여야 할지 모르겠다.

케이트가 살던 제나르 왕국은 지배 계층으로 왕과 귀족이 존재했다. 왕국이니 당연히 왕이 있겠지만. 책에서 읽던 판타지의 전형적인 패턴 중 하나인 중세시대랑 비슷했다. 공, 후, 백, 자, 남의 다섯 계급의 귀족들이 존재했으며 그 밑으로 그들을 떠받치는 기사 계급이 있었다.

왕이 거느린 왕국군 외에 영지를 가진 영주들은 사병을 육성할 수 있었으며, 전쟁 시 왕은 영주들의 영지병을 왕국군으로 포함시킬 수 있었다. 영지병은 영지의 규모와 작위에 따라서 달랐는데, 케이트도 자신의 아버지가 몇 명의 병사를 거느리고 있는지는 정확히 몰랐다. 영지의 일에 대해서 케이트가 아는 것은 거의 없었다.

케이트는 평범한 귀족 처녀였고, 그녀가 아는 것들은 대부분 책을 읽거나 가정교사를 통해서였다. 그녀는 여자라는 이유만으로 커리지에 입학할 수 없었다. 귀족 남자 아이들만 수도에 있는 커리지에서 6년간 교육을 받았다. 케이트는 성이 없다고 했다. 그냥 케이트였다. 여자는 결혼을 하게 되면 남편의 성을 쓰게 되어 있었기 때문에 이름으로만 불리는 존재였다. 오로지 결혼한 귀족 여자들만이 성을 쓸 수 있었다.

그리고 그 옛날 꽃을 피운 마법 문명은 점차 끝이 나고 있었다. 지금의 아리스 대륙은 기사의 시대였다. 마법 종족들이 떠나면서 마법은 점차 쇠퇴하기 시작했고, 기사의 검술이 비약적으로 발전하면서 간신히 명맥을 유지하던 마법사들은 기사의 검에 죽어갔다. 마법은 그렇게 퇴보하였다. 수십 년을 익혀서 마법사가 되어도 기사들의 저돌적인 인해전술에는 당할 수가 없었다. 마법사들은 살기 위해 기사들을 피해 은둔했다. 지금에 이르러서는 은둔자의 생활을 하는 수준 낮은 마법사들만이 있을 뿐이었다.

인수가 케이트에게 문화와 생활상을 듣고 이 세계에 대해서 내린 결론 중 하나는 다양성이 없다는 것이다. 다양성이 없으니 정체가 되었고, 오히려 이제는 퇴보하는 수준이었다. 현실에 안주하는 종족에게 미래는 없는 것이다.

이 땅에 신화와 전설의 시대는 끝나고 인간의 시대가 다가오고 있었다.

3

"쉿."

인수의 멈추라는 신호와 함께 도신과 상태는 몸을 낮추며

주위를 경계했다. 아침에 설치해 둔 덫을 보러 가는 길이었
다.

잠시 후 앞에서 오크들의 소리가 들렸다.

인수는 더욱 자세를 낮추고 포복으로 조용히 기어가기 시
작했다. 앞이 잘 보일 만한 곳으로 이동하는 것이 먼저였다.
오크 열 마리가 사슴을 들고 지나가고 있었다. 인수는 직감적
으로 덫에 걸린 사슴이라는 것을 알았다. 아침에 지금 오크들
이 오는 쪽에다 덫을 설치해 둔 것이다. 인수는 조용히 뒷걸
음으로 물러나서 일행이 있는 곳으로 돌아갔다.

오늘 사냥 조는 인수와 도신, 상태였다.

“야, 우리 사슴 뺏겼다. 저놈들 잡자.”

인수는 목소리를 낮추고 말했다.

“몇 마리나 됩니까?”

상태는 약간 걱정이 되었다. 확실히 인수랑 나오게 되면 오
크랑 싸우는 적이 많았다. 재수가 사냥 조를 지휘할 때는 발
각되지 않는 한 싸우지 않았다. 특히 숫자가 많으면 걱정이
된다. 아직까지 당한 사람은 없었지만 눈먼 칼에 잘못 맞기라
도 하면 그대로 죽는 것이다.

인수는 상태를 보고 한 번 웃어주었다. 상태의 마음을 모르
지는 않았다. 하지만 강해져야 한다고 생각했다. 오크와의 싸
움에 겁을 먹는다면 앞으로 있을 사람과의 싸움에서 버티지
못할 것이다. 인수가 느낀 이 땅의 법칙은 적자생존이었다.

대한민국도 적자생존이기는 마찬가지였지만 여기는 펜이 아닌 검으로 이루어진 적자생존이었다. 자신을 지킬 수 있는 것은 오로지 힘이었다. 속담 중에 귀신보다 사람이 더 무섭다는 말을 인수는 분명히 기억하고 있었다. 적의를 불태우며 칼을 휘두르는 오크들이 차라리 나았다. 최소한 웃는 얼굴로 등 뒤에서 칼을 휘두르지는 않을 테니 말이다.

"열 마리. 주위에 다른 놈은 없고, 석궁 가진 녀석도 없더라. 1차, 석궁으로 제압하고, 2차, 도끼 투척 후에 검으로 마무리한다. 질문?"

인수는 거침없이 작전을 설명했다. 사슴을 훔치지 않았더라도 가만두지 않았을 것이다. 기회가 될 때마다 실전 훈련을 겸해서 싸우는 것이다. 요즘 들어서는 일부러 찾아 나서고 싶었다.

"없습니다."

인수는 대답을 들으며 다시 입을 열었다.

"협곡 쪽으로 들어갔으니까 조금 멀리 돌아서 반대편 입구 쪽에서 매복하자. 자, 빨리 움직여."

사이가 안 좋은 이웃 사이인 오크들은 파견대 근처에는 얼씬도 하지 않았다. 첫날부터의 악연 때문에 인수는 항상 오크들을 원수로 여겼다. 많거나 적거나 가리지 않고 오크를 보면 죽이지 않고는 분이 풀리지 않았다.

인수는 이동을 하며 가슴이 두근대는 것을 느꼈다. 벌써 몇 번째인지 모를 정도로 오크들과 싸웠다. 혼자서 일곱 마리를 처리한 적도 있었다. 죽고자 하는 자 살고, 살고자 하는 자 죽는다는 말을 항상 가슴에 새기고 선두에 서서 포반원들을 이끌었다.

반대편 입구로 가는 길은 이미 알고 있었다. 뒤로 물러나서 적당히 거리를 두고 돌았다. 이 지역은 이제 손금 보듯 알고 있었다. 20분을 달려서 반대편 입구 쪽에 위치를 잡았다. 공격의 효율을 위해서 이런 경우에는 미리 약속이 되어 있었다. 석궁을 쏘고 바로 도끼를 던질 때는 앞에서부터 적에게 번호를 매기게 되어 있었다.

이런 경우 계급이 가장 높은 인수가 1번이었고, 상태가 3번이 되는 것이다. 인수의 타격 대상은 1번과 4번이 되는 것이다. 물론 원거리 무기가 적에게 있을 때는 타격 대상도 달라졌다. 이렇게 정하고 나서는 한 녀석에게 두 개의 화살이 꽂히는 경우가 없었다. 불필요한 전력의 낭비가 눈에 띄게 줄었다. 최소의 힘으로 최대의 효과를 내기 위해 공터에 통나무를 세워놓고 전술 훈련을 하기도 했다. 애초부터 괴물들과의 공존은 불가능했다.

5분쯤 기다리자 오크들이 모습을 드러냈다. 일행이 매복한 곳의 지형은 조금 높은 언덕이었다. 완만한 경사를 이루고 적을 내려다보는 지형이라 공격을 하기에는 최적의 조건이다. 오크들의 무장 상태는 별 볼일 없었다. 철제 도끼를 든 녀석은 한 녀석뿐이고, 나머지는 전부 돌로 된 도끼나 나무 몽둥이를 가지고 있었다. 너무나 쉬운 상대였다.

오크들이 5미터 앞까지 다가오자 인수가 망설임없이 왼손을 들어 신호를 보냈다.

쉬이익, 하는 소리와 함께 날아간 세 개의 화살은 정확히 세 마리의 오크를 맞췄다.

이미 인수는 석궁을 내려놓고 앞으로 뛰어나가며 그대로 도끼를 던지고 있었다. 도끼는 정확히 목표로 정한 오크에게 틀어박혔다. 오크는 인수의 도끼에 실린 힘에 의해 뒤로 튕겨 나갔다.

미리 약속된 전술을 정확히 이행하며 여섯 마리의 오크가 눈 깜짝할 새에 쓰러졌다. 남은 오크는 겨우 네 마리였다.

인수는 검을 뽑으며 앞으로 달려나갔다.

순식간에 좌우로 도신과 상태가 검을 뽑으며 따라붙었다.

그때서야 정신을 차린 오크들이 괴성을 질렀지만 인수는 벌써 사선 베기로 첫 번째 오크의 몸을 갈랐다. 잠시 오크의 몸을 가르느라 인수가 멈춘 사이에 좌우에서 상태와 도신이 나머지 오크들을 향해 칼을 휘둘렀다. 엄청난 힘이 실린 상태의 검은 허리를 베며 들어갔고, 도신의 검은 수직으로 그어졌다. 인수는 완전히 잘리지 않아서 껴버린 검을 빼내기 위해 오크를 걸어차고는 그대로 앞으로 찔러서 멍하니 서 있는 마지막 오크의 목을 뚫었다. 다가온 상태와 도신의 검도 약간의 시간 차를 두고 마지막 오크의 가슴에 박혀 들었다. 눈 깜짝할 새에 벌어진 완벽한 전투였다.

"수고들 했다."

인수는 한 호흡에 모든 동작을 마무리 짓고 나서 숨을 내쉬며 호흡을 조절했다. 온몸의 힘을 폭발하듯 터뜨리며 달려든 결과였다. 언제나 전투가 끝난 뒤에는 이런 식으로 안부를 물었다.

"수고하셨습니다."

"수고하셨습니다."

인수는 검을 휘둘러 대충 피를 털어내곤 검집에 검을 꽂았다. 오크의 피는 기름이 많아서 잘 닦아주지 않으면 안 되었다. 오늘 저녁에는 부지런히 검을 닦아야 했다. 이제 뒤처리만 남은 것이다.

"각자 개인 무기 회수하고 숨통을 확실히 끊어주도록."

"예, 알겠습니다."

인수의 말에 각자 개인 도끼와 화살을 회수하고 살아서 움직이는 녀석들에게는 도끼의 묵직함을 느끼게 해주었다.

화살이 상하지 않게 하기 위해 화살이 박힌 부위를 도끼로 찍어서 가르는 것은 별로 유쾌하지 않은 경험이다. 인수는 얼굴에 묻은 녹색 피를 소매로 쓱쓱 문질렀다. 오늘 갈아입은 옷인데 또 빨아야 했다.

철제 도끼를 제외한 나머지 것들은 땅을 파고 묻었다. 오크들이 다시 이용하는 것은 바라지 않았다. 오크의 시체를 한곳에 모은 후에 주위에 개인당 세 개씩 부비트랩을 설치했다. 일종의 경고였다.

인수는 유유히 사슴을 회수해서 돌아왔다.

정문을 지나자 포차 위에서 케이트가 뛰어내리며 인수한테 달려왔다.

"오빠, 수고하셨어요. 또 싸우신 거예요? 다친 곳은 없어요? 빨래, 제가 할까요?"

케이트는 인수의 옷에 묻은 녹색 피를 보며 호들갑을 떨었다.

케이트는 요새 들어 말이 더욱 많아졌다.

인수는 케이트의 인사를 받고 고개를 한 번 까딱였을 뿐이다.

케이트는 그런 인수가 못마땅했다. 자신을 언제나 귀여운 동생 정도로밖에 보지 않는다. 어느 정도 말이 통하고 나서 자신이 인수에게 호감을 나타내었을 때도 무관심으로 일관했다. 실망하는 자신에게 재수가 이런 말을 해주었다. 자신이 냄새나서 싫어하나고. 그 말을 듣고 자존심이 상하기도 했지만 잘 보이고 싶은 마음에 엄청나게 몸을 씻었다.

"케이트, 우리는 안 보이냐?"

도신이가 케이트에게 너무하다는 얼굴로 말했다.

“오빠들도 수고하셨어요.”

마지못해 인사하는 티가 역력히 났다.

“그러게 누울 자리를 보고 다리를 뻗어라, 도신아.”

재수는 케이트에게 자연스럽게 팔을 걸치며 말했다.

케이트는 재수의 팔을 치우며 말했다.

“재수 오빠는 재수없거든요.”

“크크크크!”

“하하하하!”

여기저기서 웃음이 터져 나왔다. 가끔 우리 말의 말장난을 배워서 써먹곤 했다.

“너무해, 케이트!”

재수의 불평에 케이트는 콧방귀를 한 번 뀌고는 인수를 따라서 벙커로 들어가 버렸다.

4

2년의 시간이었다.

그동안 많은 발전과 변화가 있었다. 그런 변화 속에서 생필품이 떨어지고 삶의 질 또한 점점 떨어져 가고 있었다. 이제는 문명과 접촉할 수밖에 없었다.

생활은 조금 퇴보한 경향도 있었다. 휴지는 첫 겨울을 넘기지 못하고 떨어져서 물을 사용해서 뒤처리를 하게 되었다. 그

것은 별로 유쾌하지 않은 기분이었다. 각종 생활용품이 하나
둘씩 떨어져 갔다. 그래도 군복은 튼튼하게 만들어진 덕분에
색이 좀 바래기는 했지만 아직까지는 자신에게 주어진 임무
를 훌륭히 완수하고 있었다. 비누는 떨어져서 잿물을 만들어
서 빨래를 했다. 제법 때가 빠져서 그럭저럭 쓸 만했다. 동물
성 기름으로 비누를 만들려고 했지만 실패했디. 미리를 맞대
고 논의한 결과 가성소다가 수산화나트륨이라는 결론을 얻었
지만 그것뿐이었다. 가성소다를 구할 수가 없는 것이다. 배터
리는 수명을 다해 등잔을 만들어 사용했다. 그 많던 휘발유도
이제는 거의 떨어졌다.

두꺼운 나무 방벽이 목책 자리를 대신했다. 3미터 높이의
방벽을 완성하고 정문에 0000부대 챠리 포대 5포 파견대라고
현판을 달았을 때의 뿌듯함은 이루 말할 수 없었다. 목책 왼
쪽에는 보병 훈련장을 만들었다. 포병 훈련은 이제 중단했다.
포가 더 이상 움직여지지 않았다.

검, 도끼, 단검, 석궁의 네 가지 무기를 다룰 수가 있었다.
오크와의 실전을 통해서 재래식 무기의 사용법을 다듬었다.
제법 전술적으로도 많이 다듬어졌다. 최소한 괴물들한테 쉽
게 주지는 않을 것이나.

이제는 모두들 아리스 어를 제법 능숙하게 할 수가 있었다.
처음에는 1년을 목표로 했지만 솔직히 말을 1년 안에 배운다
는 것이 쉬운 것은 아니었다. 거기다 케이트도 자신의 집에

돌아가는 것을 별로 원하지 않았다. 아버지에 대한 미움은 이제 걷잡을 수 없을 정도였다. 만약 그때 우리가 나타나지 않았다면 케이트는 오크의 뱃속에 들어가 있을 것이다. 케이트는 이제 우리가 엘프디언이 아닌 것을 안다. 그렇지만 우리에게 자신을 도와달라고 했다. 전설의 엘프디언이 되어달라고…….

"난 찬성이야, 한인수 병장!"
케이트의 말이 끝나자마자 재수는 찬성을 하고 나섰다.
인수는 저렇게 눈에 쌍심지를 켤 필요가 있을까 하는 생각이 들었다.
케이트는 20분 동안 열변을 토했다. 자신을 도와달라고. 그 눈물 연기에 다들 홀라당 넘어갔다. 케이트의 말이 끝나고 그녀가 주황색 군용 손수건으로 눈물을 닦았을 때, 대세는 이미 케이트 쪽으로 기울었다는 것을 알았다.
"저도 찬성입니다."
마지막으로 상태까지 찬성했다.
확실히 여자의 눈물은 남자를 영웅으로 만든다.
인수는 그저 사람들이 사는 세상에 나가서 그들 속에 동화되어 조용히 살고 싶을 뿐이었다. 인간다운 삶 정도면 만족했다. 당장 볼펜 하나만 갖다 팔아도 먹고사는 데는 지장이 없을 것 같았다. 큰 모험? 그런 거는 영웅들이나 하는 거고, 인수는 가늘고 길게 벽에 똥칠할 때까지 사는 것이 목표였다.

그래서 케이트가 도와달라고 했을 때 거절했다. 거의 2년 가까이 친남매처럼 지냈지만 우리의 목숨을 걸고 케이트를 돕는 것은 탐탁지 않았다. 너무나 큰 모험이었다. 어쩌면 전장에 설 수도 있었고, 권력 다툼에 휘말릴 수도 있었다. 발을 잘못 딛는 순간 언제 죽는지도 모르고 죽을 수도 있었다.

하지만 이미 케이트를 돕기로 결론이 난 이상 최대한 유리하게 전개시킬 필요가 있었다. 남을 위해서 일하다 개죽음당하기는 싫었다. 인수는 이들을 보호할 의무가 자신에게 있다고 믿었다. 비록 여자에 홀려서 정신이 없지만.

케이트는 찬성 쪽으로 가닥이 잡히자 전부터 생각하고 있었는지 의견을 내놓았다. 어쩌면 케이트야말로 가장 무서운 사람일지 모른다. 케이트가 말한 방법은 호가호위하는 것이었다. 일당백의 전사로 소문난 엘프디언의 이름을 빌려서 남작의 영지 중 한 부분을 차지하자는 것이다. 그러면 그녀는 아버지로부터 자유로울 수 있고, 우리는 우리대로 편하고 풍족하게 생활을 할 수 있는 기반을 잡을 수 있다고 했다. 일견 타당해 보이기는 했다. 이방인의 티가 확실히 나는 우리가 경계를 빚지 않고 이곳에 정착할 수 있는 방법으로는 나쁘지 않았다.

떠날 때 남작이 주었다는 편지에 대해서 재분석에 들어갔다. 남작의 의도를 정확히 간파해서 최대한 얻을 것은 얻고 피해는 줄이자는 의도였다. 하지만 아무리 읽어보아도 남작의 편지에는 구체적으로 어떤 도움을 원하는지에 대해서는 쓰여 있지 않았다. 약속대로 도움을 달라는 이야기만 구렁이 담 넘어가듯 쓰여 있을 뿐이다. 케이트도 기본적인 권력의 구도 정도만을 알고 있을 뿐이라 많은 도움이 되지는 못했다. 그래도 아무것도 모르는 것보다는 나았다.

계획을 짜며 주목한 점은 남작이 왜 1년이라는 시간을 원했는지 하는 것이다. 힘의 구도와 연관이 있을 것이다. 그렇게 생각하니 일이 너무 커졌다. 자신들은 케이트를 포함해서 겨우 여섯 명이다. 아무리 뛰어난 무기를 가지고 있다고 해도 천 명, 만 명을 상대할 수는 없는 것이다. 일단 자신들의 범위를 작은 곳에 한정 지었다. 콜 남작령만 생각하기로 했다.

"재수야, 자냐?"

내일부터 파견대를 폐쇄하기 시작할 것이다. 막상 이곳을 떠난다고 생각하니 인수는 잠이 오지 않았다.

"아니."

재수도 비슷한 것 같았다. 생각없이 사는 녀석 같아도 가끔은 날카로운 면이 있었다.

"우리, 잘할 수 있을까?"

인수는 지금 세워놓은 계획들이 잘 될지 걱정되었다. 많은 논의가 있었고 계획을 세웠지만 결국은 사람을 상대로 하는 일이다. 많은 변수가 있을 것이다. 자신이 제갈공명 같은 인물이 아닌 이상 앞일을 예측하고 행동할 수는 없었다. 그저 그들의 앞에 먹구름만 끼지 않기를 바랄 뿐이었다.

"몰라. 지금보다는 낫겠지."

불편하기도 했을 것이다. 생필품이 하나씩 떨어져 갈 때의 고통은 문명인으로서 엄청난 고통과 충격으로 다가왔다. 거기다 하루도 마음 편히 쉴 수 없는 긴장의 연속도 그렇다.

"걱정된다."

인수는 모든 것이 걱정되었다. 알 수 없는 미지의 것에 대해 느끼는 근원적인 두려움은 언제나 사람을 움츠리게 만든다.

"걱정하지 마. 잘못되더라도 한인수 병장을 원망하는 사람은 없을 테니까. 우리가 원한 거잖아."

인수는 제법 재수가 멋있는 말을 한다고 생각했다. 이래서 이 녀석이 좋은지도 모르겠다.

"그럴까?"

"그래, 지금껏 잘해왔잖아?"

"고맙다."

인수는 재수의 마음을 느낄 수 있었다.

"잘 자, 한인수 병장."

재수의 말을 자장가 삼아 인수는 잠이 들었다.

“포 뒤로 모여.”

“포 뒤로 모여!”

복명복창과 함께 일사불란하게 움직였다.

“포수 번호!”

병훈이 거기 있었다.

“사수!”

현준이 거기 있었다.

“부사수!”

인수가 거기 있었다.

“하나!”

현식이 거기 있었다.

“둘!”

상태가 거기 있었다.

“삼!”

도신이 거기 있었다.

“넷!”

현민이 거기 있었다.

“오!”

준일이 거기 있었다.

“탄!”

운석이 거기 있었다.

“오포 방열 준비 끝!”

“방열 방위각 0000.”

전포대장으로부터 방열 방위각이 하달됐다.

“방열 방위각 0000!”

복명 복창을 하며 포를 향해 포반원들이 뛰어갔다.

“포 들어!”

“으샤!”

다들 그곳에 있었다. 땀과 열정과 함마가 춤추는 그곳에.

파견대 폐쇄는 빠르게 진행되었다. 포차와 화포는 나무로 최대한 은폐를 했다. 제 기능을 하는 것은 없었지만 나중에라도 이런 것들이 알려져서 좋을 것은 없었다. 탄약고와 벙커는 흙으로 입구를 막고 그 위에 다시 나무를 덮었다. 그동안 만들어서 사용한 도구들이 막상 떠나려고 하니 보물처럼 느껴졌다. 하지만 과감히 묻어버렸다. 다들 군장과 개인 장비만을 챙겼다.

그렇게 여섯 명은 0000부대 챠리 포대 오포 파견대 현판을 지나치며 길을 나섰다.

앞일은 아무도 모르는 것이다. 그냥 열심히 살 뿐이다.

‘잘 있어라, 전우들아!’

피를 부르는 노래

"케이트, 이쪽으로 가면 되는 거야?"

인수는 건빵 주머니에서 지도를 꺼내며 말했다.

지도는 2년 전에 케이트를 주우며 덤으로 획득한 물건이었다. 그동안 도움이 될 거 같아서 보물처럼 고이 간직해 온 그 지도를 바탕으로 계획을 짜고 움직이는 중이었다.

무슨 가죽인지는 모르겠지만 가죽에 그려진 지도는 정말 엉망이었다. 발로 그려도 이것보다는 나을 것이다. 축척은 고사하고 방위조차 표시가 되어 있지 않았다. 최신 지도를 가지고도 길을 못 찾아서 헤매는 사람들이 사는 대한민국에서 살다 온 인수에게는 이걸 보고 길을 찾아가는 사람들이 신기할 정도였다.

‘여기는 우리나라의 김정호 선생님 같은 분이 없는 건가?’

영화나 책에서 보면 지도 한 장으로 대륙을 횡단하고 망망 대해를 헤치고 다니며, 그 큰 섬에서 개가 뒷마당에 파묻은 뼈다귀 찾듯 숨겨진 보물을 찾아내고 하던데 그건 다 거짓말인 것 같았다. 영화나 책의 오류가 우리의 생존률을 낮추고 있었다.

“오빠, 잘 모르겠어요. 그때는 마차를 타고 이동했거든요.”

케이트는 도움이 되지 못해서 매우 미안했다. 자신이 여행을 한 것이 2년 전이다. 거기다 초행길이고, 드문드문 마차에서 밖을 내다본 것이 다였다. 케이트도 처음에는 지도가 있어서 쉽게 마을을 찾을 줄 알았다.

인수 일행은 숲을 벗어나서 삼 일이나 걸어서 마을을 찾아다녔지만 단서를 잡지 못했다. 여기가 거기 같고 거기가 여기 같았다.

‘젠장! 이렇게 꼬일 수가 있나?’

인수는 초반부터 이렇게 헤맬 줄은 몰랐다. 숲을 나온 지 삼 일이 지났지만 정확한 방향조차 제대로 잡지 못했다. 숲을 벗어나며 너무 어설프게 방향을 잡은 것이 첫 번째 실수였다. 케이트 말로는 3일만 가면 개척 마을이 나온다고 했는데 개척 마을의 모습은 어디에도 보이지 않았다. 아직도 자신들이 있는 곳이 어딘지 정확한 위치조차 파악할 수 없었다. 두 번째 실수는 지도를 너무 믿은 것이다. 헤매게 된 원인이 어쩌면 지도에 있을지도 몰랐다.

인수는 자신을 책망했다. 처음부터 너무 쉽게 생각했던 것이다. 그동안 숲에 익숙해지고 여러 가지 나름대로 발전이 있어서 능력을 과신했던 것이다. 똥개도 자기 집에서는 50%를 먹고 들어가는데 자신들은 이방인이었다. 시작부터 −50%라는 소리다. 우리의 적은 이 세계의 모든 것들이다. 뭘 믿고 그렇게 자신만만해했을까? 이제부터라도 제대로 해야 했다.

주변에는 듬성듬성 나무들이 자라고, 작은 언덕에는 숲이 자리를 잡고 있었다. 이름 모를 풀들이 무릎 높이까지 자란 초원에는 토끼나 사슴들이 갑자기 나타난 침입자에 놀라서 무리를 지어서 뛰어다니기도 했다. 최소한 굶어 죽을 일은 없을 것이다. 저 멀리 벌판 끝에는 지평선마저 보였다. 씨만 뿌리면 곡식이 무한으로 자랄 것 같았다. 이 정도 땅이면 한국에서 회장님 소리는 들을 텐데 하는 망상을 하며 인수는 물을 마셨다.

물을 마시다가 자연스럽게 하늘을 보니 날씨는 또 왜 이리 좋은 건지. 이런 좋은 날에는 잔디밭에 앉아 막걸리를 마셔야 되는데…… 물은 아직 여유가 있었다. 수통과 일 인당 하나씩 1.5리터 PET병에 물을 담아서 가지고 있었다. 정 모자라면 예전에 만화책에서 봤던 방법을 써볼 생각이었다. 돌을 입에 물어서 침이 많이 생기게 하는 방법도 있었고, 소변을 이

용하는 방법도 있었다. 소변을 이용하는 방법은 약간 지저분
해 보이기는 해도 죽는 것보다는 낫다고 생각했다.

"카아! 물 맛 좋다. 한인수 병장, 너무 조급해하지 마. 계속
가다 보면 뭔가 나오겠지. 지구는 둥글다는 노래도 있잖아?"

"어련하시겠어요."

인수는 재수의 말을 들으며 저 태평함을 배우고 싶었다.

"케이트, 그렇게 미안해할 필요 없어. 우리야 이런 거에 익
숙하니까."

재수는 케이트 앞에서는 말이 많아졌다.

케이트는 재수의 말을 듣고는 환한 웃음으로 답해주었다.
재수의 입이 찢어졌다.

가끔 수색을 나가면 엄한 곳에서 헤매게 하는 사람이 있었
다. 특히 통신반장이 그랬다. 정확한 군사 지도를 보면서도
어디로 가야 될지 갈피를 못 잡았었다. '여기가 아닌가 봐?'
하는 이 말에 우리는 속으로 욕을 삼킬 수밖에 없었다. 포병
의 수색이 다 그렇듯 위험한 지역은 수색을 나가지 않는다.
무슨 수색대도 아닌데 지뢰밭을 헤치고 다닐 일은 절대 없다.
혹시나 지구가 한 다섯 쪽으로 갈라지면 지뢰밭으로 수색을
갈지도 모르겠다. 그래서 통신반장은 길 찾기가 귀찮거나 쉬
운 길을 알고 있으면 항상 이렇게 말했다.

"야! 여기다 판초 우의 깔아봐!"

그리고는 적당히 숨어서 쉰다. 언덕 아래 남의 밭에 자리를

깔고 짬밥 좀 먹은 인간들은 더덕을 찾는다고 숲으로 숨어들고, 아직 짬밥이 덜 찬 인간들은 통신반장의 장난감으로 전락한다. 어리버리한 눈으로 철통같이 망을 보는 것도 포함시켜야겠지만. 한숨 자고 일어나서 적당히 시간을 맞추어 큰길을 따라 부대에 들어가면 무더위 속에서 열심히 수색을 나갔다 온 훌륭한 병사들이 되는 것이다.

지금 인수는 통신반장이 된 기분이었다. 그 무능력한 인솔자를 마음속으로 수십 번 욕했던 적이 있는데 자신이 지금 그 짝이었다.

"자, 마지막으로 두 시간만 더 가자."

인수는 군장을 다시 멨다. 군장은 제법 엄청난 무게를 자랑했다. 뒤에 석궁까지 달아매서 무게가 더 나갔다. 거기다 몸에는 덕지덕지 무기를 지니고 있었다. 적당히 완급 조절을 할 필요가 있었다. 벌써 행군을 시작한 지 15일이 넘었다. 체력 안배를 하기는 했지만 이렇게 목적지가 안 보이면 체력이 급격히 떨어지기 마련이다. 사기는 말할 것도 없다. 자신도 죽을 맛인데 끌려 다니는 다른 사람들은 오죽하겠는가?

"예, 알겠습니다."

상태가 군장을 메고 벌떡 일어나서 길을 나섰다. 선두에 서려는 것 같았다.

"상태야!"

인수는 그런 상태를 부를 수밖에 없었다. 의욕이 너무 앞섰다.

"병장 김상태."

자신을 부르자 그렇게 크지는 않지만 관등성명을 대며 인수를 보았다.

상태도 병장이 된 지 꽤 되었지만 아직도 일병 같은 모습이었다. 편하게 해도 될 텐데 이렇게 행동하는 것이 자기는 편하다고 했다.

모두들 병장이 되었다. 인수는 원래대로라면 중사 정도는 되었겠지만 그냥 병장으로 불리는 것이 좋았다. 육군 오대장성 아닌가? 이등병 때 봤던 멋있고 유능하고 다재다능했던 병장들처럼 되는 것이 인수의 이등병 때 꿈이었다. 지금은 자신도 병장이 되었지만 자신이 그런 병장이 되었다고 확신할 수는 없었다.

"이쪽이다!"

인수는 손가락으로 다른 방향을 지시했다.

"예, 알겠습니다."

"크크크. 한 병장, 상태 무안하겠다. 폼 잡으면서 일어났는데."

재수가 상태에게 팔을 걸치며 말했다.

"아닙니다."

상태는 교과서적으로 대답했다. 어쩌면 저런 모습이 상태만의 매력일지도 모른다. 성실함에 있어서는 그 누구도 따라

오지 못할 정도였다. 농사꾼의 아들이라서 그런 건가? 예전에 인수가 전역하고 무엇을 할까 고민할 적에 장난으로 같이 농사나 짓자고 했을 때 기쁜 표정으로 알았다고 대답했다. 상태는 농사도 재미있다고 했다. 아랫 지방에 큰비가 왔다는 뉴스만 봐도 시골에서 농사를 짓는 부모님을 걱정하는 효자였다.

"내가 힘들어서 그러는데 나 좀 끌고 갈래?"

재수는 매달리듯 상태를 끌어안았다.

"예, 알겠습니다."

상태는 씩씩하게 대답했다.

"에휴, 됐다. 무슨 반항하는 맛이라도 있어야 건드리는데 이 녀석은 맨날 이러냐?"

상태는 이를 드러내며 수줍게 웃었다.

"도신아, 나 좀 업고 갈래?"

재수는 막 군장을 메고 일어서는 도신이에게 시비를 걸었다.

"예, 알겠습니다, 이럴 줄 알았습니까? 저도 병장 24호봉째입니다."

"그러냐? 난 이제 세는 것도 지쳤다. 근데 말이야, 나한테 엉기려면 최소한 병장 30호봉은 되고 엉겨라, 이 핏덩이야."

인수는 말도 안 되는 걸로 티격태격하는 핏덩이들을 보며 한마디 하고 앞으로 걸어갔다.

“에휴! 어린놈들아, 가자.”

2

결국 두 시간이 지난 후에 길을 멈추고 야영 준비를 시작했다. 무릎까지 오는 풀숲이라 대충 풀을 베어내고 가까운 언덕의 작은 숲에서 나뭇가지를 가져와서 불을 피우고 자리를 잡았다. 아무래도 탁 트인 개활지가 주변을 살피는 데 유리할거라는 생각이 들었다. 주변에 개울이 없는 것이 조금 아쉬울뿐이었다. 제법 바쁘게 움직여서 그런지 저녁을 먹고 나서도해가 지지 않았다.

대지를 붉게 물들이며 해는 그렇게 넘어갔다. 얼마 후 해가비운 자리에 별들이 하나둘 모습을 드러냈다. 오늘은 그믐인지 달은 뜨지 않았다. 그래서 별들이 더욱 밝게 빛나는지도모르겠다.

모닥불의 탁탁거리는 소리와 풀벌레 우는 소리들이 어우러지며 아름다운 밤을 연출했다.

“케이트, 우리 노래나 할까?”

인수는 무릎을 끌어안고 모닥불을 하염없이 바라보고 있는 케이트에게 말을 걸었다. 요즘 은근히 케이트가 매력적으로 보였다.

“그럴까요?”

케이트가 반색을 했다.

인수가 이렇게 나오는 일은 흔치 않았다.

"그래, 오랜만에 너의 노래가 듣고 싶어."

인수는 분위기에 취해서 그렇게 말했다.

"맞다. 케이트, 너의 노래를 들려줘."

"와! 언니! 불러줘! 불러줘!"

케이트의 긍정적인 답이 나오자 박수를 치고 휘파람을 불며 순식간에 열광의 도가니로 변했다.

인수는 노래를 그다지 좋아하지 않지만 여자 가수는 좋아했다. 가요 프로그램이라도 하는 날이면 언제나 '다 비켜!'를 외치며 텔레비전 앞으로 다이빙을 하곤 했다. 그런 인수가 듣기에도 케이트의 노래는 듣기가 좋았다.

"잠깐만요. 오빠들은 맨날 저만 노래시키고, 이번엔 오빠들이 먼저 노래하세요. 인수 오빠도 꼭 해야만 저는 노래할 거예요."

인수는 케이트의 선언에 등에서 땀이 났다.

인수가 세상에서 제일 무서워하는 것이 하나 있었는데, 그것이 노래였다. 오죽하면 노래방 가는 것을 싫어하겠는가? 이등병 시절에는 노래 때문에 고생도 많이 했다. 그래도 꿋꿋이 노래를 하지 않았다. 아니, 하지 않은 것이 아니라 아는 노래가 없어서 못한 것이다. 그래서 짬밥을 먹고 좋아한 것 중에 하나가 노래시키는 사람이 없다는 것이었다.

근데 지금 인수를 쳐다보는 이 눈초리들은 뭔가? 노래를 안 하면 인수한테 달려들 기세였다. 흉흉하게 빛나는 눈빛들을 보며 인수는 긴장했다.

"케, 케이트, 나도 해야 돼?"

인수의 목소리는 떨리고 있었다.

"예, 꼭 하셔야 돼요."

케이트는 힘주어 말했다. 꼭 듣고야 말겠다는 의지가 보였다.

"한인수 병장, 그냥 해라."

재수는 인수가 노래 못하는 것을 알고 있었다. 이것은 하늘이 주신 기회라고 생각했다. 요즘 들어 케이트가 더욱 적극적으로 인수한테 다가가는 것 같아서 불만이었기 때문이다.

"너도 알잖아. 나, 노래 못하는 거."

인수는 눈에 힘을 주며 말했다.

"그래도 미녀가 시키는데 해야 하지 않습니까? 저도 하겠습니다."

도신이가 거들고 나섰다.

인수는 자신의 귀를 의심했다. 극심한 스트레스에 환청이 들리고 있었다. 인수가 알기로 도신이도 죽어라 노래를 안 하는 인간이다. 아니, 노래를 한 적이 없는 것 같았다. 그런 녀석이 무슨 생각으로 저런 말을 하는지 이해가 가지 않았다.

"미녀는 무슨, 그냥 자. 없던 일로 하자."

인수는 뒤로 벌러덩 누워버렸다. 급할 때는 역시 계급으로 누르는 것이 최고였다.

"한 병장, 정말 이럴 거야?"

재수의 목소리에 가시가 돋쳤다.

"어라? 그러다 정말 덤비겠다?"

인수는 빨리 이 순간이 넘어가길 바랐다. 잘못하면 노래 한 곡 들으려다 망신만 당할 판이다.

"최소한 재는 뿌리지 말아야지. 사람이 그러면 안 돼."

이제는 비난까지 하고 있었다. 인수는 자신이 무슨 파렴치한 짓을 저지른 범죄자가 된 기분이 들었다.

'고작 노래 안 했다고 이렇게 사람을 몰아붙이나?

"싫은 건 할 수 없는 거다."

인수는 목에 칼이 들어와도 안 할 생각이었다.

순간 인수의 시야에 별 대신 케이트의 얼굴이 나타났다. 반짝이는 금발을 등으로 자연스럽게 넘기는 모습에 인수는 가슴이 두근거렸다.

"오빠, 그냥 아무 노래나 하나 해줘요."

인수는 기분이 묘했다.

"나 정말 노래 못하는데……."

"괜찮아요. 절대 웃지 않을게요."

인수는 케이트의 진지한 표정에 마음이 움직였다. 마음 한 구석에서 해볼까 하는 생각이 들었다.

"그래, 하나 해라. 케이트가 나한테 그렇게 부탁했으면 난 천번 만번이라도 했겠다."

재수가 더욱 바람을 잡았다.

"그럼 한번 해볼까?"

인수는 그냥 마지못해 하는 인상을 주기 위해 운을 띄웠다. 케이트의 눈빛에 마음이 흔들리는 건 어쩔 수 없었다.

"진작 그렇게 하지 그랬어? 그럼 일단 밑에서부터 한번 해보지."

재수는 그렇게 말하며 상태의 얼굴을 쳐다봤다.

상태는 케이트를 한 번 쳐다보고는 노래를 시작했다. 상태의 18번인 보라빛 향기였다.

그대 모습은 보랏빛처럼 살며시 다가왔지.
예쁜 두 눈엔 향기가 어려 잊을 수가 없었네⋯⋯.

박수를 치고 코러스를 넣기도 하며 분위기가 점점 달아오르기 시작했다.

인수도 기쁜 마음으로 박수를 쳤다. 길을 잃어서 답답한 마음이 좀 가시는 것 같았다.

다음 차례인 상식이는 군용 마크가 아직도 선명한 숟가락까지 뽑아 들었다.

미안해.
니가 싫어졌어.
우리 이만 헤어져……

　인수는 상식이의 노래를 들으며 기가 죽었다. 상식이가 노래를 좀 하는 건 알았지만 저런 노래를 부를 줄은 몰랐다. 노래를 별로 좋아하지 않는 인수였지만 최고 유행가 중 하나인 저 노래를 모를 리가 없었다. 저 녀석은 밥만 먹고 노래만 했나 하는 생각이 들었다. 그래도 인수에게 아직 희망은 있었다.
　인수의 희망을 한 몸에 받으며 도신이가 조용히 일어났다.

처음이라 그래.
며칠 뒤엔 괜찮아져.
그 생각만으로,
벌써 일 년이……

　도신이가 부른 노래는 한참 유행하고 있던 브라운 X이즈의 벌써 일 년이었다. 얼굴 없는 가수라고 소문이 났고, 도대체 가수가 어떻게 생겼을까 말이 많았다. 부대에서의 인기도 폭발적이었다. 인수도 그 뮤직 비디오가 너무 마음에 들어서 음악 방송을 할 때면 열을 내면서 보곤 했다. 하지만 이것은 아니다. 어떻게 저 마당쇠 같은 얼굴과 이 노래가 매치가 되는 것인지, 인수에게 이것은 지옥이었다.

케이트의 박수를 받으며 자리에 앉는 도신이의 얼굴이 약간 상기되어 있었다. 하지만 얼굴에는 뿌듯함이 묻어났다.

'도신이 너마저 나를 버리는구나.'

인수는 이게 바로 무협지에서 말하는 3할은 숨긴다는 것인가 하는 쓸데없는 말이 생각났다. 결국 비장의 한 수가 있었던 것이다.

이제 재수의 차례였다. 재수의 18번은 언제나 똑같았다. 김현X의 내 사랑 내 곁에. 감정을 듬뿍 담아서 하는 녀석의 노래는 마이크 좀 잡아봤다는 생각이 들게 했다.

나의 모든 사랑이~
떠나가는 날이~
당신의 그 웃음 뒤에서~
함께하는데…….

재수의 열창에도 불구하고 인수는 박수를 칠 수가 없었다. 이건 완전히 자기 무덤을 판 격이었다. 이제 와서 안 하자니 말이 많을 것이다. 자신이 한 말은 꼭 지키겠다고 평소 생각해 왔는데 자신이 좀 불리하다고 '난 안 해'라고 말할 수가 없었다. 인수는 이들에게 언제나 모범이 되고 싶었다. 내가 하기 싫다고 안 하면 녀석들 중에 누군가도 나중에 그런 마음을 가지게 될 것이다.

"웃으면 다 죽는다."

인수는 이를 악물었다. 자신이 노래를 안 하는 건 음치인 이유도 있었고, 평소에 노래에 관심이 없어서 가사를 아는 노래가 없었기 때문이다. 이 노래를 빼놓곤.

해 저문 소양강에 황혼이 지면~
외로운 갈대밭에 슬피 우는 두견새야~
열여덟 딸기 같은 어린 내 순정~
너마저 몰라주면 나는 나는 어쩌나~
아~ 그리워서 애만 태우는 소양강 처녀~

인수는 두 눈을 질끈 감고 끝까지 다 불렀다. 인수가 부른 노래는 누구나 한 번쯤은 불러봤을 노래였다. 수학여행 중에 버스에서 울려 퍼지던 그 노래. 소양강 처녀의 그 애절함. 인수가 학교를 다니던 그 당시만 해도 인기있는 노래 중 하나였다. 인수의 노래가 끝났지만 누구도 호응을 하거나 박수를 치지 않았다.

인수는 눈을 뜰 수가 없었다. 아마 자신의 얼굴은 벌겋게 변했을 것이다. 이 분위기를 어떻게 수습할 것인가에 대해서 인수는 잠시 고민했다. 구세주의 말이 들리기 전에는.

“오빠, 고마워요.”

인수는 케이트의 목소리에 눈을 떴다. 비웃는 느낌은 없었다. 아니, 그렇게 믿고 싶었다.

케이트가 인수를 보며 밝게 웃고 있었다.

인수는 왠지 뿌듯하고 가슴속에서 자신감이 솟아났다. 재수의 얼굴을 보니 똥 씹은 표정이었다.

“제가 오빠들을 위해서 부를게요.”

케이트는 인수 때문에 발생한 어색한 분위기를 만회라도 하듯이 조용히 일어나서 노래를 시작했다.

당신은 모르실 거야~
얼마나 사랑했는지~
당신은 모르실 거야~
얼마나 사랑했는지~
세월이 흘러가면은~
그때서 뉘우칠 거야······.

혜X이 씨의 노래를 리메이크한 핑X의 ‘당신은 모르실 거야’ 였다. 이런 최신 곡을 가르쳐 주다니 어떤 녀석인지 기특했다. 왠지 꼭 우리들이 살던 곳으로 돌아간 것 같았다. 물론 노래를 부르는 사람이 네 명이 아니라 한 명이지만.

케이트는 부끄러운지 두 눈을 꼭 감고 노래를 하고 있었는데, 인수의 눈에는 그 모습이 너무나 예쁘게 보였다.

케이트의 노래가 끝났으나 모두들 말이 없었다. 모두가 얼굴을 붉히고 케이트를 감동의 눈길로 쳐다보고 있었다. 박수를 칠 생각조차 못하고 있었다.

케이트는 두 눈을 꼭 감고 그렇게 서 있었다. 언제까지나 그렇게 서 있을 것만 같았다. 인수는 케이트를 올려다보며 야릇한 기분을 느꼈다. 꼭 자신을 위해서 노래를 불러준 것 같다는 즐거운 상상을 했다. 그때,

푹!

인수의 얼굴에 피가 튀었다.

"케이트!"

3

"엎드려!"

지난 2년의 시간이 무색할 정도였다. 인수는 쓰러지는 케이트를 잡아줄 틈도 없었다. 모닥불 쪽으로 안 쓰러진 것이 그나마 다행이랄까? 본능적인 두려움에 다들 제 한 몸 챙기기에 바빴다. 인수는 엎드려서 잠시 기다렸지만 적의 다른 움직임은 없었다.

인수는 엎어져 있는 케이트에게 다가갔다. 케이트는 움직

임이 없었다. 이미 죽은 것은 아닐까 하는 생각이 들었다. 머리 쪽은 붉은 피가 벌써 바닥을 적시고 있었다. 쓰러질 때 바닥에 머리를 부딪친 것 같았다. 등 뒤에 길게 뻗어 있는 화살대 때문에 어쩔 수 없이 케이트의 몸을 옆으로 세웠다. 죽은 것인지, 아니면 기절을 한 것인지 움직이지 않았다. 쓰러진 케이트의 오른쪽 어깨에는 화살이 관통해서 삐죽이 화살촉을 내밀고 있었다. 피가 어깨 부위를 적시고 있었다. 역시 이마는 돌에 부딪쳐서 찢어졌는지 피가 흘러내리고 있었다. 인수는 케이트의 이마를 오른손으로 급히 눌렀다. 주위는 언제 시끄러웠는지 모를 정도로 정적만이 흘렀다.

인수는 처참한 케이트의 모습을 보며 덜컥 무서운 생각이 들었다.

기습을 하는 것과 당하는 것은 역시 천지 차이였다. 인수는 더러운 기분에 몸을 떨었다. 주위를 둘러보니 다들 꼼짝을 안 하고 있었다. 재수는 정신을 차렸는지 마침 주위를 둘러보고 있었다. 인수가 손짓으로 재수를 부르자 재수가 케이트의 곁으로 기어왔다.

"케, 케이트, 죽었어?"

재수의 목소리는 떨리고 있었다. 충격이 큰 것 같았다.

인수는 재수의 말에 정신을 가다듬고는 케이트의 코에 왼손을 대어보았다. 숨을 쉬는 것도 같고 안 쉬는 것도 같고 해서 다시 가슴에 귀를 대보려다가 말았다. 화살 때문에 똑바로 눕힐 수가 없었기 때문이다. 목에다 손을 대어보니 뛰는지 안 뛰는지 잘 알 수가 없었다. 좀 더 힘을 주어 목을 누르자 맥박이 느껴졌다. 안도감이 들었다. 인수는 그제야 왼손으로 주머니를 더듬어서 어렵게 손수건을 꺼냈다. 손으로는 지혈이 안 될 것 같았다. 재빨리 손을 바꾸며 손수건으로 눌렀다.

재수는 울 것 같은 얼굴이었다.

"재수없는 얼굴 하지 마라. 죽지는 않았다. 곧 죽을지도 모르겠지만."

인수는 믿어지지가 않았다. 꼭 남의 일 같았다. 잘 놀다가 화살을 맞는다? 2년 전과 변한 것이 하나도 없었다. 당황하고 무서워하는 우리들의 모습도 변한 것이 없었다.

"재수야, 이마 좀 지혈하고 있어. 상황 좀 살펴볼 테니까."

케이트가 죽어가고 있었지만 지금 이 상황에서 판단을 잘 못하면 전우들이 죽을 수도 있었다. 케이트도 중요하지만 인수에게는 이 녀석들이 더 중요했다.

인수는 화살이 날아온 곳으로 짐작되는 부분을 유심히 바라보았지만 풀에 시야가 가렸다. 적은 어두운 곳에 숨어 있고 우리는 환하게 드러나 있다.

인수는 총을 집이 들고 기어서 조금씩 앞으로 나갔다. 누구의 군장인지 모르겠지만 살며시 세우며 그 뒤로 몸을 숨겼다. 퍽! 소리와 함께 군장 상단에 화살이 틀어박혔다. 정확히 쏘는 것으로 보아 실력이 상당히 좋은 것 같았다.

인수가 둘러보니 다들 죽은 듯이 숨을 죽이고 있었다. 그동안 오크와의 싸움으로 자신감을 얻었다고 생각했는데 예기치 못한 이런 기습에 많이 놀란 것 같았다. 외관상 다친 것처럼 보이는 사람은 없었다.

"혹시 다친 사람?"

대답이 없었다. 둘 중 하나였다. 다친 사람이 없거나 죽었거나.

적은 아마도 10미터 이상의 거리에 있는 것이 분명했다. 아니, 그렇게 믿고 싶었다. 안쪽이라면 우리가 움직이는 순간 정확히 화살이 날아와 죽을 것이다. 아까 분명히 깡통 경보기를 설치해 두었는데 소리를 못 들었다. 이럴 경우 두 가지였다. 한 가지는 우리가 너무 시끄럽게 노느라 미처 몰랐던 것이고, 두 번째는 적은 최소한 괴물들은 아니라는 것이다. 괴물들은 본능에 충실하기 때문에 이것저것 따지지 않았다.

깡통 경보기의 높이는 넘어서기에는 조금 껄끄러운 높이에 설치해 둔 것이다. 그리고 오크 같은 괴물이라면 케이트가 맞아서 쓰러지는 것과 동시에 소리를 지르며 달려들었을 것이다. 하지만 후속 공격이라고 해봤자 조금 전에 군장에 박힌 화살이 다였다. 어쩌면 우리보다 인원이 더 적을지도 몰랐다. 화살이 한 발씩 날아온 걸로 봐서 적은 그리 많지 않을 것이다.

인수는 천천히 군장 옆으로 고개를 내밀었다. 화살은 날아

오지 않았다. 적이 아직도 저기 어두운 풀숲 어딘가에 있는
지, 아니면 장소를 옮겼는지 짐작조차 가지 않았다. 그렇게
어두운 곳을 인수는 계속 주시했다.

정확히 얼마 동안을 그렇게 주시하고 있었는지 모르겠지
만 저 멀리 풀이 움직이는 듯했다. 인수는 자신의 무장 상태
를 살펴보았다. 발목에 있는 단검과 허벅지에 있는 손도끼,
그리고 손에는 총을 들고 있었다. 검은 아까 저녁을 먹으며
불편해서 군장 옆에 풀어두었다.

적도 지금 인수처럼 기회를 엿보고 있는지도 몰랐다.

대충 거리는 한 20미터 정도 될까?

인수는 뒤로 고개도 돌리지 않고 조용히 물었다.

"케이트는?"

"숨은 쉬는 것 같은데 모르겠어. 어깨 쪽에서 피가 너무 많
이 나."

재수의 목소리에는 다급함과 울음이 섞여 있었다.

"징징거리지 말고 손으로 막기라도 해봐."

이대로 있을 수는 없었다.

인수는 군장 뒤에 몸을 숨기고 도신이가 있는 곳으로 조금
씩 움직였다. 언제 다시 화살이 날아올지 몰랐다. 천천히 은
밀하게 움직인 덕분에 화살은 더 이상 날아오지 않았고, 인수
는 도신이의 머리를 한 대 쳤다. 엎드려 있던 도신이가 그때
서야 얼굴을 들었다.

"야! 언제까지 처박고 있을 거야? 일단 저것들을 빨리 처리
해야 케이트가 살 수 있다."

인수는 턱으로 앞을 가리키며 말했다.

도신이의 눈빛에 힘이 좀 들어가는 것 같았다.

"정신 좀 차렸냐?"

"예, 정신 차렸습니다."

도신이의 목소리에도 힘이 들어갔다.

"좋아. 내가 잠시 후에 저 녀석들 이목을 집중시킬 테니까
총으로 네가 날 엄호하는 거야. 저곳을 잘 보고 있다가 수상
한 움직임이 있으면 그곳을 향해서 사격을 해. 한 번만 엄호
해. 나머지는 내가 알아서 할 테니."

"예, 알겠습니다."

"내가 신호하면 시작이다."

인수는 군장에서 석궁을 풀어냈다. 이 정도 크기라면 충분
히 적을 혼란스럽게 할 수 있을 것이다. 공격은 성동격서라고
했다. 인수는 숨을 골랐다. 단숨에 오른쪽으로 석궁을 던져서
시선을 끌어 모은 후에 왼쪽 대각선으로 치고 들어가서 옆에
서부터 칠 생각이었다. 운이 좋으면 도신이의 총에 적을 잡을
수도 있었다.

"자, 간다."

인수는 석궁을 오른쪽으로 수풀이 흔들리게 던졌다. 바닥
에 깔리듯 날아간 석궁은 요란한 소리와 함께 풀을 흔들리게

만들었다. 인수는 마음속으로 셋을 세며 허리를 굽힌 채 왼쪽 대각선으로 뛰어나갔다. 화살이 날아오는 소리가 들리는 것 같았다.

탕! 탕!

정적을 깨며 등 뒤에서 도신이의 총소리가 들리기 시작했다. 기분 나쁘게 풀이 인수의 발목을 잡는 것 같았다.

북! 탱! 탱!

'젠장!'

인수는 중심을 잃고 앞으로 엎어졌다. 급하게 뛰느라 미처 깡통 경보기의 검은 통신선을 발견하지 못한 것이다. 겨우 10미터 정도밖에 오지 못했는데 움직임을 멈추어야 했다. 적은 이미 인수의 움직임을 파악했을지도 몰랐다.

도신의 총소리는 어느새 멈추어 있었다.

이제는 인수 혼자 움직여야 했다.

인수는 가만히 고개를 들어보았다. 적이 있을 것으로 추정되는 곳에 별다른 움직임은 보이지 않았다. 가만히 노려보고만 있을 수는 없었다. 빨리 처리하고 케이트를 살펴야 했다.

낮은 포복으로 조용히 움직였다. 최대한 풀이 움직이지 않게 해야 했다.

쉬이익.

인수의 얼굴 바로 옆에 화살이 날아와 박혔다. 이미 적은 인수의 움직임을 알고 있었다.

"이야야야야!"

인수는 소리를 지르며 뛰쳐나갔다. 은밀하게 어쩌고 하다가는 화살에 죽을 판이었다.

인수의 시야에 3미터 앞에 웅크리고 있던 물체가 일어서는 것이 보였다. 인수는 그대로 달려들어 어깨로 물체를 들이받았다. 둔탁한 소리와 함께 달려드는 인수의 힘을 이기지 못한 물체는 뒤로 자빠졌다. 물체가 비명을 질렀지만 개의치 않았다.

"죽어! 죽어!"

인수는 얼른 올라타서 소총으로 물체의 목을 눌렀다. 숨이 막히는지 캑캑거리는 소리를 내며 손으로 인수를 밀어내려고 했다. 인수는 왼 팔꿈치로 소총을 누르며 발목에서 단검을 꺼내서 물체의 옆구리를 사정없이 찔렀다. 인수에게 깔린 물체가 몇 번 움찔하더니 인수를 밀어내려던 손에서 힘이 빠지는 걸 느꼈다. 인수는 갑자기 긴장이 풀리는 걸 느꼈다.

멀지 않은 곳에서 물체 두 개가 이쪽으로 소리를 지르며 뛰어오고 있었다. 분명히 아리스 어였다. 손에서 반짝이는 것은 칼 같은 무기가 분명해 보였다. 인수는 급히 소총을 집어 들었다. 오는 방향으로 봤을 때 아까 인수가 던진 석궁에 현혹돼서 그쪽으로 간 것 같았다. 케이트와 같은 제나르 인일지도 모른다는 생각이 잠시 들었지만 안심할 수는 없었다. 어떤 괴물들은 아리스 어를 한다고 케이트에게 들은 기억이 났다. 그리고 일행을 공격한 이상 모두 적인 것이다.

탕!

비명 소리와 함께 두 개의 물체가 풀숲으로 모습을 감추었다. 맞았는지 확신할 수는 없었지만 인수는 물체가 엎드린 쪽을 겨냥하며 뛰어갔다.

인수가 뛰어가서 보니 총에 맞은 것 같지는 않았다. 두 개의 물체는 풀숲에 머리를 박은 채 웅크리고 있었다. 심문을 하는 데 두 명은 필요없었다. 인수는 꼼짝도 안 하고 있는 물체의 머리로 짐작되는 곳을 발로 차버렸다. 비명을 지르며 물체가 나가떨어졌다. 한 방에 기절한 것 같았다.

"움직이지 마!"

인수가 그렇게 말했는 데도 불구하고 웅크리고 있던 다른 물체가 머리를 들었다. 이에 인수는 사정없이 등을 발로 밟았다.

"움직이지 말라고 했지! 움직이지 마!"

몇 번을 발로 밟자 신음 소리만 흘릴 뿐 감히 반항을 하지 못했다.

"내가 하는 말에 대답만 해!"

"살려주세요."

"내가 묻는 말에 대답만 하라고 했지!"

인수의 발이 다시 무자비하게 등을 밟았다. 신음 소리만 흘릴 뿐 조용해졌다. 말을 하는 것을 보니 진짜 인간 같았다.

“너희들, 제나르 인인가?”

“예.”

역시 약발이 제대로 들어갔는지 고분고분해져 있었다. 그렇게 쳐 맞고 거짓말은 하지 못할 것이다.

“몇 명이야?”

“세 명입니다.”

“왜 공격했지?”

“몬스터인 줄 알았습니다.”

“웃기고 있네.”

인수의 발이 사정없이 등을 밟아버렸다. 물체가 죽는소리를 냈다.

“야! 끝났다! 사도신, 김상식, 일루 튀어와!”

인수가 손을 흔들며 외치자 멀리 모닥불이 보이는 곳에서 도신이와 상식이로 판단되는 물체가 뛰어오는 것이 보였다.

“여기 두 명이랑 저쪽에 보면 하나 더 있다. 모닥불 가로 끌고 와. 반항하면 쳐 죽여.”

인수는 그렇게 말하고 모닥불로 뛰어갔다. 위험은 제거된 거 같았다.

‘케이트, 벌써 죽지는 않았겠지?’

4

인수가 모닥불 가로 뛰어왔을 때 재수와 상태는 케이트를 돌보느라 정신이 없었다.

"하아! 하아!"

케이트가 가쁜 숨을 몰아쉬고 있었다. 얼굴이 창백한 것이 벌써 피를 많이 흘린 것 같았다. 이마는 이미 지혈을 시켰는지 싸매져 있었고, 정신을 차린 것이 그나마 다행이었다.

"상태가 어때?"

물어보나마나 한 질문이었다.

상태가 조용히 고개를 저었다.

인수는 케이트의 머리맡에 주저앉았다. 재수는 화살로 관통된 양쪽을 수건으로 누르고 있었다. 필사적인 얼굴이었다.

"한인수 병장, 케이트 좀 살려줘! 제발!"

재수가 울먹이며 말했다. 인수는 재수가 케이트를 이 정도로 좋아했나 싶었다.

"조용히 해. 죽긴 누가 죽어?"

인수는 고개를 숙이고 케이트의 얼굴을 바라보았다. 케이트는 고통에 얼굴을 찡그리며 숨을 몰아쉬고 있었다. 눈도 반쯤은 풀려 있었다.

"하아! 오빠! 하아! 저……."

"케이트, 말하지 마!"

인수는 케이트가 말을 하지 못하게 했다. 더 이상 말을 하면 죽어버릴 것 같았다.

“케이트, 내가 고쳐 줄 테니까 걱정하지 마.”

인수는 말은 그렇게 했지만 어떻게 해야 될지 감이 잡히지 않았다. 일단 화살을 뽑아야 될 것 같기는 했다. 하지만 저렇게 박혀 있는 물건을 함부로 뽑으면 대량 출혈로 죽을 수도 있었다. 의학 상식이 없는 인수도 그 정도는 알았다.

‘빨리 해야 된다. 곧 처치를 하지 못하면 그대로 죽어버릴 것이다. 인수야, 생각을 하자, 생각을!’

케이트가 예전에 자신을 도와주었듯 자신도 케이트를 도와주고 싶었다. 인수는 자신을 다그쳤다. 갑자기 옛날 중학교 때 본 영화가 생각났다. 람보 3에서 보면 스탤론이 화살 관통상을 치료할 때 화약으로 상처를 지지는 장면이 기억났다. 한 번 그런 생각이 나자 꼬리를 물고 또 다른 것들이 생각났다. 보물섬에서도 그런 비슷한 내용이 있었던 것 같았다. 물이 없는 곳에서는 불에 달군 인두로 지져서 외과적 처치를 한다고 본 것 같았다. 그리고 예전 초창기 의사들은 상처를 인두로 지지는 걸로 시술을 했다는 이야기를 들은 것 같았다. 케이트의 몸에 보기 흉한 흉터가 생기겠지만 지금은 그런 것을 따질 때가 아니었다.

“아아! 하아! 하아!”

케이트가 더 심하게 숨을 몰아쉬었다.

“상태야, 내 군장 주머니에서 반합 가지고 와. 수건도 좀 가져오고.”

"케이트, 미안하다."

그렇게 말하며 인수는 케이트의 목을 눌렀다.

"뭐, 뭐 하는 거야?"

재수가 당황해서 말했다.

"조용히 해. 살리려고 하는 거니까."

거칠게 숨을 내쉬던 케이트는 이내 조용해졌다. 인수는 예전에 들은 방법대로 기절을 시킨 것이다.

"뭐 하는 거야? 설마……?"

재수가 소리를 질렀다.

인수는 재수의 멱살을 잡고는 눈을 들여다보며 말했다.

"살리고 싶으면 가만히 있어. 설명할 시간도 아까우니까. 정신 똑바로 차리고 지혈이나 해."

사실 인수도 자신이 없었다. 진짜로 그런 방법이 통할지는 알 수 없었다. 그냥 마지막이다 생각하고 최선을 다할 뿐이었다. 어차피 케이트가 죽을 거라면 최선을 다해야만 후회가 없을 것이다. 재수가 나중에 자신에게 욕을 하고 원망을 해도 지금 이 순간 그런 것은 상관없었다.

인수는 재수의 멱살을 풀어주며 등 쪽으로 앉았다. 이제부터 시간 싸움인 것이다. 상태가 반합과 수건을 가지고 왔다. 인수는 재수의 발목에서 단검을 뽑았다.

"이거, 모닥불에 올려놔."

상태는 인수의 지시에 지체없이 모닥불에 단검을 올려놓

았다.

"자, 이제부터 시작한다. 내가 시키는 대로 해. 모든 원망은 내가 들을 테니까."

인수는 등 쪽의 화살대를 잡고 부러뜨렸다. 화살촉이 삼각형 모양이라서 화살을 빼내기 위해서는 어쩔 수가 없었다.

"재수야, 지혈 그만 하고 손 놔."

재수는 아까 멱살을 한 번 잡혀서 그런지 지체없이 인수가 시키는 대로 했다. 어렴풋이 살릴 수 있는 사람은 인수뿐이라고 느끼고 있는지도 몰랐다.

인수는 화살촉 부분을 수건으로 감싸서 잡은 후에 다른 한 손은 등 쪽에서 밀며 화살을 잡아 뽑았다. 보는 사람으로 하여금 눈살을 찌푸리게 하는 장면이었다. 이내 화살이 붉게 물든 몸을 드러냈다. 인수의 손은 망설임이 없었다. 인수는 재빨리 케이트의 상체를 일으켜 세운 후에 옷을 벗겼다. 이제부터가 중요했다. 재수의 도움을 받아 군복을 벗기고 국방색 군용 내의를 잡아 뜯었다. 찌익 하는 소리와 함께 내의는 별다른 저항 없이 찢어졌다. 야릇한 기분은 들지 않았다. 가슴은 케이트가 만들었는지 브래지어 비슷한 하얀색 천으로 가려져 있었고, 벌써 한쪽이 붉게 물들어 있었다. 보기 흉하게 찢어진 상처에서 피가 뿜어져 나왔다.

"수건."

인수는 상태한테 수건을 받아서 앞뒤로 꼭 눌렀다.

"눌러!"

재수는 얼른 인수가 누르던 대로 양쪽으로 잡아서 눌렀다.

인수는 반합 뚜껑을 열고 안에서 내용물을 꺼내 천에 싸여 있는 물건을 조심스럽게 꺼냈다. 그것은 장약이었다. 인수는 케이트를 눕히고 지포 라이터를 꺼냈다. 수건을 치운 후에 장약 가루를 상처에 골고루 뿌리고 재빨리 불을 붙었다. 장약은 쉬이익, 하는 소리와 함께 불꽃과 연기를 토해내며 케이트의 상처 위에서 타오르며 덤으로 살 타는 냄새까지 선사했다.

"꺄아아아아악!"

케이트가 고통에 깼는지 소리를 지르며 몸부림을 쳤다. 인수는 재빨리 자신의 왼팔을 입에 물렸다.

"상태야, 다리 잡아!"

인수의 말이 끝나기가 무섭게 상태가 케이트의 다리를 잡았다. 케이트가 어찌나 꽉 깨물었는지 인수는 고통에 소리를 지르고 싶을 정도였다. 케이트는 이내 몸부림을 멈추고 축 늘어졌다. 다시 기절한 것 같았다. 인수는 조심스럽게 케이트의 입에서 팔을 뺐다. 얼마나 힘껏 깨물었는지 케이트의 선명한 이빨 자국과 따끈따끈한 피가 흐르고 있었다. 인수는 통증이 심했지만 그런 걸로 지체할 수가 없었다.

이제 마무리만 남았다. 인수는 수건으로 손잡이를 감싸서 단검을 주워 들었다. 조금 전에 장약으로 지져서 그런지 상처에서 피가 흐르지는 않았지만 정말 피가 멈추었는지 알 수가 없었다. 인수는 달궈진 단검을 케이트의 어깨에 대었다. 살 타는 냄새가 진동을 하고 케이트가 다시 몸부림을 쳤지만 이 번에는 수건을 물리고 다리와 팔을 잡아서 괜찮았다. 인수는 케이트의 몸을 뒤집어서 등에도 똑같은 방법으로 지졌다. 케 이트가 조용해지자 인수는 팔을 놓아주며 상태에게 말했다. 숨을 확인해 보니 기절만 했을 뿐 죽지는 않았다.

"자리 하나 만들어."

인수는 케이트의 찢어진 내의 조각을 들어서 피가 흐르는 왼팔을 대충 싸매며 일어섰다. 아직 할 일이 남았다.

도신이와 상식이가 놀란 토끼 눈을 하고 케이트를 쳐다보 고 있었다. 그 뒤에는 세 명의 남자가 있었다. 두 명은 앉아 있고 한 명은 누워 있었다. 밝은 곳에서 보니 확실히 백인의 얼굴을 한 사람이었다.

"한인수 병장님, 둘은 괜찮고 한 명은 죽었습니다."

인수가 다가가자 도신이가 보고를 했다. 인수는 고개를 끄 덕이며 두 명을 바라보았다. 둘은 손이 뒤로 묶여 있었다. 한 명은 처음에 얼굴을 채인 놈인지 코피를 흘리며 눈 주위가 엉 망으로 변해 있었다. 다른 한 녀석은 등을 밟힌 녀석인지 얼 굴은 멀쩡해 보였다.

얼굴이 멀쩡한 녀석이 인수가 다가가자 몸을 떨며 말했다.

"살려주십시오."

"내가 묻는 말에만 대답하라고 했지!"

인수는 별로 이들과 말을 하고 싶지 않았다. 인수의 기세에 기가 질렸는지 사내가 고개를 푹 숙였다. 인수는 도신이의 단검을 뽑아 들었다.

"살 수 있는 기회를 주겠다. 외상약이 있나?"

"제, 제가 있습니다."

인수의 말이 끝나기가 무섭게 말을 더듬으며 얼굴이 멀쩡한 사내가 대답했다. 그의 목소리에서 삶의 욕구가 느껴졌다.

인수는 그자의 손을 풀어주었다. 남자는 자신의 허리에 있는 작은 가방에서 주머니를 꺼냈다.

"이것을 바르면 됩니다."

인수는 그것을 낚아채고 돌아서며 말했다.

"저 여자가 죽으면 너희도 죽는다."

5

인수는 약을 가지고 와서 정성을 다해 케이트의 상처에 발랐다. 주머니에 들어 있는 약은 고약 같은 것이었다. 향기롭지 않은 냄새 때문에 그렇게 믿음은 가지 않지만 이거라도 바를 수밖에 없었다. 뻘간약이라노 있었으면 했지만 약이 떨어진 것은 꽤 오래 전이었다. 인수는 이마에 난 상처에도 약을 바르고 깨끗한 천으로 다시 싸맸다. 이제 인수가 할 수 있는 것은 전부 했다. 이제 케이트의 생명력을 믿는 수밖에 없었다.

"한인수 병장, 케이트는 괜찮을까?"

재수의 목소리는 아까보다 차분해져 있었다.

"몰라. 잘못되면 날 원망해라."

"무슨 소리야. 한인수 병장이 없었으면 벌써 죽었을지도 몰라. 아까는 정말 미안했어."

"됐다. 저런 엉터리 시술에 목숨을 걸어야 하는 케이트가 불쌍할 뿐이다."

어쩌면 인체 내부에서는 출혈이 계속되고 있을지도 몰랐다. 인수는 그냥 예전에 듣고 본 내용을 따라 했을 뿐이다. 그런 것이 얼마나 위험한지 인수는 이곳에서 느꼈다. 이곳은 죽은 지식과 살아 있는 지식의 차이를 확실히 느끼게 해주었다.

인수는 아까 케이트가 깨문 왼팔을 다시 풀었다. 피는 멈추어 있었지만 이빨 자국은 평생 갈 것 같았다. 인수는 자신의 팔에 외상약을 정성스럽게 발랐다. 그리고 상처를 다시 묶었다.

"케이트 간호 좀 해라."

인수는 몸을 일으키며 말했다.

"알았어. 걱정 말고 한인수 병장도 좀 쉬어."

"일 좀 보고."

인수는 다시 포로들에게 다가갔다. 아까 풀어주었던 포로의 손은 다시 묶여 있었다.

"도신이하고 상식이는 좀 쉬어라, 내가 이제부터 애들을 맡을 테니."

"저희가 하겠습니다."

"예, 저희가 번갈아 가면서 지키겠습니다."

"아니야. 내가 애들하고 이야기 좀 하고 싶어서 그래. 가서 쉬어."

"예, 알겠습니다."

인수는 두 명의 포로를 바라보며 최대한 인상을 찡그렸다. 인수의 그런 표정에 겁을 먹은 것 같았다.

"묻는 말에 대답만 해. 만약 시키지도 않은 말을 하면 가만두지 않겠다."

인수는 최대한 목소리를 깔면서 말했다. 그리고는 그들 뒤에 누워 있는 시체로 다가갔다. 인수의 단검이 허리에 깊숙이 박혀 있었다. 인수는 시체를 보는 순간 욕지기가 치밀어 올랐지만 그것을 억지로 내리눌렀다. 외모만 다를 뿐 붉은 피를 가진 똑같은 인간이다.

지금의 기분은 전우들이 죽었을 때하고는 또 달랐다. 죽은 시체는 똑같지만 이 시체는 자신의 손에 의해 이렇게 된 것이다. 지금이라도 벌떡 일어나서 억울하다고 자신에게 달려들 것 같았다. 죽은 인간의 몸에서 나는 피 냄새는 적응이 되지 않는 것 같았다. 인수는 최대한 이를 악물며 자연스럽게 자신의 대검을 시체의 허리에서 뽑아 죽은 시체의 옷에 몇 번 문지른 후에 발목에 다시 찼다. 그리고는 표정 관리를 한 후 돌아보며 말했다.

"죽고 싶으면 덤벼라. 언제든 죽여줄 테니까."

인수의 협박이 통했는지 두 포로는 고개를 숙이고 부들부들 떨었다.

인수는 시체의 발을 잡고 조금 멀리 떨어진 풀숲으로 질질 끌고 갔다. 어느 정도 거리가 벌어지자 더 이상 참을 수가 없었다. 인수는 재빨리 머리를 숙이고 토하기 시작했다. 소리도 크게 낼 수가 없었다. 못할 짓이다. 시체와 단둘이 있자 더욱 무서웠다.

'이게 뭐 하는 짓인가.'

시원한 바람이 한줄기 불어왔다. 인수는 마음을 진정시키며 시체의 허리에 손을 뻗었다. 피가 이미 굳기 시작한 것 같았다. 상처를 벌리고 손에 잔뜩 피를 묻혔다. 그리고는 피 묻은 손을 입 주위에 문질렀다. 나약함을 감추기에는 완벽했다.

인수가 다시 모닥불로 돌아왔을 때의 모습은 정말 끔찍해 보였다. 양손은 붉은 피로 물들어 있었고 입 주위에도 피가 묻어 있었다. 공포, 그 자체였다. 꼭 인육을 먹은 것처럼 보였다.

인수의 모습을 보고 포반원들도 하나같이 놀라는 모습이었다. 분장은 제대로 된 것 같았다. 인수가 두 명의 포로를 지

그시 내려다보자 둘 다 겁에 질려서 오줌을 싸버렸다. 인수는
그 냄새에 인상을 쓰며 말했다.

"질기더군."

"우웩! 우웩!"

둘 다 토하느라 정신이 없었다.

인수는 한동안 그 모습을 물끄러미 쳐다보다 입을 열었디.

"이제 대충하지, 물어보고 싶은 것들이 많으니."

그들은 입을 틀어막으며 억지로 욕지기를 참으려고 했다.
인수는 그 모습에 쓴웃음을 지었다.

"너희들은 뭐냐?"

인수는 얼굴이 멀쩡한 사람을 손가락으로 가리키며 말했
다. 인수에게 지적을 당하자 그는 움찔하며 대답했다. 몸으로
체득시켜 준 교훈과 조금 전의 공포를 벌써 잊지는 않은 모양
이었다. 잊었으면 인수는 많이 서운했을 것이다.

"사, 사냥꾼입니다."

"사냥꾼? 그런데 왜 우리를 공격했지?"

인수가 대답을 듣고 그들의 모습을 살펴보니 정말 사냥꾼
처럼 보이기는 했다. 그들이 입고 있는 옷은 전부 가죽으로
되어 있었다. 거기나 얼굴을 보니 선량해 보이기까지 했다.

"사, 사람을 현혹시키는 몬스터인 줄 알았습니다. 그것은
사람의 노래가 아니었습니다."

인수가 가만히 생각해 보니 케이트에게 그런 괴물이 있다

고 들은 적이 있었다.

'노래로 사람을 현혹해서 잡아먹는다고 했던가? 그랬던 것인가? 한국말로 노래를 부른 것이 잘못이었던가?'

인수는 그랬을 수도 있겠다는 생각이 들었다. 생소한 복장과 알아들을 수 없는 노래라면 그렇게 생각할 수도 있겠다는 생각이 들었다. 미지의 것에 대한 공포는 누구나 똑같은 것이다. 우리가 느꼈던 이질적인 것에 대한 공포를 이들도 똑같이 느꼈던 것이다.

"저 여자를 쏜 사람은 누구지?"

인수는 뒤를 가리키며 말했다.

"주, 죽은 라스가 그랬습니다."

인수는 이 말이 진실일까 잠시 뜸을 들이며 생각해 보았다. 죽은 사람은 말이 없는 법이다. 지금 눈앞에 있는 두 명 중 한 명이 쏘고 죽은 자에게 떠넘길 수도 있는 것이다. 인수는 얼굴이 엉망인 사내를 가만히 쳐다보았다. 인수의 눈빛을 받자 남자는 진짜라는 눈빛을 마구 보냈다. 그 모습이 너무나 간절해 보여서 일단 케이트의 문제는 잠시 보류하기로 했다. 아직 더 급한 것들이 많았다.

"마을이 여기서 가까운가?"

케이트를 살리기 위해서는 치료사한테 보여야 했다. 인수의 엉터리 시술은 어쩔 수 없는 상황에서 행한 최후의 수단이었다.

“하, 하루 거리에 있습니다.”

절대 가까운 거리는 아니었다. 삶의 갈림길에 있는 케이트에게는 지옥일 것이다. 생각했던 것보다 훨씬 더 멀리서 헤매고 있었다.

“마을에 치료사가 있나?”

“어, 없습니다.”

마을에 간다고 해도 케이트를 살릴 수 있는 확률이 희박해 보였다. 그러나 아직 포기할 수는 없었다.

“치료사가 있는 가장 가까운 마을은 어느 정도 거리에 있나?”

“마을에서 이, 이틀 거리에 베리 마을이 있습니다.”

일단은 이들이 사는 마을까지 케이트를 옮긴 후에 치료사를 데려와야 했다.

“너희 마을 이름은?”

“뉴베리입니다.”

인수가 찾던 그 개척 마을이었다. 마을만 제대로 찾았어도 이렇게 되지는 않았을 것이다.

“사람은 몇 명이나 되지?”

“칠십여 가구가 삽니다. 정확한 인원은 잘 모릅니다.”

인수가 생각한 것보다 큰 마을이었다. 이 정도 마을이라면 관리나 정식 경비병도 있을 것이다.

“마을은 누가 관리하나?”

“여, 영주님이 파견한 그릴이란 사람이 합니다.”

“기사인가?”

“겨, 경비병 출신이라고 들었습니다.”

인수가 생각하기에도 아무리 기사가 넘쳐흘러도 무슨 애들 이름도 아니니 이런 오지에 있을 리가 없었다. 기사가 아니라면 케이트를 모를지도 몰랐다.

“경비병은 몇 명인가?”

“여, 여덟 명입니다.”

인수는 경비병에 대해 생각해 보았다. 설사 안 좋게 풀리더라도 그 정도 숫자는 충분히 상대할 수 있을 것이다.

“자경대 같은 것이 있나?”

인수가 보던 판타지 소설에 보면 잘 나오는 것이 바로 자경대였다. 제법 무력을 갖춘 존재였고, 경비병의 숫자가 적거나 없을 때는 이들이 마을의 경비를 책임지고는 했다.

“자, 자경대는 없습니다.”

인수는 남자의 말을 들으며 고개를 끄덕였다. 변변한 무기는 없다는 이야기였다. 아니, 있었다.

“사냥꾼은 몇 명이나 되지?”

“여, 열다섯 명입니다.”

“오늘 하나가 죽었으니 열네 명이겠군.”

“옛? 예.”

남자는 인수의 말에 깜짝 놀라서 고개를 들었다가 다시 고개를 푹 숙이며 대답했다.

확실히 사냥꾼은 변수였다. 숫자도 그렇고, 원거리 무기인 활을 대비해야 했다. 오늘처럼 기습을 받게 되면 몰살을 당할 것이다.

"이번에 사냥을 나온 인원은 모두 몇 명인가?"

"세, 세 명씩 열두 명이 나왔고, 나머지 세 명이 마을에 남아 있습니다."

"보통 며칠 정도 사냥을 하지?"

"하, 한번 나오면 오 일 정도 합니다."

"사냥 나온 지 오늘로 며칠째인가?"

"오, 오늘 아침에 나왔습니다."

만약에 일이 잘 안 풀릴 경우 마을에서 상대할 인물은 관리 한 명, 경비병 여덟 명에 사냥꾼이 세 명이란 결론이었다. 기선 제압을 하게 되면 쉬울 것이지만 못하게 되면 어려울 것이다.

"우리가 누굴 것 같은가?"

"모, 모르겠습니다."

"우리 땅에서 몰래 사냥을 하면서 모른다?"

"예?"

인수는 웃으며 남자에게 얼굴을 들이밀었다.

"헉! 에, 에, 에, 엘프디언?"

인수는 긍정도 부정도 하지 않고 그냥 웃었다. 이들에게 우리의 존재를 알릴 필요가 있지만 굳이 우리 입으로 떠드는 것보다 우리가 엘프디언이라고 자발적으로 믿게 만들면 효과가 더 클 것이다.

인수는 누워서 계속 몸을 뒤척였다. 인수는 내일 케이트가 정신을 차리든 그렇지 못하든 간에 일단은 마을로 옮길 생각이었다. 빠르게 마을까지 이동하려면 잠을 자며 힘을 비축해야 하지만 잠이 오지 않았다. 오늘 자신이 한 행동은 도대체 누굴 위한 행동이었을까 곰곰이 생각해 보았다. 케이트를 위한 것인지, 포반원들을 위한 것인지, 아니면 자신을 위한 것인지. 자신이 살기 위해 사람을 죽였다. 비록 확실히 보이지는 않았다고 해도 한순간 사람일지도 모른다고 생각했었던 것 같기도 하다. 알면서 사람을 죽였다고 생각하니 자신이 무슨 괴물이 되어가는 것 같았다. 희생자는 녹색 피를 가진 괴물들과는 달랐다. 인수가 케이트를 보며 느낀 건 인종만 다른 똑같은 사람이라는 것이다. 이 문제에 대해서 인수는 자유로울 수가 없었다. 군인의 위치에서 생각해 보았다.

'만약 전쟁이 난다면 나라를 지키기 위해 적을 죽여야 된다. 그런데 정말 죽일 수 있었을까?'

포병의 특성상 수백 명을 안 보고 죽일 수도 있었다. 안 보이니 명령대로만 움직인다면 할 수 있을 것이다. 죄책감도 없을지 몰랐다. 하지만 눈앞에 적이 있다면 과연 쏠 수 있을까?

자신과 똑같이 피와 살로 이루어진 인간을 말이다. 정당방위라는 것으로 포장을 해서 자신의 머리를 이해시킬 수 있었다. 하지만 터질 것 같은 가슴과 떨리는 손은 여전히 이해를 못하고 있었다.

"휴우."

인수는 답답한 마음에 길게 한숨을 쉬었다.

"안 자?"

재수의 목소리가 들렸다.

"잠이 오지 않네. 케이트는 괜찮냐?"

인수는 차라리 잘되었다고 생각했다. 고민에 빠지는 것은 너무나 배부른 짓이었다. 차라리 재수랑 이야기라도 하면서 그 생각을 떨쳐 버리고 싶었다.

"모르겠어."

"재수야, 내가 대신 봐줄까? 피곤하잖아."

재수는 밤새도록 자신이 케이트를 간호하겠다고 자청했다. 인수가 내일 아침 계획에 대해서 말을 하고 조금 쉬어야 된다고 했지만 자기가 쓰러져 죽더라도 간호를 하겠다고 했다.

"아니야. 괜찮아."

"그렇게 케이트가 좋냐?"

인수는 재수에게 질문을 하며 생각해 보았다. 자신은 케이트를 어떻게 생각하는 걸까? 그냥 단순히 본능적인 성적 끌림이었는지, 아니면 케이트를 사랑하는지. 사랑, 웃겼다. 인수는 대학 1학년 때 짝사랑하던 선배에게 용기를 내어 고백하였지만 지독하게 차인 이후로 여자를 믿지 않았다.

"응, 좋아."

재수는 무척이나 단순하고 쉽게 대답했다. 어쩌면 저런 단순한 마음이 사랑의 마음일지도 몰랐다. 케이트를 덮치려다 인수에게 맞기도 했지만 그런 저돌적이고 무식한 표현이 어쩌면 재수의 사랑 방식인지도 모른다고 오늘만큼은 합리화를 시켜주고 싶었다. 물론 용서받을 수 없는 짐승 같은 녀석이지만.

"한인수 병장."

"왜?"

인수는 긴장했다. 재수의 목소리가 은근했다. 꼭 케이트를 좋아하냐고 물어볼 것만 같았다. 그럴 경우에는 어떻게 대답을 해야 할지 모범 답안을 생각해 봤다. 그러나 딱히 어떻게 대답해야 될지 생각해 낼 수가 없었다. 인수도 지금 자신의 마음을 확실히 몰랐다.

"그거 진짜야?"

인수의 예상과 다르게 재수는 어떤 걸 의미하는지 모를 질문을 했다.

"뭐가?"

"그거?"

인수는 '그거' 가 무엇일까 생각해 보았다. 그리고 이내 재수가 저렇게 어렵게 이야기할 것이 무엇인지 알 수 있었다. 거기에 대답하고 싶은 마음이 없었다.

"그거가 뭔데?"

인수는 그냥 시치미를 뗐다. 재수의 말을 들으니 아까 그렇게까지 할 필요가 있었나 하는 생각이 갑자기 들었다. 자신이 생각해도 심하다고 생각하는 인육 퍼포먼스는 소기의 목적을 달성했고, 우리가 살 수 있다면 더한 짓도 하리라 마음먹었다.

자신의 나약함을 감추며 사냥꾼들에게 공포감을 확실히 심어주었고, 이들은 눈으로 본 것보다 더욱 부풀려서 소문을 내줄 것이다. 전설처럼 엘프디언은 포악하며 인육을 먹으니 조심해야 된다고 말이다. 소문이란 원래 그런 것이다. 목적대로 소문만 난다면 그 누구도 함부로 경거망동하지 못할 것이다. 그리고 케이트가 설사 죽더라도 엘프디언이라고 믿어줄 것이다.

인수는 포반원들의 부모이자 형이라고 생각했다. 이들로부터 비난을 받고 오해를 받더라도 이들을 위해서라면 기꺼이 감수할 수 있었다.

"한인수 병장."

한참을 말이 없던 재수가 다시 목소리를 깔았다.

"엉."

"고마워."

밑도 끝도 없이 재수는 그렇게 말했다.

"미친놈. 난 자야겠다. 내가 분명히 말하는데, 내일 길에서 처지면 버리고 갈 거니 알아서 해라."

그냥 흘러가는 대로 맡기는 수밖에 없었다.

케이트는 아침이 되어서야 잠시 정신을 차렸다가 다시 잠에 빠져들었다. 밤새 고열에 시달리며 식은땀을 흘렸다. 생사의 갈림길이었다. 당분간 이동은 절대 불가능해 보였지만 다른 방법이 없었다. 움직이지 않고 여기서 죽는 것보다 조금이라도 살 수 있는 기회가 있다면 움직여야 했다.

케이트를 옮기기 위해 포단을 이용해서 들것을 만들었다.

무리한 이동이 상태를 더욱 악화시킬 수도 있었지만 오히려 기회가 될 수도 있었다. 인수는 케이트를 위해서, 그리고 우리를 위해서 기회를 만들고 싶었다. 단지 말이 다르다는 이유로 선량하게 보이는 사냥꾼으로부터 화살을 맞아야 했다.

어제의 사건으로 문명과의 접촉에서 완충 지대 역할을 해줄 존재가 반드시 필요하다는 것을 느꼈다. 그리고 자신이 그동안 너무 안일하게 생각하였다는 것을 느꼈다. 좋은 꿈속에 숨어 있었다는 것이 맞았다. 처음 인수가 생각한 것처럼 웃으며 이들에게 다가가면 자연스럽게 친구로 받아들여져 살 수 있을 줄 알았다. 케이트의 도움이 그렇게 절실하게 느껴지지도 않았다. 다만 모두들 케이트를 좋아하고 도와주자는 이야기가 있었기에 이왕 그렇게 하려면 조금 더 유리한 쪽으로 생각했을 뿐이다. 하지만 이들이 느끼는 거부감은 자신들이 이곳에 처음 와서 느꼈던 것과 똑같은 것 같았다. 그래서 지금 이 순간 케이트의 존재가 더욱 크게 느껴졌다. 살릴 수만 있다면 무슨 짓을 해서라도 살려야 했다. 케이트가 죽는다면 엘프디언이라는 것으로 어느 정도 버티어 나갈 수는 있을 것이다. 하지만 이들과 영원히 섞이지는 못할 것이다.

인수는 날이 밝아오기가 무섭게 행군 준비를 했다. 어제 죽은 사냥꾼을 매장해 주는 것이 도리겠지만 거기에 신경 쓸 여유가 없었다. 평소와 다르게 배불리 아침을 먹었다. 빈속에 움직이면 얼마 가지도 못할 것이다. 게다가 점심은 먹지 않을 생각이었다. 인수는 사냥꾼들도 배불리 먹였다. 이들은 써먹을 곳이 있었다. 마을까지의 길잡이와 달리는 구급차로서의 역할이었다.

인수는 사냥꾼 두 명에게 들것을 들도록 명령했다. 그리고 그들의 손을 들것에 묶어버렸다. 마지막으로 진심에서 우러나온 약간의 충고를 잊지 않았다.

"만약 이동하면서 여자의 입에서 신음 소리가 나오면 너희들 입에서 신음 소리가 나올 것이며, 여자의 입에서 비명이 나오면 너희들 입에서 비명이 나올 것이다. 여자의 몸이 흔들리면 너희들의 내장이 흔들릴 것이고, 들것을 떨어뜨린다면 너희들의 몸뚱어리가 절벽에서 떨어질 것이다. 절대 있어서는 안 되겠지만 이동 중에 여자가 죽는다면 너희들은 물론 너희들의 가족까지 죽을 것이다. 너희들이 사는 방법은 오직 한 가지밖에 없다. 여자가 무사히 아무 일 없이 마을에 도착해서 살아나는 것이다. 출발!"

뉴베리의 총성

부지런히 걷고 있는 일행의 눈앞에 황금 들판이 나타났다. 감탄이 절로 나오는 아름다운 광경이었다. 인수는 빵은 자주 먹었지만 밀밭을 보기는 태어나서 처음이었다. 밀밭의 주위로는 경계를 구분하기 위해서 나무 울타리가 길게 이어지고 있었다. 인수는 이곳의 주식이 밀이라는 것을 케이트에게 들어 알고 있었다.

밀밭 사이에는 이 세세에 와서 처음으로 보는 사람이 만든 길이라는 것이 일행을 반겨주었다. 길은 군용 트럭이 지나갈 수 있을 정도로 넓었다. 바닥도 제법 관리가 잘되어 있어 마차가 지나다녔는지 바퀴 자국이 나 있었지만 보기 흉하게 파인 지형은 없었다.

"자세가 흐트러진다! 똑바로 안 들어!"

재수가 버럭 소리를 질렀다. 그러자 두 명의 사냥꾼은 쓰러질 것 같은 얼굴을 하면서도 다시 자세를 잡았다. 재수는 들것 옆에 바짝 붙어 움직이며 케이트의 상태를 끊임없이 살폈다. 모르는 사람이 본다면 남편으로 오해할 것 같았다.

일행은 거의 뛰는 듯한 움직임을 보여주며 대부분 잘 따라주고 있었다. 인수도 이마에 땀이 줄줄 흘렀지만 지금 멈추어서 쉰다면 더 이상 가지 못할 것 같았다. 어떻게 해서든지 마을에 가서 쉬어야 했다.

"들것이 흔들리잖아! 손에 힘을 줘라! 숟가락 놓게 하는 수가 있다!"

사냥꾼들의 팔뚝에 눈에 보일 정도로 힘이 들어갔다. 재수는 끊임없이 사냥꾼들을 격려했다. 인수는 그런 재수의 정신력에 놀랄 뿐이었다. 한숨도 안 자고, 거기다 들것에 신경을 쓰면서 행군을 하는 것은 보통 힘든 일이 아닐 것이다. 평소의 재수라면 벌써 쓰러져서 때려죽여도 못 간다고 해도 이상할 것이 없을 정도였다. 사랑의 힘은 위대했다.

"얼마나 남았지?"

인수가 사냥꾼에게 보조를 맞추며 물었다.

"허억! 앞으로 조금만! 허억! 가면 됩니다! 허억!"

디즈라는 이름의 사냥꾼은 숨이 턱까지 차 있었지만 인수의 물음에 친절하게 대답해 주었다. 확실히 공포라는 것은 효과가 좋은 것 같았다.

인수는 시간이 날 때마다 이들에게 정보를 모았다. 앞에서 들것을 들고 가는 얼굴이 멀쩡한 갈색 머리의 남자가 디즈였다. 그 뒤에서 들것을 들고 있는, 한쪽 눈이 보기 흉하게 부어서 사물이 보이지 않을 정도로 된 금발의 남자가 커크였다.

"그래? 끝까지 운이 좋기를 바란다, 디즈."

비꼬는 말같이 들리기도 했지만 인수의 바람이 담겨 있는 말이었다. 케이트가 사는 것이 모두에게 좋을 것이다. 만약 죽는 사태가 발생한다면 인수는 둘째 치고 재수가 무슨 짓을 저지를지 몰랐다.

"한인수 병장님, 왼쪽에서 누군가가 뛰어갑니다."

상태의 말을 듣고 인수가 왼쪽 편을 보니 정말 사람 한 명이 길도 없는 밀밭을 급히 뛰어가고 있었다. 거리는 대략 200미터 정도였다.

"잡을까?"

재수의 말에 인수는 잠시 생각해 보았다. 저 사람이 뛰어가서 알리는 것과 총을 쏴서 알리지 못하게 하는 것과의 차이를 생각해 보았다.

"생포할 수 있겠나?"

총을 쏴서 잡더라도 마을이 가깝다면 총소리 때문에 오히려 역효과가 날지도 몰랐다. 생소한 총소리는 저들에게 경계

심만 부추겨서 선제 공격을 받을 수도 있는 문제였다. 한 손이 열 손을 절대 당하지 못하는 법이다. 지금 저 사람을 잡으려고 한다면 생포하는 방법뿐이 없을 것 같았다. 하지만 거리상 생포는 절대 불가능해 보였다. 일행은 행군으로 지쳐 있었다.

“총으로 쏘지, 뭐.”

역시 단순하게 대답하는 재수였다.

“됐다. 생포를 못할 바에야 그냥 놔두는 것이 낫지. 최소한 사냥꾼 두 명이 우리랑 같이 있다는 것은 가서 알려줄 거야. 그럼 함부로 활을 쏘지는 못하겠지. 그나저나 진짜 빠르네.”

벌써 거리가 상당히 벌어졌다. 이미 유효 사거리 밖으로 벗어난 듯했다. 갑자기 나타난 걸로 보아 가까운 곳에 숨어서 보고 있었을지도 모른다는 생각이 들었다. 그렇다면 들것을 들고 있는 사냥꾼을 알아보지 않았을까 하는 생각이 들었다. 사냥꾼들의 복장은 우리와는 한눈에 구별되었다.

확실히 가죽 다루는 솜씨는 어설프게 흉내나 내는 우리보다는 나은 것 같았다. 우리가 만든 옷은 차마 버릴 수가 없어 결국에는 검술 대련용 방어구 정도의 옷밖에 되지 못했지만, 이들이 입고 있는 것은 일상복이니 얼마나 무두질을 잘하면 저렇게 입을 수 있게 만들까 하는 감탄이 절로 나올 정도였다. 이것이 전문가와 비전문가의 차이가 아닐까?

“활을 쏘지 않았으면 좋겠는데……..”

　재수는 몸서리를 쳤다. 어젯밤에 있었던 케이트의 참상이 떠오른 것 같았다.

　"안심하지 마라. 그냥 내 생각이 그렇다는 거니까."

　인수의 생각은 그냥 가정일 뿐이었다. 저 사람이 사냥꾼들이 있는지 확인을 못했다면 기습 공격을 당할 수도 있었다.

　인수가 생각하기에 저 사람은 죽이라 뛰어가서 수상한 무리들이 영원의 숲 방향에서 나타났다고 경비병에게 알릴 것이고, 우리가 도착할 즈음에는 온 마을이 만반의 준비를 하고 기다리고 있을 것이다. 최소한 마을에 사는 사냥꾼들이 우리와 함께 있다는 것을 같이 보고를 했으면 했다.

　"케이트는 어떠냐?"

　인수의 말에 재수는 손을 뻗어서 케이트의 코에 잠시 손을 대었다.

　"숨은 있는데 깨어나지를 못하네."

　"혼수상태 같은 거 아니냐?"

　인수의 머리 속으로 별별 생각이 다 스쳐 지나갔다. 무리한 치료에 무리한 행군이었다. 어느 것 하나 케이트에게 도움이 될 것 같은 행동은 없었다. 2차 세균 감염 같은 것이 일어나고 있을지도 몰랐다. 케이트의 상태는 호전되어 가는 것처럼은 보이지 않았다.

　"모르겠어. 일단 치료사부터 데려와야지."

　재수도 속이 타는 것은 마찬가지였다.

지금 당장 케이트가 깨어나서 고통을 호소해도 문제였다. 당장 진통제는 고사하고 열을 내리게 도와줄 해열제조차 없는 상황이다. 더구나 여기서 멈출 수는 없었다. 이미 칼은 뽑혔다.

작은 언덕을 넘어서자 마을이 보이기 시작했다. 하루 거리를 새벽에 출발해서 반나절 만에 주파한 것이다. 마을은 듣던 것보다 훨씬 커 보였다. 꽤 많은 숫자의 집이 옹기종기 모여 있었다. 꼭 우리나라의 초가집을 보는 것 같았다. 아마도 초가집과 비슷하게 밀짚을 얹어서 만든 지붕인 것 같았다.

어디를 봐도 방어를 목적으로 세운 구조물은 보이지 않았다. 그저 마을 둘레에 돌로 만든 울타리가 담처럼 둘러져 있을 뿐이었다. 괴물들이 이곳까지는 거의 오지 않는 것 같았다. 그러니 저렇게 허술하게 해놓고 사는 것일 거다.

일행 중 누구도 영원의 숲을 벗어나서는 괴물을 보지 못했다. 숲에도 먹이가 풍부한데 굳이 힘들게 이동해서 인간들을 공격할 필요성을 느끼지 못할 수도 있겠다는 생각이 들었다. 괴물들의 먹이가 될 만한 것들이 지천에 널려 있는 것이다. 지금 지나온 들판만 해도 사슴 같은 것들이 마구 뛰어다녔다. 아무리 괴물들이 적의에 불타올라도 풍부한 먹이가 있는 곳을 놔두고 이곳까지 올 이유는 없어 보였다.

마을 주변의 밭에는 밀밭 대신 채소류로 보이는 것들이 심

어져 있었다. 시야도 확보되는 일석이조의 효과를 노린 것 같
았다. 우리에게도 다행이었다. 매복을 할 만한 장소는 눈에
보이지 않았다. 벌써 마을 초입에는 사람들이 분주하게 움직
이고 있는 것이 한눈에 보였다.

"전투 준비!"

인수는 짧게 말했다. 어치하면 목숨을 걸고 한판 붙어야 될
것 같았다. 각자 메고 있던 총을 두 손으로 들었다. 다들 입구
에서 분주히 돌아다니는 많은 사람들을 봤는지 표정이 심각
해졌다. 저쪽은 마을에 있는 모든 사람을 소집한 것 같았다.

"정신 똑바로 차려라. 들것 전방에는 나하고 도신이가 선
다. 후방은 상태, 좌우 측에는 재수와 상식이가 맡는다. 각자
경계를 확실히 하고 조정간은 단발로 조정한다. 내 명령이 있
을 때까지는 절대 쏘지 말도록. 디즈와 커크는 무슨 일이 있
어도 그대로 서 있는 것이 좋을 것이다."

인수의 말이 떨어지자 재빨리 위치를 이동하며 자리를 바
꿨다. 언제든지 총을 쏠 수 있도록 다들 경계를 하며 신중히
움직이기 시작했다. 자연히 발걸음이 느려졌다.

일행이 마을 초입에 다다르자 마을로 들어가는 입구가 보
였고, 목책이 길을 막고 있었다. 일행과 목책과의 거리는 대
략 30미터쯤 되었다. 목책 뒤에는 경비병으로 보이는 자들이
영화에서나 보던 사슬 갑옷과 들고 있기도 벅차 보이는 쇠로
된 창을 들고 서 있었다. 석궁을 겨냥하고 있는 자도 있었다.

그 뒤로 돌담 주변에서도 나무 창들이 삐죽이 고개를 내밀고 있었다.

“멈춰라!”

목책 뒤에서 남자가 소리를 질렀다. 저자가 이곳의 관리를 맡은 그릴이란 사람 같았다.

“멈추지 말고 계속 움직여.”

인수는 일행에게 그렇게 지시를 내린 후 대답했다.

“급한 환자가 있다! 이 여자는 콜 영주의 딸이다!”

인수는 들것을 가리키며 말했다.

“헛소리하지 마라.”

남자는 대꾸할 가치도 없다는 듯이 바로 반박했다. 하긴, 갑자기 나타나서 얼굴도 보이지 않는 상황에 영주의 딸이라고 하면 믿을 수가 없을 것이다.

“거짓말이 아니다.”

인수는 가능한 한 천천히 대답을 하며 계속 앞으로 나아갔다. 이제 목책까지의 거리는 불과 10미터 정도였다. 서로의 얼굴 표정이 보일 정도의 거리였다.

“그 자리에 멈추라고 했을 텐데.”

남자가 말을 끝내고 손을 흔들자 쉬이익, 하는 소리와 함께 인수의 발치에 화살이 날아와 박혔다. 인수는 놀라서 그 자리에 멈추었다. 자연히 일행 모두가 멈추었다. 기세에서 진 것이다. 인수는 가슴이 철렁했지만 한편으로는 오기가 생겼다.

인수가 하는 말을 들었을 텐데도 불구하고 공격을 한 것이다.

"더 이상 다가온다면 공격하겠다."

인수는 지금 한시가 급했다. 그런데 남자는 답답하게 저런 소리나 하고 있다.

"나의 말을 믿지 못하는가?"

"그렇다."

남자는 아주 당당하게 말했다. 왠지 고집이 느껴지는 얼굴이었다.

2

인수는 열심히 머리를 굴렸다. 방법을 찾아야 했다. 최대한 빨리 납득시키고 치료사를 부르러 가야 했다.

"혹시 너희들 중에 영주 딸의 얼굴을 아는 자가 있나?"

말을 하는 인수도 자신이 없었다. 귀족의 얼굴을 누가 자세히 들여다볼 수 있겠는가? 케이트는 2년 전에 바람처럼 스치듯이 이 마을을 지나갔을 뿐이다.

인수의 말에 목책 뒤가 잠시 소란스러워졌다. 저들도 고민이 될 것이다. 무턱대고 공격하다가 나중에 사실로 밝혀지면 뒷감당이 안 될 것이다. 귀족 모독죄는 이유를 불문하고 즉참이었다. 인수는 얼굴 확인만 되면 일이 잘 풀릴 거라 생각했다. 케이트의 신분만큼 이들에게 확실한 보증은 없었다. 인수는 최악의 사태는 막을 수 있겠다는 안도감이 들었다.

"이자는 내성의 경비까지 맡았던 사람이다. 아가씨의 얼굴을 알고 있다."

남자가 주위의 확인을 받듯이 외쳤다. 그러자 남자가 말한 사람에게 이목이 집중되었다. 저자의 한마디에 오늘의 일이 판가름날 것이다.

사슬 갑옷을 입은 그 병사가 목책 앞으로 나섰다. 손에는 커다란 창인지 도끼인지 모를 물건을 들고 있었다. 저게 판타지 책에 나오던 할버드라고 부르는 물건 같아서 유심히 쳐다보았다. 굉장히 무거워 보였는데 남자는 별로 힘들어하지 않는 것 같았다.

남자가 다가오는 걸 보고 인수가 한국말로 조용히 상식이한테 지시를 내렸다.

[계속 조준하고 있다가 허튼짓을 하거나 내가 명령하면 쏴버려.]

"예, 알겠습니다."

남자는 케이트의 얼굴을 유심히 살폈다. 그 시간이 인수에게는 너무나 길게 느껴졌다. 확신을 받듯 인수가 대답을 재촉하였다.

"영주의 딸이 맞지? 2년 전 영원의 숲에 들어간?"

인수의 말에 남자는 아무 대답도 없이 목책으로 발걸음을 옮겼다. 뭔가 심상치가 않았다. 케이트의 얼굴을 알아봤으면 난리를 쳐도 모자를 판에 남자는 얼굴이 딱딱하게 굳어 있었다. 인수는 일이 이상하게 꼬이는 느낌을 받았다. 어디서 얼치기를 데려와서 그들을 다 죽이려고 연극을 하는지도 모른다는 생각이 들었다. 이미 저자가 케이트의 얼굴을 안다고 공표를 했다. 만약 아니라고 한다면 일행은 거짓말쟁이가 되는 것이다. 그리고 죽은 자는 말이 없다. 두 눈 뜨고 당할 수는 없었다. 녀석들의 속셈이 뻔히 보이는 것 같았다.

[내가 뛰어나가면 다들 그 자리에 엎드리며 활을 든 사람들을 향해 먼저 총을 쏴라.]

인수는 전방을 주시하며 나직하게 한국말로 명령을 내렸다. 일이 틀어지면 먼저 치는 수밖에 없었다.

남자는 목책으로 다가가서 그릴이란 사람에게 고개를 좌우로 흔들며 무슨 말을 하는 것 같았다.

아니나 다를까. 인수의 예감이 딱 들어맞았다. 남자가 좌우로 고개를 흔드는 것을 보며 인수는 확신했다. 이미 저들은 사람들의 눈을 가릴 변명거리를 만든 것이다. 선수 필승이라고 했다. 화살에 맞아 죽기는 싫었다. 저 우두머리만 처리한다면 충분히 승산이 있어 보였다. 나머지는 총소리만 들어도 움츠러들 게 분명했다. 사냥꾼들도 총소리에는 움츠러드는 것을 보았다. 남자가 명령을 내리기 전에 먼저 처리해야 했다.

[지금이다!]

인수는 한국말로 명령을 내리며 앞으로 뛰어나갔다. 모든 시선은 인수에게 집중될 것이다.

쉬이익!

인수는 총을 들어올리다 가슴에 몸이 휘청거릴 정도의 충격을 느꼈다. 세상이 느려지기 시작했다. 고개를 숙이니 왼쪽 가슴에 화살이 박혀 있었다. 생각한 것보다 훨씬 빠른 대응이었다. 상처를 확인하니 가슴에서 통증이 느껴지기 시작했다.

'이런, 젠장. 이렇게 죽는 건가?'

인수는 화살을 무시하고 총을 들어올려 조준을 했다. 화살이 비틀어지며 가슴에서 엄청난 통증이 느껴졌다. 조준선에 인수와 이야기를 나눴던 남자가 들어왔다. 목책 뒤라 안전하다고 생각한 것 같았다. 인수는 그대로 방아쇠를 당겼다. 이 판사판이었다. 자신이 죽더라도 후임병들은 살리고 싶었다. 언제나 자신은 실수투성이였다.

탕!

인수의 총소리와 함께 하이바를 무언가 강하게 때리는 느낌이 들었다. 다시 화살이 날아온 것 같았다. 남자가 총에 맞아 쓰러지는 것이 보였다.

탕! 탕! 탕!

뒤쪽에서 총소리가 나기 시작했다. 인수는 몸을 숙이며 그대로 무릎쏴 자세를 취했다. 목책 뒤에 있던 사슬 갑옷을 입고 있던 병사들 중 절반 정도가 이미 쓰러져 있었다. 주위에 있던 나머지 사람들은 무기를 버리고 도망가기에 바빴다. 생각했던 것보다 쉬웠다. 화살에 자신이 맞은 것만 빼고는.

"사격 중지! 사격 중지!"

인수의 목소리가 울려 퍼졌다. 이내 총소리가 멎었다. 인수는 자신의 가슴을 내려다보았다. 여전히 화살은 가슴에 꽂혀 있었고, 그 주위가 붉게 물들기 시작했다. 인수는 힘이 빠지는 걸 느꼈다. 이게 죽음의 느낌인가 하는 생각이 들었다. 몸이 뒤로 천천히 넘어가는 것 같았다.

"한인수 병장님! 한인수 병장님!"

도신이가 시야에 나타났다. 인수는 도신이의 시끄러운 목소리에 인상을 썼다. 죽으면서 별 생각을 다 한다고 생각했다. 이미 주위는 포반원들이 둘러싸고 있었다. 갑자기 마법이 풀리듯 세상이 다시 빨라지기 시작했다.

"그만 불러라!"

인수는 인상을 쓰며 말했다. 주위에서 중구난방으로 떠드는 소리에 귀가 아플 지경이었다. 모두들 눈물을 글썽이고 있었다. 인수는 천천히 한 명씩 얼굴을 쳐다보았다. 장재수, 사도신, 김상식, 김상태, 모두들 멀쩡해 보였다. 다행이었다.

"다친 사람 있냐?"

인수는 말을 할 때마다 가슴이 아팠다.

"없습니다."

네 명이 우렁차게 대답했다.

“상태만 남고 가서 경비대 사무실을 빨리 쳐라. 반항은 하지 않을 거다. 엘프디언이라고 하면 다들 알아서 항복할 거야.”

이제 접수하는 일만 남았다. 분명히 총을 마법 무기라고 생각할 것이다. 공포의 감정이 남아 있을 때 전광석화같이 모든 일을 마무리해야만 했다.

“그런 거 어떻게 되든 상관없어.”

재수가 눈물을 닦으며 말했다.

지체할 수는 없었다. 자신이 죽는다면 이들을 도와줄 사람은 케이트가 유일했다. 케이트를 살리기 위해서라도 빨리 마을을 접수하고 옆 마을로 치료사를 데리러 가야 했다. 한시가 급했다. 인수는 가슴의 통증을 참으며 말했다.

“이건 명령이야. 장재수, 어서 가서 경비병들을 다 잡아들여!”

그래도 다들 꼼짝하지 않았다.

인수는 자신이 상투적인 대사를 읊조리는 ‘배달의 기수‘ 주인공이 된 것 같았다.

‘김 하사, 나는 용감했다고 전해주게.’

‘이 상사님! 이 상사님!’

인수는 죽음을 맞이하는 순간에도 엉뚱한 생각을 하는 자신의 모습에 절로 웃음이 나왔다. 가슴의 통증은 갈수록 심한데 정신은 더욱 말짱해지는 것 같았다.

“너희들이 안 한다면 내가 하지.”

인수는 그렇게 말하고 몸을 일으켰다. 인수는 마음이 급했다. 자신 때문에 이들이 죽는 것은 싫었다. 상황 파악을 빨리 해서 부지런히 움직여 주었으면 했다. 자신이 죽더라도 이들의 삶은 계속되어야 했다.

“알았어. 한인수 병장은 여기 있어. 내가 갈게.”

재수는 다시 눈물을 닦으며 말했다.

“얼른 가.”

인수는 어서 가라고 손으로 마을을 가리켰다.

“내가 돌아올 때까지 꼭 살아 있어야 돼.”

재수는 일어서며 그렇게 말했다.

“어서 가기나 해.”

인수는 머뭇거리는 재수를 향해 웃어 보였다.

“상태는 여기 있고, 나머지는 나를 따라서 가자.”

재수는 그렇게 말하며 도신이와 상식이를 데리고 경계 자세를 취하며 마을 안으로 뛰어갔다.

인수는 자신의 목숨이 참으로 질기다고 생각했다. 가슴에 화살을 맞고 아직까지 버티고 있는 게 신기했다. 케이트의 상처를 치료힐 때의 끔찍한 모습이 생각났다.

“상태야.”

인수는 조용히 상태를 불렀다.

“말씀하십시오, 한인수 병장님.”

상태는 마지막 말이라고 생각했는지 눈물을 닦으며 엄숙하게 말했다.

"재수하고 다른 애들한테는 미안하다고 해라. 50년 먼저 가서 기다린다고. 일찍 올 필요 없이 천천히 재미나게 살다 오라고. 상태, 너도 부디 행복하게 오래오래 살고."

3

"한인수 병장님!"

인수는 상태의 울부짖는 소리를 들으며 가슴에 꽂힌 화살을 잡았다. 화살대가 움직이자 고통이 밀려왔다. 인수는 고통에 몸부림치며 죽기는 싫었다. 케이트와 같은 모습으로 누워 있을 생각을 하자 끔찍했다. 인수는 눈을 질끈 감았다. 눈을 감자 먼저 간 전우들이 자신을 부르는 것 같았다. 화살을 맞고 죽은 병훈이, 괴물의 도끼에 맞아 죽은 태현이, 자살을 한 배운석……. 인수는 손에 힘을 주며 힘껏 화살을 잡아 뺐다.

부욱!

찢어지는 소리가 들렸다. 그와 동시에 지금까지와는 다른 엄청난 고통이 가슴에 밀려왔다. 하지만 무언가 이상했다. 인수는 숨을 들이마시며 눈을 떠서 화살을 보았다. 화살촉에는 햇빛을 받으며 붉게 물든 일곱 개의 인식표가 꽂혀 있었다. 인수는 왈칵 눈물이 났다.

'아직 죽을 때가 아닌가?'

인수의 상처는 그리 깊지 않았다. 인식표 일곱 개가 나란히 화살을 막은 덕분에 두터운 가슴 근육에 화살촉이 파고들었을 뿐 심장에 이상은 없었다. 인수는 상태의 도움을 받아 약을 바르고 상처를 싸맸다. 뒤를 돌아보니 디즈와 커크는 들것을 들고 아직도 그 자리에 서 있었다. 가슴에 화살을 맞고 죽어가던 인수가 멀쩡히 몸을 일으키자 그들은 엄청난 충격을 받은 것 같았다. 인수는 그런 그들을 바라보며 씩 웃어주었다. 그들의 바지가 젖는 것이 보였다.

"난 불사신이거든."

인수는 말을 하며 자기도 모르게 웃음이 나왔다. 가슴이 약간 아프기는 했지만 아까처럼 통증이 느껴지지는 않았다. 상처가 별것 아니라는 생각이 들어서 그런 것 같았다. 인수는 케이트의 코에 손을 대어보았다. 별다른 이상 없이 숨을 쉬고 있었다.

"운이 좋구나. 디즈, 이제 마을로 숙녀를 옮기자. 제일 좋은 집이 어디지?"

인수는 굳어 있는 디즈의 어깨를 두들기며 친근감을 담아서 말했다. 화살과 총알이 난무하는 상황에서도 인수가 지시한 사항을 훌륭히 지킨 것이다. 그것이 그들이 의도해서 그렇게 서 있었던 것인지, 아니면 너무 놀라서 굳어버렸던 것인지를 떠나서 칭찬을 받을 만했다. 이뇨증만 빼면…….

"과, 관리인 그릴의 집입니다."

디즈는 또다시 말을 더듬기 시작했다.

"앞장서도록."

디즈와 커크는 들것을 들고 이동했다. 인수와 상태는 천천히 그 뒤를 따르며 경계를 늦추지 않았다. 아직 안전하다고 생각할 수는 없었다.

목책에 다가가서 보니 여러 구의 시체도 보이고 신음 소리를 내는 사람도 보였다. 쌍방 간의 짧은 교전이었지만 그 피해는 엄청났다. 엎어져 있는 사람이 있는 걸로 봐서 도망을 가다 죽은 사람도 있는 것 같았다. 총상에 죽은 시체들의 모습은 정말 끔찍했다. 인수는 자신의 총에 죽은 자를 가리키며 말했다.

"저자가 그릴인가?"

"예."

디즈는 망설임없이 대답했다.

인수는 저자가 조금만 더 현명하고 말이 통하는 사람이었다면 어땠을까 하는 생각을 했다. 이렇게 많은 사람들이 죽지 않았을 것이고, 우리도 손에 피를 묻히지는 않았을 것이다. 인수는 시체들을 살펴보았지만 아까 케이트의 얼굴이 다르다고 증언한 경비병은 없었다. 그 경비병을 생각하자 인수는 이가 갈렸다. 그 경비병이 확실하게 케이트의 신분을 증명만 했어도 이런 불상사는 생기지 않았을 것이다. 케이트의 얼굴을 안다는 사람이 얼굴을 알아보지도 못하다니 어이가 없었다. 어쩌면 그릴이란 자가 거짓말을 한 것일 수도 있었다. 정확한 것을 알려면 그 경비병을 찾아야 했다. 그리고 경비병을 찾으면 절대 용서하지 않겠다고 마음먹었다.

인수는 시체를 뒤로하고 들것의 뒤를 따랐다. 일단 케이트를 눕히는 게 급선무였다. 길 좌우로 비슷하게 생긴 집들이 이어지고 있었는데, 인수의 눈에 비치는 집들은 그렇게 좋아 보이지는 않았다. 가까이에서 보니 우리나라의 초가집과 확실히 비슷해 보였다. 다들 창문과 문을 굳게 닫아걸고 있었다. 인수는 이들이 숨어서 지켜보고 있다는 것을 느낄 수 있었다. 아까의 전투에 놀라서 숨어 있겠지만 진정이 되거나 조금만 약한 모습을 보이면 언제 덤벼들지 몰랐다.

들것을 따라 계속 걸어가자 마을 중앙인지 넓은 공터가 나타났다. 공터를 사이에 두고 좌우 양쪽으로 목조로 된 멋진 이층집이 나타났다. 지붕도 밀짚이 아니라 나무로 되어 있었다. 지나온 길에 있는 집들과 비교를 하자 돈이 들어간 티가 팍팍 났다. 디즈는 망설임없이 우측에 있는 집으로 방향을 잡았다.

뒤에서 재수의 목소리가 들렸다.

"한인수 병장? 안 죽었어?"

재수가 좌측에 있는 집의 문을 열고 뛰어오고 있었다. 말은 그렇게 해도 눈물을 닦으며 환하게 웃고 있었다. 그 뒤로 도신이와 상식이도 인수의 이름을 부르며 뛰어왔다.

"내가 전에도 말했지? 난 불사신이라고. 근데 말투를 들어보니까 좀 서운해하는 것 같다?"

인수는 농담을 하며 달려드는 재수를 끌어안고 웃었다. 도신이와 상식이도 같이 달려드는 바람에 인수는 결국 넘어지고 말았다.

"엉, 많이 서운해."

재수는 그렇게 말하며 웃었다.

"크크크."

"하하하!"

"풋웃!"

넷은 그렇게 서로를 끌어안고 한동안 웃었다.

그릴이란 자의 집은 그런대로 쓸 만했다. 밖에서 보던 돈이 들어간 티는 집 안에서는 더했다. 제법 고급스럽게 꾸며진 응접실도 있었고, 집무실에는 아주 멋진 책상도 있었다. 침실은 휘장이 달린 커다란 침대가 턱하니 버티고 있었다. 서너 명이 침대 위에서 굴러다녀도 될 정도였다. 집 안에는 일하는 여자가 두 명이나 되었다. 겁을 먹고 울면서 매달리는 여자들을 간신히 달래서 진정시켰다. 인수는 그 과정에서 더 이상 울거나 행동이 마음에 안 들면 그릴처럼 죽여 버린다는 말을 할 수밖에 없었다.

그릴의 방에 케이트를 조심스럽게 눕혔다. 케이트를 침대에 눕히자 마치 그 모습이 백설공주와 일곱 난쟁이를 생각나게 했다. 포반원 다섯 명에 디즈와 커크까지 합하면 딱 숫자가 들어맞는다는 생각에 인수는 몸서리를 쳤다.

인수는 케이트의 상태를 두 하녀에게 설명하고 최대한 성심을 다해서 보살피라는 말을 잊지 않았다. 물론 절대 같이 묻어버린다거나 하는 말은 안 하려고 했지만 케이트를 위하는 마음에 어쩔 수 없이 진심을 듬뿍 담아 한마디 해주었다.

"경비병은 전부 제압했냐?"

인수는 방을 나서며 재수에게 물었다. 아직 이곳을 완전히 점령한 것은 아니었다.

"엉. 반항하지는 않던데. 총만 들이대도 죽는소리를 하고 난리야."

예상했던 반응이다. 마법 무기라고 생각하는 것 같았다. 엄청난 폭음과 살이 터져 나가는 살상력은 겁을 주기에 충분했다.

"몇 명이나 잡았냐?"

"세 명 잡았어."

"음, 그 숫자가 맞는 건가?"

인수는 그렇게 말하며 문을 나섰다. 군장을 벗어놓으니 한결 몸이 가벼웠다.

"디즈, 커크, 이리 와."

인수는 문밖에서 대기하고 있던 디즈와 커크를 강아지 부르듯이 불렀다. 디즈와 커크는 말 잘 듣는 아이처럼 변해 있었다. 인수가 준 두 번의 공포는 이들의 사고를 마비시킨 것 같았다. 둘은 의외로 쓸모가 많았다. 이들이 이제부터 중요한 일을 해야 했다.

"사람들한테 가서 전해. 시체들은 모두 공터로 가져오고 다친 사람은 경비대 건물로 데려오라고 말이야. 그리고 너희들은 우리가 누군지 알겠지? 너희들이 본 대로 마을 사람들한테 이야기해. 그리고 니들이 옮긴 사람은 영주의 딸이 확실하다는 것도 잊지 말고 전하고. 함부로 경거망동했다가는 마을 사람들이 모두 죽는 수가 있다는 것을 알려주도록 해. 난 그렇게 너그러운 사람이 아니니까. 물론 경험해 봐서 충분히 알겠지?"

"예."

디즈와 커크의 대답을 들으며 인수는 만족한 웃음을 지어 보였다.

"그리고 마을에 있는 사람들을 전부 공터로 데려와. 한 명이라도 빠지면 알지?"

"예."

"가봐."

디즈와 커크는 재빨리 뛰어갔다.

인수는 경비대 건물로 들어섰다. 경비대 건물은 밖에서 보는 것보다 안이 훨씬 넓어 보였다. 안에는 두 개의 식탁이 좌우로 자리를 잡고 있는 것으로 보아 식탁으로도 사용하는 것 같았다. 도신이하고 상식이가 세 명의 남자를 묶어놓고 감시하고 있었다. 사슬 갑옷을 입은 것을 보니 경비병이 맞는 모양이다.

인수는 그중 한 명의 얼굴을 보고는 그대로 달려들었다. 인수의 전투화가 무자비하게 그 남자의 온몸을 누볐다. 손이 묶인 남자는 인수의 발에 기어와 울부짖었다.

"제발! 허억! 살려주십시오!"

인수는 남자의 말을 듣고 더욱 세게 그 남자를 밟았다. 이 모든 참변의 원흉이었다. 이자가 제대로 케이트의 얼굴만 확인했어도 불필요한 살생은 할 필요가 없었다. 손에 피를 묻히지 않아도 되는 것을 이자 때문에 묻혔다. 그리고는 비열하게 자신만 살겠다고 인수에게 빌고 있다.

"너 같은 놈은 죽어야 돼! 죽어!"

인수는 더욱 발에 힘을 주었다.

"한인수 병장, 참아. 이러다 죽겠다."

보다못한 재수가 인수를 말렸다. 잘못하다가는 사람 하나 패 죽일 것 같은 분위기였기 때문이다.

"너도 봤잖아. 이 자식 때문에 싸움이 일어난 것을."

"참아, 한인수 병장."

"야, 너, 왜 거짓말했어? 영주 딸의 얼굴도 알아보지 못하면서.”

“제발 살려주십시오. 살려주십시오. 전 아가씨가 확실하다
고 했습니다.”

‘이 자식이 아직도 거짓말을 하네.’

인수는 경비병과 말을 하면 할수록 화가 나기 시작했다. 인
수는 똑똑히 보았다. 이 경비병은 케이트의 얼굴을 확인하고
는 분명히 고개를 좌우로 흔들었다. 그것을 보고 인수는 일이
틀렸다는 것을 알고 공격을 한 것이다.

‘이런 젠장! 내가 잠시 미쳤었던 건가?

갑자기 인수의 머리를 스치는 생각에 심장이 멎는 것 같았
다. 까맣게 잊고 있었다. 이 동네는 고개를 좌우로 흔드는 것
이 긍정이라는 사실을 말이다.

처음에 케이트를 만났을 때도 얼마나 황당했던가? 보디랭
귀지에 의한 의사 소통이 잘 안 되어서 정말 답답했었다. 나
중에 어느 정도 말이 통하고 그런 사실을 알았을 때는 혼란을
줄이기 위해 케이트의 고갯짓을 고치려고 했지만 잘 고쳐지
지 않았다. 습관이란 무서운 것이다. 그래서 군대에서 하는
것처럼 고갯짓을 아예 금지시켰다. 인수는 그때 작은 몸짓 하
나에도 차이란 것이 있다는 것을 알 수 있었다.

“재수야, 좀 놔줄래?”

광분해서 날뛰던 인수가 조용히 말하자 갑작스러운 변화
에 재수도 놀란 것 같았다. 재수의 팔에 힘이 빠졌다.

“나 잠시 바람 좀 쐬고 올게.”

인수는 그렇게 말하고 밖으로 나왔다.

‘겨우 고갯짓 때문에…….’

4

인수는 눈물이 났다. 누가 볼 것 같아서 건물 뒤 후미진 곳으로 숨어들었다. 소리 내어 울지는 않았지만 눈물은 계속 뺨을 타고 흘러내렸다.

‘왜 눈물이 나는 것일까? 사람을 죽인 것이 슬퍼서? 아니면 내가 죽지 않은 것이 기뻐서? 그것도 아니라면 잔인한 운명이 무서워서?’

인수는 운명이란 것이 참으로 묘하다고 생각했다. 제대를 얼마 남겨두지 않은 시점에 영문도 모르고 이곳에 와서 살아남기 위해 참으로 열심히 살았다. 세상을 살면서 이렇게 치열하게 산 적이 있을까 하는 생각이 들었다. 재수를 할 때도 이렇게 했으면 서울대에 가지 않았을까 하는 생각이 들 정도였다. 자신은 끊임없이 노력하고 공부하고 일했다. 하지만 자신이 이곳에 와서 얻은 것은 전우들의 죽음과 살인자의 굴레뿐이 없었다. 앞으로 얼마나 더 많은 피를 손에 묻혀야 되는가? 살기 위해 남을 죽여야 되는 상황이 앞으로도 계속 펼쳐질 것이다. 그런 모든 것을 혼자 감내해야 한다는 사실이 무서웠다. 오늘은 운이 좋아 내가 살고 그들이 죽었다. 단지 내가 산 사실이 기뻐서 눈물이 나올 것 같았고, 그들의 죽음을 담담하게 쳐다보기도 했다. 그러나 한 가지 사실은 절대 잊혀지지 않을 것이다. 오늘 이 모든 일의 원흉은 자신이었다. 가슴이 아파서 터질 것 같았다.

"아저씨, 울어요?"

인수의 뒤에서 목소리가 들렸다.

"울긴 누가 운다고 그래?"

인수는 급히 눈물을 닦았다. 자신의 약한 모습을 누구한테 보이는 것이 정말 싫었다. 뒤를 돌아보니 여자 아이가 서 있었다. 한 여덟 살쯤 된 듯했는데, 지저분한 얼굴에 옷차림도 그렇게 좋아 보이지는 않았다. 옷이 꼭 쌀포대 같다는 생각이 들었다. 그래도 눈빛만은 초롱초롱했다. 아이는 인수의 모습에 개의치 않는 것 같았다.

"우리 아버지가 그랬어요. 울고 싶을 때는 가장 기쁜 일을 생각하라고요. 아저씨도 기쁜 일을 생각해 보세요."

아이는 무척이나 어른스럽게 말했다. 인수의 모습이나 복장에 대한 거부감 같은 것은 찾아볼 수 없었다. 상황을 있는 그대로 받아들이는 것이다.

이것이 아이다운 천진함이란 것일까? 인수도 이런 시절이 있었을지도 모른다는 생각이 들었다. 인수는 아이가 자신보다 낫다고 생각했다. 눈에 보이는 것들이, 마음을 가리지 않는 아이의 모습이 정말 보기 좋았다.

"넌 내가 무섭지 않니?"

인수는 이곳에 있는 사람들과는 다른 모습, 다른 생김새였다.

"조금 무섭기는 해요. 하지만 우리 아버지가 그랬어요. 우는 사람은 다 착한 사람이라고요."

인수는 아이의 당돌한 대답에 웃음을 지을 수밖에 없었다.

아이의 아버지가 누군지 참으로 부러웠고, 한편으로는 존경스러웠다. 예쁘고 착하고 사랑스러운 아이였다. 착한 사람이라는 소리가 인수의 마음에 꼭 들었다. 아름다운 말로 포장된 가식적인 위로의 말보다는 진실이 묻어 있는 한마디라고 생각했다. 지금 인수에게 할 수 있는 최고의 위로였다.

"이름이 뭐니?"

"비즈예요. 아버지가 지어준 이름이에요."

아이의 자랑하고 싶은 마음이 드러나는 대답이었다. 아이의 대답에 아이가 얼마나 아버지를 사랑하고 좋아하는지를 인수는 충분히 알 수 있었다.

"예쁜 이름이구나."

인수는 아이와 대화를 나누면서 너무나 즐거웠다. 이런 느낌은 정말 오랜만이었다. 편안하고 안정된 느낌이었다.

"한인수 병장! 한인수 병장!"

인수를 부르는 재수의 목소리가 들렸다. 인수는 아이와 더

대화를 나누고 싶었지만 아직 할 일이 많았다. 그래도 아이와의 대화로 마음이 한결 가벼워졌다. 면죄부를 받은 것 같았다.

"나, 여기 뒤에 있다!"

현재 인수가 있을 곳은 재수가 부르는 저곳이었다.

"비즈야, 만나서 반가웠다."

"예, 아저씨."

비즈는 밝게 웃으며 대답했다. 그런 비즈의 모습에 인수는 덩달아 기분이 좋아졌다.

"그럼 또 보자. 그리고 다음에 만날 때는 오빠라고 불러라."

인수는 그렇게 말하며 손을 흔들어주고 발걸음을 옮겼다. 숨어서 눈물을 흘릴 때하고는 다른 느낌이었다. 조금은 마음이 가벼워진 것 같았다.

인수가 마을 공터로 나가자 한참 죽은 시체들을 옮기고 있었다. 그 처참한 모습에 눈이 저절로 찌푸려졌다.

재수가 경비대 문 앞에 서 있었다.

"한인수 병장, 치료사 불러야지?"

인수는 너무나 큰 충격을 받아 애초에 이곳에 온 목적을 잊고 있었다. 다친 사람들도 치료를 하려면 치료사가 필요했다. 인수는 시체를 보며 마음을 굳게 먹었다.

'그래, 일단 케이트부터 살려야지. 너희들에게 지은 죄 값

은 나중에 지옥에서 받겠다.'

경비대 안으로 들어서며 재수에게 사상자와 부상자에 대해 들었다. 짧은 시간 동안 교전했을 뿐인데 너무나 많은 사람이 죽어 있었다. 이미 엎질러진 물이었다. 더 이상 물이 엎질러지지 않게 막아야 했다.

인수는 묶여 있는 경비병들을 보며 입을 열었다. 이들을 이용해야 했다.

"말을 탈 줄 아는 사람?"

"제, 제가 탈 줄 압니다."

"또 너냐?"

인수는 말을 탈 줄 안다는 사람을 보고 자신도 모르게 되물었다. 고개를 좌우로 흔들었던 남자였다. 그가 잘못한 것은 없지만 자신의 실수를 그 사람에게 미루고 싶다는 마음이 생기는 것은 사람인 이상 어쩔 수 없었다.

"예? 무슨 말씀이신지요?"

"아니다. 너의 가족도 혹시 이곳에 있나?"

인수는 애써 유혹을 물리쳤다. 그것은 어디까지나 자신의 실수였다. 지금은 치료사를 부르는 일에 집중해야만 했다. 말을 탈 줄 아는 자가 이자뿐이 없다고 하니 이자를 보내야만 했다. 혹시나 이자가 도망을 갈 수도 있었기 때문에 그에 대한 준비가 필요했다. 치료사를 데리러 가는 길에 포반원 중

한 명을 감시자로 딸려 보내고 싶었지만 말을 타본 사람이 없었다. 괜히 같이 보냈다가는 시간만 늦어질 것이다. 그렇다고 방법이 없는 것도 아니었다.

"예, 아내와 아이가 둘 있습니다."

인수는 남자의 말을 듣고 잘되었다고 생각했다. 남자에 대한 분노가 사라지자 남자의 얼굴이 선량하게 보였다. 가족을 버리고 도망가는 짓은 하지 않을 것 같았다. 적절한 협박만 하면 되는 것이다.

"그러면 살 기회를 주지. 지금 당장 말을 타고 베리에 가서 치료사를 데려오는 것이다. 하루 만에 성공하면 너의 가족들을 살려주겠다. 늦으면 한 명씩 천천히 아주 고통스럽게 죽여주마. 물론 너도 끝까지 따라가서 죽여주겠다. 꿈속에서라도. 나는 거짓말을 하지 않는다. 굳이 확인해 보고 싶다면 돌아오지 않아도 된다."

남자는 인수의 협박에 몸을 부르르 떨었다.

"뭐 하나? 빨리 가는 것이 좋을 것이다. 내가 살려주고 싶어도 남작의 귀에 자신의 딸이 이런 대접을 받은 사실이 들어가면 이곳은 풀 한 포기도 남지 않을 것이다. 그러니 입을 조심하기 바란다."

인수는 당부의 말도 잊지 않았다. 어차피 소문이 나서 남작의 귀에 들어가겠지만 그 시간을 조금 늦추고 싶었다. 케이트가 살아날지 죽을지 아직 알 수가 없었다. 그리고 진짜로 남작이 이런 사실을 알게 되면 이곳은 풀 한 포기도 남지 않을 수 있었다. 그것이 귀족이 절대 권력을 지탱하는 방법인 것이다. 적당한 본보기로 이만한 것이 없었다.

남자가 뛰어나가고 얼마 지나지 않아서 디즈와 커크가 들어왔다.
"마을 사람들을 모두 모이도록 전달했습니다."
조금도 쉴 틈이 없었다. 밖이 조금 소란스러운 것이 마을 사람들이 공터로 모이는 것 같았다. 일단 마을을 통제하는 것이 중요했다. 케이트의 문제가 어떻게 되느냐에 따라서 거취도 정해질 것이다. 거기다 충돌까지 있었으니 케이트의 문제가 더욱 중요해졌다. 앞으로 어떠한 문제들이 그들을 기다리고 있을지 몰랐다.
인수는 되도록 천천히 나갈 생각이었다. 저렇게 모아놓으면 점점 소문이 퍼질 것이고, 없는 소문도 만들어낼 것이다. 원래 군중심리란 그런 것이다. 군대에서도 갑작스러운 전체 집합이란 것은 불안감을 내포하는 경우가 종종 있었다. 여러 가지 추측이 난무하기 마련이고, 결국 군장 뺑뺑이를 도는 경우가 다반사인 것이다. 불안감은 현실로 나타나기 마련이었다. 마을 사람들도 밖에 널려 있는 시체들과 디즈와 커크의 수고 덕분에 불안감이 증폭될 것이다.
인수는 남은 경비병 두 명에게 다가갔다. 그리고 발목에서 단검을 뽑았다.

두 명의 얼굴에 절망감이 감돌았다.

"난 쓸모없는 자는 살려두지 않는다."

인수는 경비병의 손을 풀어주며 말했다.

"너희들의 가치를 증명해라."

"예?"

경비병들은 죽을 줄 알았는데 갑자기 자신들을 풀어주자 무척 놀란 것 같았다.

"나에게 충성을 해라. 그리고 이제부터 너희들이 마을 사람들을 통제하는 것이다. 디즈와 커크를 데리고 밖으로 나가서 내가 나갈 때까지 마을 사람들을 통제해라. 훌륭히 해낸다면 앞으로 계속 경비병으로 남을 수 있을 것이다."

"감사합니다, 감사합니다."

경비병들은 눈물을 줄줄 흘리며 밖으로 나갔다.

인수는 포반원들을 둘러보았다. 다들 새벽부터 계속된 행군과 전투로 피곤한 모습이었다. 그러나 할 말은 해야 했다. 아니, 하고 싶었다. 마음속에 담아두면 자신이 못 견딜 것 같았다.

[다들 잘 들어주기 바란다.]

인수가 한국말을 하자 네 명의 시선이 일제히 인수에게 향했다.

[오늘 있었던 일은 전부 나의 실수였다. 내가 아까 그자의

고갯짓을 잘못 판단했다. 그것은 명백한 사실이고, 변명은 하지 않겠다. 그래서 난 공격 명령을 내렸고, 너희들의 손에 피를 묻히게 했다. 그 점에 대해서는 정말 미안하게 생각한다. 하지만 언제라도 오늘과 같은 판단을 해야 한다면 망설이지 않을 것이다. 그것이 너희를 살리고 나를 살리는 길이라고 믿는다. 아니, 믿고 싶다. 그러니까 오늘 일에 너희들이 죄책감을 느낄 필요는 없다. 너희들은 오늘 아주 훌륭하게 명령을 수행했고, 난 그 점에 대해서 너희들을 자랑스럽게 생각한다. 너희들은 군인이고 명령에 따라서 움직였을 뿐이다. 모든 책임은 내가 진다. 우리는 군인이라는 것을 절대 잊지 마라. 오늘 나의 실수에 용서를 구하지는 않겠다. 앞으로도 나를 믿고 그냥 따라주었으면 한다. 그러지 못하겠다면 지금 이 자리에서 이야기해라.]

인수의 말이 끝나자 서로 얼굴만을 쳐다볼 뿐 말이 없었다. 인수는 이들이 자신을 따르지 못하겠다고 해도 받아들일 수밖에 없었다. 오늘 자신은 이들의 목숨을 위험에 노출시켰다. 그리고 앞으로도 계속 실수를 할 것이다. 반복되는 실수 속에서 어느 순간 이들에게 외면당할 것이 두려웠다.

[무슨 소리야?]

재수는 영문을 모르겠다는 듯 물었다.

[그러게 말입니다. 오늘 무슨 일 있었습니까?]

상식이도 거들었다.

[있기는 있었지. 마을이 생각했던 것보다 좀 지저분하더군. 냄새도 나고.]

도신이가 코를 막으며 말을 보탰다.

[저, 식사 준비 할까요?]

상태까지 딴소리를 했다.

인수는 몸을 일으켜서 밖으로 나갔다. 이들로부터 다시 신임을 받았다. 이제 마을을 휘어잡는 일만 남았다.

『오포』 2권에서 계속…

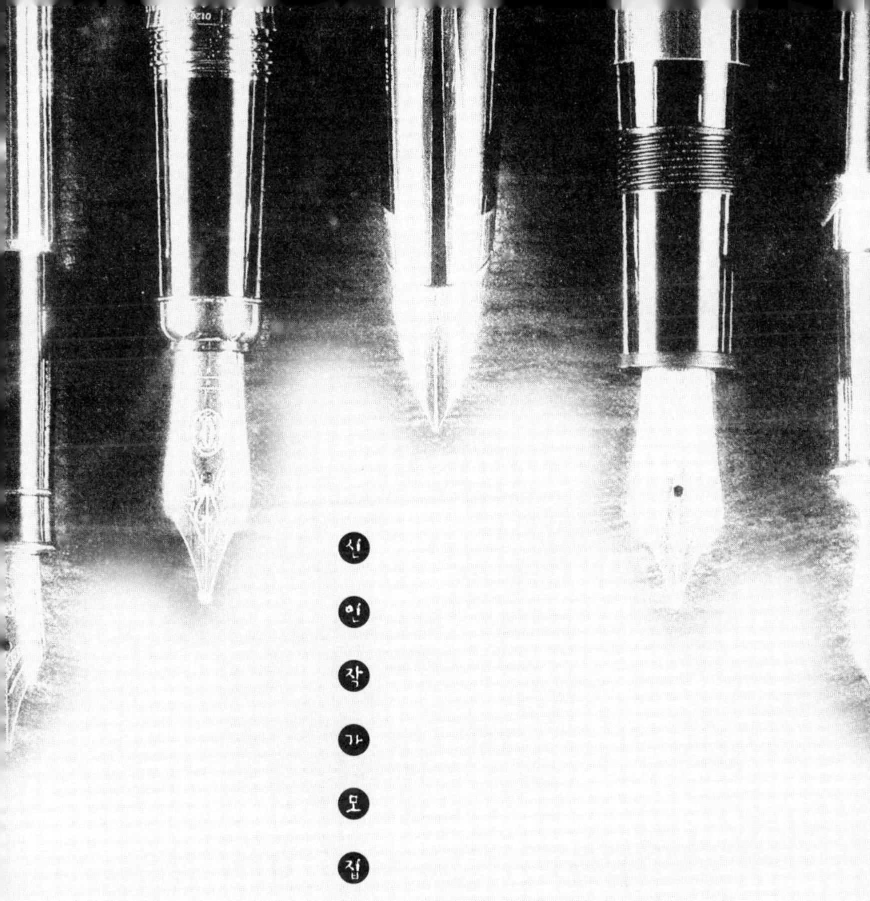

시작이 반이라고 했습니다.
작가의 길에 대한 보이지 않는 벽을 과감히 깨뜨리십시오!
청어람은 작가 지망생 여러분들의
멋진 방향타가 되어드리겠습니다.

저희 도서출판 청어람에서는
소설 신인 작가분들을 모집합니다.
판타지와 무협을 사랑하시는 분들의 많은 참여를 바랍니다.
소정의 원고(A4용지 150매)를 메일이나 우편으로 보내주시면
검토 후 출판 여부를 알려드리겠습니다.

주소:경기도 부천시 원미구 심곡1동 350-1 남성B/D 3F 우편번호420-011
TEL:032-656-4452 · **FAX**:032-656-4453
http://www.chungeoram.com
e-mail:chungeoram@chungeoram.com

청어람 판타지의 재도약*!!*

잘나가고 싶은 사람은 읽어라!

그에게 한눈에 반했다! 그것은 분위기 탓?
애인과 나란히 걸어갈 때 당신은 좌, 우 어느 쪽에 서는가?
이성은 왜 서로 끌리는 걸까? 그 심층 심리를 해명한다!

30초의 심리학

■ **30초의 심리학**
아사노 하치로우 지음 / 계일 옮김 | 값 8,500원

처음 본 사람인데 와 닿는 느낌이
너무나도 강렬한 사람이 있다.
흔히 하는 말로 '필이 꽂힌 사람',
그래서 잊혀지지 않는 사람,
한눈에 반했다고 하는 것이 바로 그것이다.
이런 인간의 감정을 논하는 데
남녀의 구분이 있을 수 없다.
사랑하는 그, 혹은 그녀를
생각하는 것만으로도 가슴이 두근거린다.
이상할 것 없다. 당연히 그럴 수 있는 것이다.
그렇기에 인간을 감정의 동물이라 하지 않는가.
그러나 그렇게 좋아하는 그 사람이
어느 날 갑자기 싫어지는 경우는 왜일까?

Psychology